T.H.E.B.W.

TOEN HET ECHT BIZAR WERD

T.H.E.B.W.

Toen Het Echt Bizar Werd

Risa Green

Blossom Books

*Dit boek is voor iedereen die ooit bang is geweest
om ergens in te geloven. Vooral in jezelf.*

NUR 283/GGP021301
© MMXIII Nederlandse editie: Blossom Books
Blossom Books is een imprint van Uitgeverij Kluitman Alkmaar B.V.
© MMX Risa Green
First published by Sourcebooks Fire, an imprint of Sourcebooks, Inc.
Oorspronkelijke titel: *The Secret Society of the Pink Crystal Ball*
Nederlandse vertaling: Astrid Staartjes
Omslagontwerp: lenaleen.nl
Opmaak binnenwerk: Marieke Brakkee
Alle rechten voorbehouden, inclusief het recht van reproductie
in zijn geheel of in gedeelten, in welke vorm dan ook.

blossombooks.nl

1

Dingen over mij die - in een of ander alternatief universum - misschien interessant genoeg zijn voor het docentencomité van de vierdeklassers om mij te selecteren voor de kunstgeschiedenisreis naar Italië.

- Ik heb de hoogste cijfers van de vierde klas.
- Ik kan het periodiek systeem der elementen in alfabetische volgorde opzeggen op het deuntje van de discoklassieker YMCA.
- In groep zeven won ik een zilveren medaille in de jeugdversie van de *The New York Times*-kruiswoordpuzzel- wedstrijd. En ik zou goud hebben gewonnen als niet een of ander negenjarig wonderkind uit Ohio had meegedaan dat wist dat een beest met gedraaide hoorns een elandantilope heet.
- Toen ik vijf was, had ik een extra rij ondertanden. Net als een haai.
- Ik ben zo plat dat er geen bh in mijn maat bestaat.
- Ik ben supergoed in rummikub.

- Volgens mijn familiegeschiedenis ben ik een verre verwant van Susan B. Anthony, de eerste feministe in de Verenigde Staten.
- Ik ben waarschijnlijk de enige persoon onder de veertig die een concert van Barry Manilow heeft bijgewoond.
- Heb ik al gezegd dat ik de hoogste cijfers van de vierde klas heb? Mijn God, wat ben ik saai...

Door een gigantische donderslag vlieg ik van schrik bijna een halve meter de lucht in.

Ik lig languit op bed. Lindsay en Samantha, mijn twee BFF's, liggen op de vloer samen de *Teen People* van vorige week door te bladeren. Maar of a) ze hebben allebei heel slim voor me verborgen weten te houden dat ze stokdoof zijn, of b) ze worden zo opgeslokt door de roddels over jong Hollywood dat ze niet hebben gemerkt dat de hemel daarnet zowat in tweeën is gespleten.

Na nog een zware dreun laat Lindsay het tijdschrift eindelijk los en rolt op haar rug.

'Ik ben het echt zat,' klaagt ze tegen niemand in het bijzonder. 'Hoe moet ik ooit mijn rijbewijs halen als die regen met bakken uit de lucht blijft vallen? Ik mag van mijn vader niet eens oefenen als het bewolkt is, laat staan als de hemel een achtste oceaan over ons uitstort. Ik bedoel, het is nu wel genoeg geweest. Dit duurt al bijna een week.'

Samantha pakt het tijdschrift op en brengt het dicht bij haar gezicht om het beter te kunnen zien. Ik heb geen flauw idee waarom ze zo geobsedeerd is door dit soort blaadjes. Samantha is veruit het aantrekkelijkste en best geklede meisje van de hele school... van het hele land waarschijnlijk.

Ze heeft prachtig golvend, donkerblond haar en een lang, slank lijf waar de meeste mensen vier uur per dag voor moeten trainen bij een streng dieet van tarwegras, en ze heeft de hele designergarderobe van haar moeder tot haar beschikking. (Had ik al gezegd dat haar moeder vroeger model was? En dat Samantha haar benen heeft geërfd?) En dan heeft ze ook nog eens een supergoed gevoel voor stijl, die zelfs de meeste celebrity's zich alleen maar weten aan te meten door Rachel Zoe in te huren. Ik bedoel, heb je ooit iemand Comme des Garçons zien combineren met All Stars? (Nu we het erover hebben: heb je überhaupt ooit iemand Comme des Garçons zien dragen? Zo. *Weird.*) Nee echt, ze zou zo zélf in een van die tijdschriften kunnen staan. Als je het haar zou vragen, zou ze natuurlijk zeggen: 'Ik zie er verschrikkelijk uit!' Waarmee ze niet eens naar complimenten vist. Ik snap nog steeds niet hoe dat nou precies werkt bij haar.

'Jezus, wat is dat toch met die wimpers?' vraagt ze zich hardop af. 'Dit model ziet eruit alsof er spinnen uit haar ogen kruipen.' Samantha legt het tijdschrift neer en draait zich naar Lindsay toe. 'Dat je het even weet: het komt allemaal door onze ouders. Als zij in de jaren tachtig niet zo veel haarlak, insecticide en piepschuimbekertjes hadden gebruikt, zouden wij nu geen last hebben van dit extreme weer.'

'Daar was het mijn vader waarschijnlijk om te doen,' schampert Lindsay. 'Ik durf te wedden dat hij alléén maar producten gebruikte met cfk's erin, in de hoop daarmee op een dag te kunnen voorkomen dat zijn toekomstige dochter achter het stuur gaat zitten.'

'Mmm-hmmm,' zeg ik, half afwezig – omdat Lindsay áltijd zit te klagen dat ze geen rijbewijs heeft en Samantha áltijd haar ouders overal de schuld van geeft – maar ook omdat ik het te druk heb met het bestuderen van de fluorescerend gele flyer die meneer Wallace vandaag tijdens de kunstgeschiedenisles heeft uitgedeeld. Bovenaan staat gebiedend: ATTENTIE! En trouwens, het heeft totaal geen zin om ze te vertellen dat het gebruik van chloorfluorkoolstofverbindingen in spuitbussen al in 1978 werd verboden en dat piepschuimbekertjes helemaal niets te maken hebben met extreme weerpatronen. Ze zouden toch niet luisteren.

Opeens krijg ik een flapperende papiermassa in mijn gezicht. Ik kijk weg van de flyer, die ik op het memobord naast mijn bed had geprikt.

'Au,' zeg ik, terwijl ik over mijn voorhoofd wrijf en ongewild moet lachen. 'Waarom gooide je nou dat tijdschrift naar me? En zeg alsjeblieft niet dat je weer op de een of andere celebrity valt.'

Samantha trekt een wenkbrauw op. 'Je doet al de hele tijd alsof we niet bestaan en ik begin het persoonlijk op te vatten. Wat gebeurt er allemaal in dat hoogbegaafde hoofd van je?'

Met een zucht trek ik de punaise uit de flyer en houd hem voor ze omhoog. Ik doe mijn best om nonchalant te klinken. 'Er is een wedstrijd. Heeft meneer Wallace vandaag tijdens de kunstgeschiedenisles aangekondigd. De gemeente heeft een beurs gekregen om in de zomer vijf leerlingen naar Italië te sturen om beroemde kunstwerken te bestuderen. De gemeente betaalt alles. Vliegtickets, hotels, eten, zelfs de toegangkaartjes voor allerlei musea.' Bij de gedachte alleen al voel ik kriebels in mijn buik.

'Laat zien,' eist Lindsay. Ze komt overeind, ploft naast me op het bed en pakt de flyer uit mijn hand. Ik kijk over haar schouder mee en lees de tekst voor de duizendste keer, terwijl zij hem aan Samantha voorleest.

ATTENTIE!
EEN ONVERGETELIJKE ZOMERERVARING!
Vijf uitverkoren leerlingen zullen meneer Wallace
vergezellen op een reis naar ITALIË,
om in Rome, Venetië en Florence de werken
van de grote Italiaanse meesters te bestuderen.
Om mee te kunnen dingen,
gelden de volgende voorwaarden:

- Je moet het speciale kunstgeschiedenisprogramma volgen en minimaal een 9 staan.
- Je dient een opstel te schrijven waarin je uitlegt waarom jij voor deze reis moet worden uitgekozen.
- Kandidaten worden beoordeeld op zowel hun opstel, als op persoonlijkheid, buitenschoolse interesses en karakter, en worden geselecteerd door een docentencomité van de vierdeklassers.
- Inschrijvingen moeten uiterlijk volgende week donderdag om 17.00 uur bij meneer Wallace worden ingeleverd!

'Ik zie het probleem niet,' zegt Lindsay opgewekt. 'Je hebt in je hele leven nog nooit lager dan een 9½ gescoord en je bent supergoed in het schrijven van opstellen. Natuurlijk kiezen ze jou.' Ze geeft de flyer met een zucht terug en schudt mistroostig haar hoofd. 'Zo cool! Nerds mogen altijd leuke dingen doen.'

'Geloof me,' zegt Samantha, 'zo leuk is het niet. Mijn ouders hebben me vijf keer naar Italië meegesleept en het wordt zwaar overschat. Ik bedoel, als je één afbeelding van Jezus hebt gezien, dan heb je ze allemaal gezien. Maar ik moet toegeven: de jongens zijn echt hot.'

Ik glimlach. Dat moet ik haar wel nageven: ze beheerst het verwende ik-ben-het-rijkeluiskind-wiens-ouders-me-niet-zien-staan tot in de puntjes. Ze heeft er zelfs puur uit wraak voor gezorgd dat ze van het internaat werd gestuurd – het had iets te maken met te laat binnen zijn, condooms en een banaan, hoewel ze elke keer een ander verhaal opdist – dus nu is ze veroordeeld tot Grover Cleveland High en plebs zoals wij.

Ik zal de eerste keer dat Lindsay en ik Samantha ontmoetten nooit vergeten. Het was in de brugklas, op de eerste dag na de kerstvakantie, een paar minuten voordat het eerste uur begon. Lindsay en ik waren in de meidentoiletten vlak bij de talenlokalen. Daar ontmoetten we elkaar elke ochtend om onze outfits te vergelijken en bij te praten over alles wat er tussen ons laatste telefoon- of msn-gesprek van de avond ervoor en het moment dat we 's ochtends op school arriveerden, was gebeurd. De toiletten lagen in een uithoek, ver van de huiswerkklassen, dus meestal hadden Lindsay en ik de ruimte voor onszelf. Maar toen we die ochtend binnenkwamen, stond er tot onze verbazing een meisje dat we nooit eerder hadden gezien.

Mijn adem stokte toen ik haar zag: ze droeg een lange, zwarte tuniek met losse stroken stof aan de mouwen, met daaronder een heldergroen topje, jeans en 8 centimeter hoge paarse sleehakken. Ze had een uitgekiend nonchalant kapsel van lang blond haar en er hingen in elkaar gestrengelde gouden kettingen van verschillende lengtes om haar nek. Ze was echt adembenemend en helemaal perfect, en ik had nog nooit zoiets gezien, niet in levenden lijve in ieder geval. Lindsay en ik stonden naar haar te staren terwijl zij voorovergebogen bij de wasbak zwarte eyeliner en zeven lagen mascara op haar van nature lange wimpers aanbracht. De delicate zwarte stroken aan haar mouwen hingen elegant langs de zijkanten van de natte wasbak.

'Van mijn moeder mocht ik vanmorgen geen mascara op,' verduidelijkte ze met haar mond halfopen op die ik-doe-mijn-uiterste-best-om-mijn-ogen-niet-uit-te-steken-manier waarop vrouwen make-up aanbrengen. Ze nam ons via de spiegel op en ik herinner me dat ik me opgelaten voelde met mijn slome, sluike, bruine haar, de jeans die mam bij Limited Too had gekocht en die rode puist midden op mijn voorhoofd. Maar het ging haar er niet om te oordelen. Het ging blijkbaar om iets anders.

'Willen jullie ook?' vroeg ze uiteindelijk met twee eyeliners in haar opgestoken hand.

Ze waren van Chanel. Ik wist dat je geen eyeliners met andere mensen moest delen vanwege infectiegevaar door het overbrengen van bacteriën, maar ik begreep ook dat als we zouden weigeren, onze kansen verkeken waren om bevriend te raken met dit superknappe, excentrieke meisje. Lindsay en ik wierpen elkaar een snelle blik toe, grepen toen ieder een eyeliner en gingen naast haar bij de spiegel staan. Ze glimlachte. Eigenlijk leek het meer op gniffelen.

'Ik ben Samantha,' zei ze. 'En even voor alle duidelijkheid: tot op heden was delen niet mijn sterkste kant.'

Sinds die tijd zijn wij drieën onafscheidelijk.

2

'Dus als ik het goed begrijp, wil jij een van de gelukkigen zijn?' vraagt Lindsay met een glimlach, waarbij het opzichtige kuiltje in haar wang waar ze zelf zo'n hekel aan heeft, verschijnt.

Ik zucht. 'Ik zou er een moord voor doen. Heb je enig idee hoe goed deze reis op mijn cv zal staan? En dan mag ik ook nog eens naar Italië zonder mijn ouders. Over cool gesproken.'

Samantha haalt haar schouders op. 'Het zou een stuk cooler zijn zonder al die sukkels van de kunstgeschiedenisles. Waar ga je je opstel over schrijven?'

Dat is het 'm juist. Ik lig al de hele dag naar de flyer te staren en mijn hoofd te breken over een overtuigend argument waarom het docentencomité voor mij zou moeten kiezen. Maar tot nu toe heb ik werkelijk niets over mezelf kunnen verzinnen wat ook maar enigszins interessant is. Behalve dan misschien die tweede rij tanden. Die wilde iedereen altijd zien. Ik heb zelfs nog overwogen er wat mee te verdienen door iedere keer vijftig cent te vragen. Zo cool was het. Dat wil zeggen: tot ze getrokken moesten worden, toen was het ronduit klote.

'Ik heb geen idee,' geef ik toe. 'Zeg nou zelf, ik ben zóóó saai. Bij mij gebeurt er nooit wat. Mijn ouders zijn niet gescheiden, het zijn geen immigranten, en ze hebben allebei medicijnen gestudeerd. Niemand in mijn familie heeft ooit een slopende ziekte gehad. Ik heb geen last van een eetstoornis, een crackverslaving of autisme. Ik heb nooit iets gebroken. Nog geen vinger of teen. Ik heb geen spannende hobby's. Ik bedoel, waar hou ik nou van? Ik hou van lezen. Ik doe kruiswoordpuzzels. En sudoku. Heb ik afgelopen zomer liefdadigheidswerk in Afrika gedaan? Of vrijwilligerswerk in een kinderziekenhuis? Nee. Ik heb doodnormale dingen gedaan. Bij Gap Kids gewerkt. Ik ben naar een Barry Manilow-concert geweest. Ik...'

'Dat is niet normaal,' onderbreken Samantha en Lindsay me tegelijkertijd.

Ik knijp mijn lippen samen terwijl zij giechelen. '*Whatever.* Geloof me, ik ben het meest saaie, normale, doorsneemeisje op aarde. Ik bedoel, kíjk dan naar me.'

Ik werp een blik in de spiegel op mijn kastdeur en neem mezelf op: superfijn, sluik, bruin haar waar nog geen krul (of model) in te krijgen is, in hoeveel lagen het ook wordt geknipt; dunne, weinig opwindende lippen, saaie bruine ogen, een normale neus en – natuurlijk – een dun lichaam van gemiddelde lengte zonder rondingen. En ik overdrijf niet. Ik weet dat ik niet lelijk of onaantrekkelijk ben. Er is alleen niets speciaals aan mijn uiterlijk. Ik heb geen opvallende kenmerken, zoals het haar van Samantha, of Lindsays kuiltje.

Ik draai me weer naar hen toe. 'Om heel eerlijk te zijn, wil ik alleen maar mee omdat ik dan het gevoel heb dat het mij wat boeiender maakt, zodat ik eindelijk iets te melden heb als ik me later inschrijf voor de universiteit en niet een of ander onzinverhaal hoef te verzinnen. Maar dat kan ik natuurlijk niet zeggen.'

Lindsay en Samantha knikken instemmend. Ik ben blij dat ze niet een discussie beginnen of me proberen te overtuigen dat ik wél interessant ben. En dit bedoel ik niet sarcastisch. Dat vind ik echt fijn aan ze. Echte vriendschap wordt gekenmerkt door eerlijkheid.

'Nou, in ieder geval word je niet elke dag door Megan Crowley lastiggevallen,' zegt Lindsay in een poging me op te vrolijken. 'Ik zou er alles voor overhebben om zo saai te zijn dat zij me met rust liet.'

Megan Crowley is wat Hollywood, of superdomme volwassenen, een *mean girl* zouden noemen, of een *queen bee*. Vrij vertaald: ze is een onzekere, gemene bitch die anderen belachelijk maakt zodat niemand háár belachelijk kan maken. En Lindsay en ik zijn toevallig haar favoriete doelwit.

Het is allemaal begonnen toen we in groep vijf zaten. In die tijd, moet je weten, was Lindsay ook nogal een gemene trut. Wat moeilijk te geloven is, want nu is ze de meest opgewekte, onschuldige persoon die er bestaat. Samantha kan het zich niet eens voorstellen, zelfs niet als ze haar ogen sluit en héél erg haar best doet. Ze zegt dat ze gewoon niet verder komt dan het kuiltje, of misschien komt het door de vredelievende hippie-vibe die Lindsay uitstraalt, maar hoe dan ook: ik begrijp wat ze bedoelt. Het ís moeilijk voor te stellen. En toch is het echt waar. Lindsay wás een gemene trut. Niet tegen mij – we zijn al sinds onze geboorte hartsvriendinnen – maar wel tegen anderen.

Als ik de situatie zou moeten psychoanalyseren, zou ik zeggen dat Lindsay door een soort van jaloerse fase ging, veroorzaakt door de geboorte van haar twee jongere zussen toen ze vier en respectievelijk zeven jaar oud was, wat zich uitte door het vertonen van gemeen gedrag tegen meisjes op school, aangezien school de enige plek was waar ze nog aandacht wist te trekken, al was het dan negatieve. Maar dat is slechts mijn mening.

Hoe dan ook, toen we in groep vijf zaten, plaste Megan Crowley op het partijtje van Charlotte Reese in haar broek en probeerde ze de gigantische natte plek in haar kruis toe te schrijven aan gemorst water. Iedereen had haar waarschijnlijk nog geloofd ook, alleen zat Gemene Lindsay naast haar toen het gebeurde, en zij wist dat Megan geen water had gemorst. Maar in plaats van haar mond te houden, gilde Gemene Lindsay: 'Ze heeft geen water gemorst! Ze heeft in haar broek geplast! Ik heb het zelf gezien!' En vervolgens barstte Megan in tranen uit en moest de moeder van Charlotte Reese haar voor een wasbeurt mee naar boven nemen, en moest Megan schoon ondergoed en een schone broek van Charlotte lenen. Wat op zich al erg genoeg was, maar daarbij kwam ook nog dat Megan nogal lang is en Charlotte Reese – zoals mensen het netjes uitdrukken – 'verticaal beperkt', zodat het de rest van de middag leek of Megan in een lederhose rondliep.

Ondertussen was Lindsay ergens in groep zeven veranderd in Het Liefste Meisje Ooit, terwijl Megan zich had getransformeerd tot een secreet/schoolteamcheerleader (wat naar mijn mening zo ongeveer op hetzelfde neerkomt). En als je je dan bedenkt dat Megan Lindsay dat plasincident nooit heeft vergeven... Als je wel eens een tienerfilm hebt gezien, dan weet je dat dit geen goede combinatie is.

En om een lang verhaal nog langer te maken: wat er gebeurde was dat Lindsay in de tweede klas van de middelbare school per ongeluk na gym in de meidenkleedkamer een windje had gelaten, en de pech had net naast Megan te staan toen het gebeurde. In plaats van dit doodnormale menselijk functioneren te negeren zoals ieder welopgevoed mens zou doen, bazuinde Megan – je raadt het al – rond hoe smerig en walgelijk Lindsay wel niet was en begon ze haar Windenkind te noemen. En ze komt er niet meer van af. Dus ook al zijn we nu twee jaar verder, als Lindsay een lokaal binnenkomt, reageert Megan steevast met: 'Kijk uit jongens, daar heb je Windenkind.' Heel leuk... maar niet heus.

Maar het ergste is dat Megan de laatste tijd nog gemener is geworden. Een paar maanden geleden trof Lindsay, toen ze het huiswerklokaal binnenliep, een blik met bonen op haar tafel aan, en afgelopen week was er op Lindsays kluisje een megagrote foto van Supergirl geplakt, die met een dikke zwarte marker een enorme W op haar borst had gekregen, en bij haar kont kringellijntjes... wat dus een stankwolk moest voorstellen. En iedereen is zo bang om Megans volgende slachtoffer te worden dat de mensen met wie Lindsay eerst bevriend was, nu met een grote boog om haar heen lopen. Zelfs jongens ontlopen haar. Samantha en ik zijn haar enige medestanders. Lindsay en ik zijn al hartsvriendinnen sinds de crèche en ik ga haar echt niet in de steek laten vanwege een gestoord wijf als Megan Crowley. En Samantha, nou... het kan Samantha allemaal niets schelen. Zij vindt iedereen hier op school sowieso een loser.

Maar het is wel zonde, want Lindsay is echt grappig en cool, om niet te zeggen superschattig. (Maar zeg dat niet waar ze bij is want dan begint ze te tieren dat 'schattig' alleen een compliment is voor puppy's of pasgeboren baby's.) Ze is klein (hoewel zij het liever *petite* noemt), maar ze heeft een prachtig lichaam en draagt al 75D (oké, ik ben jaloers). Ze heeft supersteil, dik, kastanjebruin haar – met een natuurlijke rode gloed! – dat nooit pluizig is, zelfs niet midden in augustus, en ze heeft waanzinnig blauwe ogen die zó blauw zijn, dat voorbijgangers haar soms aanhouden om te vragen of ze echt zijn of dat ze contactlenzen draagt. En dat kuiltje nog natuurlijk. Dat is zo diep dat je er een schat in kunt begraven.

Als Megan die dag in de tweede nou gewoon afwezig was geweest, of aan de andere kant van de kleedkamer had gestaan, dan was Lindsay nu superpopulair geweest, dat weet ik zeker. Hoewel je mij eerlijk gezegd niet hoort klagen. Ik weet dat het egoïstisch is, maar ik vind het wel prettig dat Samantha en ik haar voor onszelf hebben.

Een lange dunne bliksemschicht breekt de hemel open en even licht mijn kamer op alsof het midden op de dag is. Ik bedenk dat ik mijn moeder moet vragen of ze hen naar huis wil brengen. Met dit weer kunnen ze echt niet op de fiets.

'O, helemaal vergeten!' zegt Lindsay opeens. 'Over Megan Crowley gesproken, moet je dit zien.' Ze loopt naar haar rugzak, die ze naast mijn deur heeft neergesmeten, en haalt er een bruine papieren zak uit. 'Dit gaat zeker werken. Ik weet het gewoon. Het is het best verkochte artikel om kwaad mee uit te roeien.'

Samantha en ik rollen met onze ogen naar elkaar. Dat was ik nog vergeten te vertellen over Lindsay: sinds die vete met Megan is ze steeds zweveriger geworden. Eerst waren het beschermende geneeskrachtige kristallen en heilige etherische oliën, daarna waren het tarotkaarten en runen, en God mag weten wat het nu weer is. Ze heeft een winkeltje in het centrum ontdekt, De Spirituele Winkel van Sinkel (ja, serieus), waar ze iedere keer nadat Megan Crowley weer iets gemeens heeft gedaan meteen naartoe rent om al haar zakgeld te spenderen aan wat dat gekke wijf achter de toonbank haar ook maar aansmeert. Samantha en ik zijn ervan overtuigd dat Lindsay echt de enige is die De Spirituele Winkel van Sinkel voor een faillissement behoedt. Maar hé, als het maar werkt.

Lindsay opent de papieren zak en trekt er een klein poppetje uit dat van oude theedoeken lijkt te zijn gemaakt. Het heeft geel haar van draad en draagt een miniatuuruitvoering van het Grover Cleveland High School-cheerleadersuniform en de ogen zijn met zwart garen dichtgenaaid in de vorm van een kleine x.

'Wat is dat?' Ik neem het poppetje van haar over en bekijk het van alle kanten.

'Het is een voodoopop,' antwoordt Lindsay opgewonden. 'Van Megan. Ik heb haar ogen dichtgenaaid zodat ze me niet ziet aankomen. En nu…' Ze haalt een speldenkussentje uit de zak en trekt er een naald uit, '…ga ik dit in haar mond steken, zodat ze verrekt van de pijn zodra ze iets gemeens wil gaan zeggen.' Ze duwt de naald door de rode lippen van het poppetje en hij komt er aan de achterkant weer uit. 'Zo,' zegt ze met een tevreden glimlach. 'Die zit, vuile trut.'

Samantha en ik moeten allebei lachen.

'Nee echt, zoiets belachelijks heb ik nog nooit gezien,' zeg ik. 'Zeg alsjeblieft dat je niet echt denkt dat dit gaat werken.'

Lindsay slaakt een diepe zucht, alsof ík degene ben bij wie iets aan het verstand gepeuterd moet worden.

'Jij bent zo kortzichtig,' zegt ze. 'Waarom kun je niet gewoon accepteren dat er dingen bestaan die niet tastbaar zijn? Veronica zegt dat mensen zoals jij zich bedreigd voelen door het idee dat niet alles te controleren is.' (Veronica is dat gekke wijf achter de toonbank, die blijkbaar doctorandus in de huis-tuin-en-keukenpsychologie is.)

'Ik voel me niet bedreigd,' zeg ik. 'Ik ben rationeel. En goed bij mijn hoofd. Moet je ook eens proberen. Echt een heerlijk gevoel.'

Lindsay doet alsof ze me niet hoort en staart naar de x'jes, waar vroeger de poppenogen zaten.

'Mag ik eens kijken,' zegt Samantha en ze strekt haar hand uit naar de pop. Ze trekt de naald eruit en steekt hem door de bovenkant van het poppenhoofd. 'Ooo,' zegt ze met een Megan Crowley- stemmetje. 'Gelukkig heb ik geen hersenen, anders crepeerde ik nu van de pijn!'

Lindsay en ik giechelen. Samantha gooit de pop terug naar Lindsay, die de naald er voorzichtig uit haalt en hem weer in de poppenmond steekt.

'Lindsay, je moet eens met mijn moeder gaan praten. Die begint steeds meer op jou te lijken,' zegt Samantha, terwijl ze op mijn bed neerploft. 'Echt, heb ik dit al verteld? Ze bezoekt sinds kort een helderziende. Madame Gillaux. Die doet readings voor ik-weet-niet-hoeveel celebrity's en *socialites,* en mijn moeder laat haar om de week invliegen vanuit New York. Want waarom zou je geld aan arme, uitgehongerde kindjes in Afrika geven als je het op zo veel andere, veel belangrijkere manieren kunt uitgeven? Hoe dan ook, vorige week verkondigde madame Gillaux dat ze een baby in de toekomst van onze familie zag. Mijn moeder werd helemaal gek en stuurde mij naar een gynaecoloog, en nu ben ik aan de pil.' Samantha gooit haar haren naar achteren. Even ziet ze er veel ouder uit dan zestien.

'Echt waar?' vraagt Lindsay lachend. 'Maar je hebt niet eens een vriendje.'

'Fijn, Lindsay, dat je het er nog even in wrijft,' klaagt Samantha. 'Maar maak je geen zorgen. Dat komt nog. Een dezer dagen zal Aiden het licht zien en die vuile slet dumpen. En als dat gebeurt, ben ik er klaar voor. En, dankzij mijn allerliefste moeder, ook beschermd tegen ongewenste zwangerschappen.'

Ik schud mijn hoofd. Aiden Tranter is een enigszins populaire vijfdejaars – met nadruk op 'enigszins'. De enige reden die ik kan verzinnen waarom Samantha interesse in hem heeft, is dat hij totaal niet geïnteresseerd is in haar. In feite heeft hij een hekel aan haar. Sinds hij vorig jaar zijn rijbewijs heeft gehaald, moet hij Samantha van zijn moeder elke dag naar school brengen, omdat Samantha's moeder zelf geen zin heeft om haar dochter 's morgensvroeg te rijden. (Of, in Samantha's woorden: ze heeft haar lelijkheidsslaapje nodig.)

Het probleem is dat Aiden zo'n beetje bij de school om de hoek woont en Samantha een kwartier verderop (precies de andere kant op) in een dure wijk met een hek eromheen. Dus Aiden moet extra vroeg opstaan om eerst Samantha op te halen en precies om half acht weer terug te zijn. Het is een idiote afspraak. Er wonen zat kinderen dichter in de buurt, en dan heb ik het nog niet eens over de hoeveelheid jongens die maar al te graag drie uur zouden willen omrijden om twintig minuten met haar in de auto te mogen zitten. Maar Aidens moeder is een hielenlikker, die zich wanhopig naar binnen probeert te werken bij de bekakte, exclusieve *country club* waar Samantha's ouders lid van zijn. Dus Samantha heeft haar moeder zover gekregen dat ze Aidens moeder heeft beloofd dat ze een goed woordje voor haar zou doen bij de club als Aiden Samantha elke dag naar school zou rijden.

Ondertussen is Samantha drie maanden geleden zestien geworden. Maar ze zakt elke keer expres voor haar rijexamen zodat ze met Aiden kan blijven meerijden. Waardoor Aiden een nog grotere hekel aan haar heeft gekregen.

Persoonlijk snap ik niet wat ze in hem ziet. Hij ziet er altijd uit alsof hij net uit bed is gerold, zelfs als hij zijn best doet om er niet verkreukeld uit te zien. En hij moet wel een sukkel zijn want iedereen die ook maar één hersencel heeft, zou het nog geen seconde met zijn vriendin uithouden, de al eerder genoemde 'vuile slet'. Ze heet Trance Jacobs. (Ja, echt. Trance. En wat me nu opeens te binnen schiet: misschien moet ze eens solliciteren bij De Spirituele Winkel van Sinkel?) Ik heb haar vorig jaar wiskundebijles gegeven. Ze begreep het hele concept van breuken pas toen ik het vertaalde naar uitverkoopprijzen bij H&M.

'Je moet een voodoopoppetje van Trance regelen,' oppert Lindsay. 'Of anders een liefdesdrankje! Als je drie zweetdruppels van Aiden weet te bemachtigen, kun je een drankje maken dat zijn feromonen activeert. Veronica zweert dat elke man die haar liefdesdrank heeft geproefd, nooit meer naar een ander kijkt.'

De telefoon gaat voordat Lindsay ons om de oren kan slaan met nog een Veronica-isme en ik duik eropaf.

'Hallo?' zeg ik.

'Spreek ik met Erin?' vraagt een onbekende vrouwenstem aan de andere kant.

'Ja. Met wie spreek ik?'

'Ik ben een vriendin van je tante Kate,' verduidelijkt de onbekende.

'Zou ik je moeder even mogen spreken?'

Mijn tante Kate. Dat is een naam die ik niet vaak hoor. Tante Kate is de jongere zus van mijn moeder en ze hebben wat mijn moeder omschrijft als 'een gecompliceerde relatie'. Gecompliceerd als in: ze hebben elkaar meer dan een jaar niet gesproken.

Volgens mijn ouders kon ik toen ik een baby was het woord Kate niet uitspreken, dus noemde ik haar Kiki, en zo noem ik haar nog steeds. Ik zou het nooit over 'mijn tante Kate' hebben. Voor mij blijft ze Kiki. Hoewel mijn vader haar mijn tante Kierewiet noemt, omdat ze altijd rare dingen doet, zoals in een commune gaan wonen, of veganist worden, of zich bij een indianenstam aansluiten en haar naam veranderen in Zij Die Met Water Communiceert.

Maar het is wel superleuk om met haar op te trekken. Toen zij en mijn moeder nog normaal met elkaar omgingen tenminste. In de zomer ging ik 's middags altijd bij haar langs en zaten we eindeloos op de veranda samen de kruiswoordpuzzel in *The New York Times* te maken. Zij is degene van wie ik het heb geleerd. Ze beweerde altijd dat ik erg op haar leek, ook al roept iedereen de hele tijd dat ik zo op mijn moeder lijk. Slim. Verstandig. Zwart-wit. Ontzettend koppig. Nu ik erover nadenk: mijn tante Kiki kan er ook wat van. Zit zeker in de familie.

'Ja, één moment,' zeg ik tegen de vrouw aan de telefoon. Ik open mijn slaapkamerdeur. 'Mam,' roep ik. 'Telefoon voor jou.' Ik laat het Kiki-gedeelte expres achterwege, want ik heb geen zin om iets uit te moeten leggen als er geen uitleg voorhanden is.

'Ik kom eraan,' roept mijn moeder terug.

Als ze de telefoon opneemt, hang ik op en ga boven aan de trap staan, in de hoop mee te kunnen luisteren.

'Ja?' hoor ik haar zeggen. En daarna zegt ze het nog een keer, maar deze keer klinkt haar stem afgeknepen en gespannen. 'Is er iets?' vraagt ze.

Ondertussen zijn Lindsay en Samantha bij me in de hal komen staan en ze knikken als ik mijn vinger tegen mijn lippen leg.

'Wat?' Haar stem klinkt gealarmeerd. Ik word opeens zenuwachtig. Lindsay kijkt me aan en ik haal mijn schouders op. Ik probeer me voor te stellen wat Kiki deze keer heeft uitgehaald. Ik hoop maar dat ze niet is opgepakt voor het roken van mescaline of zoiets, want de rechter had haar gewaarschuwd dat hij niet zo schappelijk zou zijn als hij haar ooit nog eens zou zien.

Dan begint mijn moeder te huilen.

Nu krijg ik echt de zenuwen. Mam huilt helemaal nooit. Ze is kinderarts. Ze ziet iedere dag verdrietige, zieke kinderen, dus heeft ze zich aangeleerd om nergens emotioneel van te worden.

Een voorbeeld: toen ik klaar was met de kleuterschool, zong onze klas *The Circle Game* van Joni Mitchell. Voor het geval je dat liedje niet kent, het refrein gaat zo: *The seasons they go round and round / And the painted ponies go up and down / We're captive on the carousel of time / We can't return, we can only look behind.* Oké, misschien weet ik dan niet de hele tekst meer, maar het punt is: stel je een groep vijfjarigen voor die dit sentimentele liedje voor hun zoetsappige ouders zingen terwijl ze kleine doctoraalpetjes ophebben. Geloof me, mijn moeder was de enige die het droog hield.

'Oké,' zegt ze. 'Bedankt.' Ik hoor de kiestoon als de vriendin van mijn tante ophangt, gevolgd door een harde dreun.

3

Als ik beneden kom, ligt mijn moeder als een lappenpop op de grond. 'Mam! Mam, gaat het?' Ik controleer of ze nog ademt, wat het geval is, en net als ik roep dat iemand 1-1-2 moet bellen, tilt ze haar hoofd op.

'Niet doen. Er is niks aan de hand. Ik bedoel, er is wel wat aan de hand, alleen... je hoeft geen ambulance te bellen.' Ik weet niet zeker of ze op haar hoofd terecht is gekomen, dus controleer ik of ze een hersenschudding heeft, zoals zij me heeft geleerd.

'Hoe heet je?' vraag ik haar. 'Ben je misselijk?'

Ze gaat rechtop zitten en wuift me weg. 'Ik ben niet op mijn hoofd terechtgekomen. Ik heb alleen, alleen... o mijn god! Kate!' Ze begint te huilen, midden op de vloer.

'Wat is er gebeurd? Wat heeft ze gezegd?' Maar mijn moeder schudt alleen haar hoofd. Nu ben ik degene die zich misselijk begint te voelen. Ik heb mijn moeder zich nog nooit zo zien gedragen. 'Mam, zeg nou wat er is gebeurd.'

'Ze is er niet meer.' De woorden blijven in haar keel steken.

'Wat?' Mijn hart gaat als een bezetene tekeer terwijl mijn hersenen proberen te verwerken wat ze heeft gezegd.

'Ze hebben haar buiten in een veld gevonden, met een metalen paraplu. De bliksem…' Ze maakt haar zin niet af, maar dat is ook niet nodig. Ik heb het begrepen. Mijn tante is door de bliksem geraakt, en nu is ze dood.

In het eerste jaar van natuurkunde hebben we geleerd dat er tijdens een blikseminslag, die een paar milliseconden duurt, vierhonderd kilovolt aan elektriciteit vrijkomt. Met andere woorden, als je wordt geraakt krijg je negen van de tien keer een acute hartstilstand. En als je het op de een of andere manier wel overleeft, houd je er op de plekken waar je bent geraakt diepe brandwonden aan over, plus een medische nasleep variërend van ademhalingsproblemen tot hersenbeschadiging.

Ik stel me mijn tantes geëlektrocuteerde lichaam voor. Ik vraag me af of ze angst heeft gevoeld. Ik vraag me af of ze daar überhaupt tijd voor had.

'Wat deed ze in dat veld?' hoor ik mezelf vragen. Naast een zwembad is een open veld de domste plek waar je tijdens een onweersbui kunt zijn. En het allerdomste wat je dan in een open veld kunt doen, is rondlopen met een metalen voorwerp. Dat weet iedereen.

Mam schudt haar hoofd. 'Ik weet het niet. Haar vriendin heeft me niet veel verteld. Ze zei alleen dat ze haar een uur geleden hebben gevonden en dat ze, toen de ambulance arriveerde, door de ambulancebroeders dood is verklaard. Ze wilde worden gecremeerd, en woensdag wordt er een herdenkingsdienst gehouden.'

Lindsay en Samantha schrapen ongemakkelijk hun keel en ik draai me razendsnel om. Ik was ze totaal vergeten.

'Mevrouw Channing, ik vind het heel erg voor u,' zegt Samantha.

'Eh… Erin, wij gaan er maar vandoor,' voegt Lindsay daaraan toe.

'Nee,' roep ik, al was het niet mijn bedoeling om mijn stem te verheffen. 'Jullie kunnen niet naar huis fietsen in dit weer. Zeker niet na wat er is gebeurd. Alsjeblieft, mijn vader komt zo thuis. Hij kan jullie wegbrengen. Blijf even op hem wachten.'

Lindsay en Samantha kijken elkaar aan. Lindsay bijt op haar onderlip, wat ze altijd doet als ze op het punt staat om iets tegen haar zin te doen. Mijn ogen lopen vol met tranen en ik open mijn mond om iets te zeggen, maar ik weet niet wat. Ik kan alleen maar denken: Hoe is dit mogelijk? Hoe kan Kiki er nou niet meer zijn?

De garagedeur gaat met een zacht gerammel open.

'Zie je,' zeg ik, opgelucht dat ik mijn aandacht even op iets anders kan richten. 'Daar heb je hem al. Laten we boven jullie spullen gaan halen.'

We sjokken zwijgend de trap op en krimpen ineen als we mijn vader de deur open horen doen, waarna mijn moeder hem vertelt wat er is gebeurd. Ze is weer aan het huilen.

'Dit is zo bizar,' fluistert Samantha en ze slaat een arm om mijn schouders. 'Gaat het?'

Ik knik, ook al gaat het niet echt. Het voelt allemaal zo onwerkelijk, alsof het iemand anders overkomt. Iemand in een film die ik aan het kijken ben. Een B-film.

'Ik... het is alleen... ik heb mijn tante al bijna een jaar niet meer gezien,' stamel ik. Mijn keel zit verstopt. 'Het is allemaal zo raar. Het klopt gewoon niet. Je kunt veel over Kiki zeggen, maar niet dat ze dom was. Waarom zou ze met een metalen paraplu in een open veld gaan staan als het onweert?'

Lindsay wil iets gaan zeggen, maar houdt zich in.

'Wat?' vraag ik.

'Niks,' zegt ze. 'Het is nogal ongepast onder de omstandigheden.'

'Wat dan?' vraag ik nog eens. 'Hou je niet in. Tegen mij kun je alles zeggen.'

'Oké, nou... ik dacht alleen dat het nogal toevallig is dat je net zei dat je zo'n saai leven hebt waarin nooit iets gebeurt, en dan opeens gebeurt er dit.'

Ik houd mijn hoofd scheef en probeer te bedenken waar ze naartoe wil. Ik zie Samantha hetzelfde doen.

'Wat wil je daarmee zeggen?' vraag ik.

'Ik weet het niet. Ik bedoel, eh... misschien heb je dit wel opgeroepen,' mompelt Lindsay. 'Het is allemaal zo vreemd en mysterieus. Alsof... dit gebeurd is om je leven interessanter te maken.'

Ik kijk haar boos aan. Ik weet dat ze het niet zo bedoelt, maar toch. Ik probeer te slikken, maar dat gaat nogal lastig met een brok ter grootte van een golfbal in je keel.

'Dus wat je wilt zeggen is dat ik verantwoordelijk ben voor de dood van mijn tante omdat ik toevallig zei dat ik zo'n saai leven heb en niets kan verzinnen waarom ik naar Italië zou willen gaan?'

Ze wil reageren, maar bedenkt zich.

'Je hebt helemaal gelijk,' zeg ik bits en ik voel mijn ogen prikken. 'Dat was zó fout van me. Doe me een lol, zeg niets in die trant tegen mijn vader als je bij hem in de auto zit, oké?'

Lindsay knikt verontschuldigend. 'Begrepen,' zegt ze. Ze haalt haar vingers over haar lippen alsof ze haar mond dichtritst en gooit de denkbeeldige sleutel weg. 'Geen probleem. Sorry.'

Ik weet dat ze het meent en wanneer ze me wil omhelzen, omarm ik haar en houd haar langer vast dan de bedoeling is. Ik snotter op Lindsays schouder en ze klopt me zachtjes op mijn rug.

'Sorry,' fluistert ze. 'Ik weet dat je gek op haar was.'

Als ik haar eindelijk loslaat, veeg ik mijn ogen af. Ik zie dat Samantha me aankijkt, op dezelfde aarzelende manier als Lindsay daarnet.

'Ja, wat?' vraag ik.

'Nou, eh... zou je het ook verkeerd vinden als ik je vader in de auto vroeg niet die Barry Manilow-cd op te zetten?'

We schieten alle drie in de lach – zelfs ik.

'Gaat het echt wel?' vraagt Lindsay nog een keer voordat ze de trap af loopt.

'Ja hoor,' lieg ik, in een poging haar gerust te stellen. Samantha trekt ongelovig een wenkbrauw op. 'Nee echt,' zeg ik weer. 'Ga nou maar, mijn vader staat te wachten.'

Ze lopen met z'n tweeën de trap af en zodra ze weg zijn, ren ik naar mijn kamer en huil stilletjes in mijn kussen.

Het lukt me niet in slaap te vallen. Elke keer als ik mijn ogen dichtdoe, zie ik mijn tante met een oplichtend skelet, en haren die recht overeind staan, zoals in een oud *Tom en Jerry*-tekenfilmpje. Ik lig urenlang te draaien en naar de regen te luisteren die boven mijn hoofd op het dak klettert, en kijk hoe de wijzers van mijn wekker van de elf naar de twaalf gaan, en daarna van de twaalf naar de een. En al die tijd gaan mijn gedachten alle kanten op. Waarom praatten tante Kiki en mijn moeder niet meer met elkaar? Waarom heeft ze me nooit opgebeld? Hoe komt het dat ik zo weinig van haar leven af weet, los van de lastige, bizarre situaties waarin ze altijd verzeild raakte?

Ik kom overeind en gooi het dekbed van me af. Dit heeft geen zin. Ik kan toch niet slapen.

Er brandt licht in de keuken. Als ik binnenkom, zit mijn moeder bij het aanrecht een kop kruidenthee te drinken.

'Hoi,' zeg ik.

'Hé,' antwoordt ze. 'Kun je niet slapen?'

Ik schud mijn hoofd.

'Ik ook niet. Wil je ook een kop thee? Of zal ik warme melk voor je maken?'

Ik kijk naar de vloer. 'Mag het ook theemelk zijn?' vraag ik schaapachtig.

Toen ik klein was, zo'n vier of vijf jaar, had ik van die vreselijke nachtmerries – zoals in die film *Friday the 13th* (die ik natuurlijk nog nooit had gezien, laat staan iets wat erop leek) – en om me rustig te krijgen maakte mijn moeder dan altijd een drankje voor me klaar dat ze theemelk noemde. Het bestaat uit thee, melk, en kilo's suiker. Nu ik erover nadenk, is het eigenlijk precies hetzelfde als de *chai latte* die ik altijd bij The Coffee Bean bestel. Alleen kost een chai latte vier dollar en klinkt het een stuk cooler dan theemelk.

'Dat heb ik al in geen jaren meer voor je gemaakt.' Mam strekt haar hand uit om mijn haar glad te strijken. 'Dat doe ik met liefde.'

Ik kijk toe terwijl ze het klaarmaakt. Op de rug gezien lijkt ze precies op mijn tante. Dezelfde lengte, bouw en haarkleur. Ik voel weer tranen opwellen en ik reik over het aanrecht om een tissue uit de doos te pakken. Als ik begin te snotteren, draait mijn moeder zich om.

'Ach, lieve schat, ik weet dat het moeilijk is.' Ze aarzelt. 'Weet je, ik weet nooit of het voor de familie nou beter is als iemand plotseling overlijdt of als er een lange aanloop is. Want bij een lange aanloop kun je ze nog vertellen wat je op je hart hebt, maar dan wordt hun lijdensweg je niet bespaard. En als het opeens gebeurt, is er geen lijdensweg, maar dan kun je niet…' Haar stem breekt en ze begint weer te huilen voor ze de zin kan afmaken. Ze ademt diep in en vermant zich. 'Er zijn zo veel dingen die ik nog tegen haar had willen zeggen.'

'Wat is er tussen jullie gebeurd?' vraag ik. Het rolt eruit voor ik er erg in heb.

Mam zet mijn theemelk voor me neer en gaat dan met een zucht zitten.

'Ik weet het niet. Ik had altijd het gevoel dat ze weigerde volwassen te worden. Ze heeft nooit een echte baan gehad, ze is nooit getrouwd, ze heeft nooit kinderen gekregen. Ze ging door het leven zonder enige echte verantwoordelijkheid. Wat op zich prima is, alleen… ze trok zich nooit iets van anderen aan. Ik had ook gevoel dat ik altijd de rotzooi achter haar moest opruimen.'

Ik knik. Ik heb die verhalen al tienduizend keer gehoord. Maar deze keer vind ik het niet erg dat mam ze nog eens vertelt. Ik wil nu alleen over tante Kiki praten. Als mam haar hart wil luchten om zich beter te voelen, dan vind ik dat helemaal goed.

'Toen ze gearresteerd werd voor het bezit van mescaline, heb ik de borgsom betaald. Toen ze China werd uitgezet, was ik degene die ervoor zorgde dat ze naar huis kon komen. Toen ze in Costa Rica door een aap werd gebeten, was ik degene die het ziekenhuis belde en ervoor zorgde dat ze alle benodigde injecties kreeg. Maar het kwam altijd maar van één kant...' Ze pauzeert even en glimlacht verdrietig. 'Dit weet je allemaal al.'

'Ik vind het niet erg.'

'Maar het was wél erg,' antwoordt mam. 'Kiki heeft nooit ook maar één poot uitgestoken. Weet je nog dat oma een paar jaar geleden haar heup had gebroken? Ik moest drie maanden voor haar zorgen, ook al had ik een fulltimebaan en een gezin. En Kiki... zij zat bij een yogi in een ashram ergens in India en was onbereikbaar. Het was om razend van te worden.'

'Maar jullie hadden altijd al ruzie over dat soort dingen,' houd ik haar voor. 'Wat is er gebeurd waardoor je niet meer met haar wilde praten?'

Ze zucht en legt haar hand op de mijne. 'O, Erin. Ik wilde best nog met haar praten. Zij wilde niet meer met míj praten. Op een dag belde ik haar en ze heeft gewoon nooit teruggebeld. Ik heb de ene na de andere boodschap ingesproken, ik heb ge-e-maild, ik heb haar een brief gestuurd. Ik heb haar zelfs een paar keer geprobeerd op te zoeken. Maar ze wilde me niet zien. En ik had geen idee wat ik had gedaan. Het was net alsof ze op een dag besloten had dat ze niets meer met ons te maken wilde hebben. Ik heb het je nooit verteld omdat ik je niet wilde kwetsen. Ik weet hoeveel je van haar hield.'

Wat? Ik weet niet wat ik hoor. Ik was er altijd van uitgegaan dat het allemaal aan mijn moeder lag. Maar dat tante Kiki nooit meer belde... míj nooit meer belde? Zomaar zonder enige reden het contact verbrak? Dat ze mam niet meer wilde spreken kan ik nog begrijpen – ik krijg ook aardig wat gezeur over me heen van haar. Maar Kiki zei altijd dat ze van me hield alsof ik haar eigen dochter was, en ik geloofde haar.

Maar dit verandert alles. Nu weet ik niet meer wat ik moet geloven.

4

Ik heb nog nooit een herdenkingsbijeenkomst bijgewoond, maar ik durf te beweren dat deze herdenkingsbijeenkomst niet normaal is. Ik bedoel, dit is een regelrechte freakshow. We hebben het hier over Bizar met een hoofdletter B.

Ten eerste zitten mijn ouders en ik met nog zo'n vijftig mensen in mijn tantes woonkamer. Waar op zich niks mis mee is, ware het niet dat alle meubels zijn weggehaald en we op de vloer zitten. In een kring. En we houden elkaars handen vast. En om het nog griezeliger te maken zijn alle lampen uitgedaan, alle gordijnen dichtgetrokken, en branden er in elke hoek kaarsen. Midden in de kring staat de urn met de as van mijn tante. Alleen nog wat mist, het geluid van rammelende kettingen, gekreun en gesteun en je hebt de perfecte setting voor een B-film over een spookhuis.

Links van me zit mijn moeder en rechts zit een gast die een kloon is van Jerry Garcia. Hij heeft een zwartleren motorjas aan met het Hells Angels-embleem erop. Heb ik al gezegd dat we elkaars handen vasthouden? Mijn vader, die aan de andere kant van mijn moeder zit, houdt de hand vast van een vrouw in een lange mouwloze bloemetjesjurk. Ze heeft een gigantische tatoeage op haar arm van een moeder die twee baby's tegelijkertijd de borst geeft.

Dan heb je nog de vrouw die de dienst leidt. Ze draagt een lang zwart gewaad, heeft abnormaal grote ogen en grijs, springerig haar dat alle kanten op staat – alsof zíj door de bliksem is geraakt. (Sorry. Smakeloze grap.) Ze kan zo doorgaan voor een rechter die is opgevoerd met amfetaminen, of een invalkracht op Zweinstein.

Ik voel me ook heel ongemakkelijk (lichamelijk welteverstaan) omdat ik van mijn moeder een jurk aan moest en hoge hakken. Het is nog een heel gedoe om de juiste zithouding te vinden, waarin de man die recht tegenover mij zit niet van mijn ondergoed kan meegenieten. (Tussen twee haakjes: hij heeft een grijze paardenstaart en mist aan zijn linkerhand vier vingers.)

Het ergste is nog wel dat ik zo ben afgeleid door deze bizarre vertoning dat ik nauwelijks iets kan voelen.

De dame in het zwart blijft maar in lovende woorden over mijn tante Kiki praten… en ik blijf zijdelingse blikken op mijn moeder werpen om te kijken of ze zo weer begint te huilen. Maar dat gebeurt niet, en ik vraag me af of ze zich net zo voelt als ik. Ik kijk langs mijn moeder naar mijn vader, maar kijk meteen weer weg want ik zie dat hij enorm zijn best doet om zich in te houden, en ik weet dat als we elkaar aankijken, we allebei in lachen zullen uitbarsten. Ik wil niet onbeleefd overkomen. Hoewel Jerry's palm ongelofelijk zweterig is en ik me afvraag of het onbeleefd zou zijn als ik even zou loslaten om mijn hand aan mijn jurk af te vegen.

'Zouden jullie nu allemaal op willen staan,' zegt de dame in het zwarte gewaad. 'Jullie komen een voor een aan de beurt om onze geliefde Kate toe te spreken. Zeg wat je op je hart hebt. Help haar op deze reis.'

Jerry Garcia glimlacht naar me en laat mijn hand los om op te staan. Godzijdank. Ik zie dat hij tranen in zijn ogen heeft en ik vraag me af waar hij Kate van kende. Eigenlijk vraag ik me dat bij iedereen hier af.

De dame in het zwart loopt op de urn af en knielt neer.

'Kate,' zegt ze tegen de urn, 'ik wens je vrede in het hiernamaals. Dat je in een betere wereld herboren moge worden.' Ze loopt naar een lege plaats op de vloer en gaat in kleermakerszit zitten. Ik zie dat ze onder het gewaad jeans draagt, en Birkenstocks. Ze heeft gele, kromgegroeide, ongelakte teennagels. Ik wou dat ik ze niet had gezien.

Iedereen is overeind gekomen en staat nu in de rij om tegen de as van mijn tante te praten, behalve mijn moeder, mijn vader en ik. Ik was al half opgestaan toen de vrouw in het gewaad erom had gevraagd, maar mijn moeder wierp me een dodelijke blik toe, dus ben ik meteen weer gaan zitten. Nu staart ze met een rood aangelopen gezicht tandenknarsend voor zich uit. Ik ken dat gezicht. Ze trok zo'n zelfde gezicht toen ik tien was en een eekhoorn had gevangen, die ik mee naar huis had gebracht omdat ik hem als huisdier wilde hebben.

'Wat doen we?' fluister ik uiteindelijk tegen haar.

'We blijven zitten,' sist ze. 'En als deze toestand over is nemen we de as van mijn zus mee naar huis voor een fatsoenlijke herdenkingsdienst. In een kerk. Mét stoelen.'

Dus dát zat haar dwars. Het is niet de ceremonie zelf, maar het gaat erom dat zij de touwtjes niet in handen heeft. Vanuit mijn ooghoeken zie ik dat Jerry Garcia zo aan de beurt is. Als hij neerknielt om zijn zegje te doen, spits ik mijn oren. Er zijn duidelijk een hoop dingen over Kiki waar ik niets vanaf wist, maar ik kan me haar niet echt als een stoere motorchick voorstellen.

'Kate,' zegt Jerry Garcia terwijl hij zijn ogen dept. 'Ik zal nooit vergeten hoe goed je voor mijn Sadie was. Toen ze nog een kitten was en haar pootje had gebroken,' zijn stem breekt en de kerel achter hem klopt zachtjes op zijn schouder, 'voedde je haar gewoon met een oogdruppelaar, en je was zo geduldig.' Hij pauzeert even om zich te vermannen. 'We zullen je echt missen. Je was heel speciaal.'

Hij komt overeind, omhelst de man die achter hem staat en huilt op zijn schouder. Huh. Ik had zeker geen poezenverhaaltje van die Hells Angelgast verwacht. Weer wat geleerd: ga nooit op iemands uiterlijk af.

Ik hoor nog een paar mensen aan over mijn tante Kiki…

'Kate, ik hoop dat ze in de hemel vegakalkoen hebben, ik weet hoe gek je daarop was…'

'Kate, bedankt dat je me hebt laten zien dat meditatie een betere high geeft dan paddo's, zelfs beter dan lsd…'

'Kate, als je ooit een teken wilt geven dat je er bent, blaas dan gewoon drie kaarsen uit, zodat ik weet dat jíj het bent…'

…maar daarna sluit ik me af en concentreer ik me op het in toom houden van mijn knorrende maag.

Uiteindelijk, als iedereen aan de beurt is geweest en weer in een kring is gaan zitten, staat de dame in het gewaad op en neemt opnieuw plaats in het midden.

'De reis begint, Kate. Als de tijd daar is, zullen we volgen. Moge je herboren worden op dezelfde plek als degenen die je in dit leven hebt gekend en liefgehad. Dat je ze opnieuw mag kennen en liefhebben.'

Ze steekt een kaars aan die op een brede pilaar staat, en daarna pakt ze de urn op en loopt er langzaam mee de kamer uit. Als ze verdwenen is, staat iedereen op om haar te volgen, behalve mijn ouders en ik. We kijken elkaar met open mond aan.

'Zelfs voor tante Kierewiets begrippen was dit behoorlijk bizar,' mompelt pap uiteindelijk.

Mijn moeder ademt diep in om tot zichzelf te komen. 'Ze is dood, Peter. Moet je haar nou echt zo blijven noemen?' Daarna strijkt ze haar jasje glad en klopt het stof van haar jurk. 'Ik ga de as van mijn zus halen,' zegt ze resoluut. 'Ik zie jullie over twintig minuten bij de auto.'

Ze loopt de kamer uit en laat ons alleen achter. Ik kijk op mijn horloge. Het is bijna drie uur.

'Ik sterf van de honger,' zeg ik tegen mijn vader. 'Zou er iets te eten zijn?'

'Tofu, misschien,' zegt hij een beetje nukkig omdat mijn moeder hem heeft terechtgewezen. 'Maar ik weet niet of er iets eetbaars is.'

Zodra we een voet in de eetkamer hebben gezet, wordt mijn vader omringd door mensen die verhalen over tante Kiki willen horen van vóór hun tijd. Op de een of andere manier weet ik ongemerkt weg te glippen. Ik loop naar de tafel om te kijken of er iets is wat ik snel naar binnen kan werken voordat mijn moeder terugkomt en ons aan onze haren naar de auto sleurt. Ik werp een snelle blik op de tafel: stukken wortel, selderijstengels, wat fruit, aha! Bagels en roomkaas – of nee, het is tofuroomkaas. Whatever. Ik heb inmiddels zo'n honger dat ik een tofupaard zou opeten, als er niks anders was. Ik schraap wat van de neproomkaas op mijn bord en terwijl ik de bagel wil pakken, valt mijn oog op de foto die boven de tafel aan de muur hangt. Het is een poster van een beeldhouwwerk van Thomas Hirschhorn dat *Camo-Outgrowth* heet, mijn tantes favoriete kunstwerk. Het bestaat uit ruim honderd wereldbollen die in rijen uit de muur steken en gedeeltelijk zijn beplakt met tape. Het heeft er altijd al gehangen, maar nu alle meubels zijn verschoven, ziet het er een beetje misplaatst uit. Ik staar naar de poster, en ik krijg voor het eerst vandaag een brok in mijn keel en prikkende ogen. Ik kan me nog herinneren dat ze het kocht, vlak nadat het kunstwerk in het gemeentelijk museum was geïnstalleerd. Ze zei dat het haar 'niet losliet'. Dus was ze teruggegaan om de poster te kopen, en ik kreeg iedere keer dat ik bij haar op bezoek kwam een andere uitleg te horen van waar het kunstwerk volgens haar voor stond. Volgens mij hebben we in totaal wel twintig uur over die poster zitten praten. Eigenlijk was dat de reden waarom ik dit jaar het speciale kunstgeschiedenisprogramma ben gaan volgen.

Ik schrik op doordat iemand op mijn schouder tikt.

Als ik me omdraai, zie ik een dun vrouwtje met een erg bleke huid en zwart haar voor me staan. Ze heeft gezwollen, roodomrande ogen, maar los daarvan heeft ze een knap gezicht. Ze is niet zo jong meer, maar ook weer niet zo oud als mijn moeder. Halverwege de dertig misschien. Ze houdt een bruin, kartonnen doosje in haar handen.

'Sorry,' zegt ze. 'Het was niet mijn bedoeling je aan het schrikken te maken.' Ze heeft een kalme, vaste stem die ik meteen herken. Zij is degene die ons een paar dagen geleden heeft opgebeld.

'Geeft niet,' zeg ik. 'Ik ben Erin,' zeg ik met uitgestoken hand.

'Dat weet ik. Ik ben Roni.' Ze neemt de doos in één hand om mijn hand te kunnen schudden. Ze heeft een mooie, gladde huid. 'Gecondoleerd.'

'Bedankt.' Ik aarzel even. 'Waren jullie goed bevriend?' Dat lijkt me nogal duidelijk maar ik weet niets anders te zeggen. Ik kan moeilijk zeggen: Hé, dat was wel de meest bizarre herdenkingsdienst ooit, of niet soms?

'Kate was mijn beste vriendin,' zegt Roni en ze krijgt tranen in haar ogen. 'Ze hield ontzettend veel van je, weet je.'

Ik wil vragen: Waarom liet ze dan het hele jaar niets van zich horen? Maar ik ben bang dat als ik mijn mond opendoe, ik ook in huilen uitbarst en niet meer kan ophouden.

Ze wil me de doos overhandigen. 'Ze wilde dat jij dit zou krijgen.'

'Wat is het?' vraag ik met een krakerig stemmetje, zonder hem aan te nemen.

'Dat zul je wel zien,' zegt ze. Ze strekt haar armen uit en duwt de doos in mijn handen. 'Maak hem alsjeblieft pas open als je alleen bent. Dat vond Kate heel belangrijk.'

Ik haal mijn schouders op. 'Oké. Eh… bedankt.'

Ze probeert te glimlachen maar het lijkt meer op een grimas. Alsof zelfs de spieren van haar mond te verdrietig zijn om zich helemaal in te zetten. 'Hier,' zegt ze terwijl ze een papiertje uit de achterzak van haar jeans haalt. 'Dit is mijn telefoonnummer. Bel me als je er klaar voor bent.'

'Klaar voor wat?'

'Dat zul je vanzelf merken als het zover is.' Met die woorden draait ze zich om en verdwijnt tussen de andere aanwezigen.

Ik kijk op het papiertje dat ze me heeft gegeven.

Roni, 555-9436. Als je zover bent.

Op dat moment komt mijn moeder op me afgestormd, met mijn vader in haar kielzog. Ze heeft een nog roder gezicht dan daarvoor en ik kan zien dat ze gehuild heeft.

'Nu meekomen,' zegt ze terwijl ze me bij de arm grijpt.

'Mag ik mijn bagel misschien nog even opeten?' vraag ik. 'Ik barst va…'

'Eet maar in de auto op,' snauwt ze. 'We gaan.' Ze trekt aan mijn arm en ik moet bijna rennen om haar bij te kunnen houden.

'Waar is de urn?' fluister ik net iets te hard als we ons een weg naar de voordeur banen.

'Die krijg ik niet mee,' zegt mijn moeder. Haar stem is vlak en zakelijk. Ze staat in de doktersstand. 'Blijkbaar heeft Kate in haar testament laten vastleggen dat haar vriendin zich over de urn mag ontfermen. Ze hebben zelfs een advocaat laten komen om me tegen te houden, voor het geval ik hem zou proberen mee te nemen.' Ze slikt met moeite.

Dit kwetst haar enorm. Waar was mijn tante zo boos over? Waarom wilde ze dat het zo ging?

Als we bij de auto komen, realiseer ik me dat ik de doos nog steeds in mijn handen heb. Mijn ouders zijn zo van slag dat ze hem geen van beiden hebben opgemerkt. Ik stap achterin en zet hem naast me op de vloer. Ik kom in de verleiding om hem tijdens de terugreis al open te maken. Maar dan herinner ik me Roni's woorden. Ik bekijk de doos nog eens goed. Het is een doodgewone kartonnen doos. Er staat niks op, geen etiket, niets wat enig houvast biedt wat betreft de inhoud.

Dat moet maar even wachten.

5

Ik zit pas zeven minuten in de huiswerkklas als er een piepklein opgevouwen papiertje op mijn tafel landt. Ik kijk om me heen of mevrouw Schroeder oplet, maar die zit fanatiek haar dagelijkse pina colada-yoghurtje naar binnen te werken. Samantha beweert bij hoog en bij laag dat er echte pina colada in zit, en dat het yoghurtbekertje alleen maar voor de show is. Dat zou een hoop verklaren.

Ik vouw onder de tafel het papiertje open en lees wat erop staat. Het komt van Samantha, via Lindsay.

Aiden gaat dit weekend naar The Flamingo Kids in The Corridor. Jullie móéten met me meegaan. Dit is mijn kans om hem te laten zien dat ik niet een of ander suf meisje ben dat hij altijd naar school moet brengen, maar de hot chick waar hij naar smacht. En die een stel hersens heeft, in tegenstelling tot Trance. Geef dit door aan Erin als je het gelezen hebt.

Samantha blaast hier nogal hoog van de toren, want hoe hot ze ook mag zijn, Lindsay en ik weten allebei dat ze met nog maar drie jongens heeft gezoend, onder wie haar eigen neef. Ik draai het papiertje om en lees Lindsays reactie.

> Sorry, Sam. Ik ben dit weekend bij mijn vader. Maar laat maar horen als je dat liefdesdrankje wilt. Kun je in zijn glas gooien als hij even niet oplet? xo L.

Ik pak mijn pen en schrijf mijn antwoord onder dat van Lindsay.

> Volgens mij heb je mij per ongeluk aangezien voor iemand die graag concerten bezoekt. Sorry!
> XOXO E.

Ik vouw het papiertje weer op en gooi het discreet op Samantha's schoot. Ik kijk hoe ze het briefje openvouwt en onze antwoorden leest. Ze fronst, pakt haar pen en schrijft nog iets op. Een minuut later belandt het vierkantje weer op mijn tafel.

> Doe eens iets onverwachts. Geen wonder dat je niets kunt verzinnen voor je opstel.

***

Meneer Wallace staat bij het bord met zijn versgekamde sik en zijn zwarte emobril keurig op zijn neus. Het is zo'n zorgvuldig geconstrueerde kunstdocentenlook dat het bijna is alsof hij een toneelkostuum draagt. Hij pakt een krijtje en schrijft gigantisch groot *1/3* op het bord.

'Jullie laatste project dit jaar wordt een teamproject. Jullie krijgen allemaal een partner toegewezen, en elk team krijgt een onderwerp. Jullie moeten minstens drie keer het museum bezoeken en daarna voor de hele klas een mondelinge presentatie van jullie bevindingen geven.'

Hij tilt zijn arm op en wijst de breuk op het bord aan. 'Dit project maakt één derde van je eindcijfer uit en je krijgt er een week de tijd voor. Voor degenen die zich willen inschrijven voor de reis naar Italië: dit cijfer telt mee bij je aanvraag.'

Dit reisje wordt nog mijn ondergang, denk ik bij mezelf.

Ik was de reis na die herdenkingsdienst van gisteren totaal vergeten, tot Samantha me het vanmorgen in haar briefje zo vriendelijk onder mijn neus wreef. Nu zit ik er weer constant aan te denken. Daaraan, en aan wat er in die kartonnen doos zou kunnen zitten die Roni me heeft gegeven. Toen we gisteren na de herdenkingsdienst thuiskwamen, heb ik even overwogen hem open te maken, maar ik was zo moe en ik had nog stapels huiswerk liggen, en ik had even geen zin in grote verrassingen of familiegeheimen. Hij staat dus nog steeds op mijn bureau...

Hoe dan ook. Ik moet écht gaan bedenken waar ik het in dat opstel over wil gaan hebben.

Meneer Wallace pakt een vel papier en begint de teams op te lezen. Ik wacht mijn naam gespannen af. Ik hoop dat hij me heeft ingedeeld bij iemand die goed is, want ik heb geen zin om al het werk in mijn eentje te moeten doen. Ik maak een snelle berekening van mijn cijfergemiddelde tot nu toe: een 9. Wat betekent dat ik minimaal een 8½ moet halen om voor de reis in aanmerking te komen. Ik kijk de klas rond, op zoek naar potentiële partners. Emily Gardner zou een goede zijn. Ze is slim en werkt hard. Of misschien Phoebe Marks. Ik heb de samenvattingen gezien die ze voor haar proefwerken maakt, en die zijn ziekelijk goed. Mijn blik blijft echter rusten op de stoel twee rijen voor me. Hij níét in godsnaam. Alsjeblieft, laat Jesse Cooper niet mijn partner worden...

'Emily Gardner met Phoebe Marks,' leest meneer Wallace op.

De moed zinkt me in de schoenen als ik de twee meisjes naar elkaar zie lachen. Niks aan de hand, denk ik, in een poging positief te blijven. Jack Engel is er ook nog, of Maya Franklin. Al is Maya een bits en jaloers wicht dat mij, vanaf het moment dat ze scores zijn gaan bijhouden, van de eerste plaats probeert te stoten, ze is nog altijd beter dan Jesse Cooper. 'Jack Engel met Carolyn Strummer. Erin Channing met…' Ik houd mijn adem in. Maya. Zeg alsjeblieft Maya…

'Jesse Cooper.'

Jezus. Ik zak helemaal in elkaar.

Dit is een nachtmerrie. Hoe kan meneer Wallace nou zo dom zijn? Is het hem niet opgevallen dat Jesse Cooper de énige in de klas is met wie ik echt nooit een woord wissel? Ik ga weer rechtop zitten en concentreer me op Jesses achterhoofd. Zijn gitzwarte haar steekt een halve meter de lucht in. Nou oké, niet echt, maar toch. Hij probeert – dertig jaar te laat – de punkrocker uit te hangen, wat toen misschien cool was, maar nu nogal… weird. In zijn linkeroor heeft hij een zilveren ringetje en hij draagt een geel Volcom-shirt en zwarte jeans. (Niet al te strak en afgezien van de gaten eigenlijk best normaal, wat wel weer voor hem pleit.) Ik kijk omlaag naar zijn schoenen: zwarte All Stars. Hij zit met zijn hielen omhoog, zodat alleen zijn tenen de grond raken. Ik zie dat er met dikke zwarte letters iets onder zijn linkerschoen is geschreven en ik leun naar voren om het te kunnen lezen.

Ik zie je wel kijken.

Ik voel dat ik rood word. Ik kijk snel weer naar meneer Wallace. Een paar seconden later kijk ik nog eens naar Jesses schoen. Die staat nu plat op de vloer. Deed hij dat expres?

Wat is er met die gast gebeurd? vraag ik me voor de zoveelste keer af.

Jesse Cooper was niet altijd zo. Eigenlijk was hij tot het begin van de derde klas zelfs een van mijn beste vrienden. In de brugklas zaten we bijna altijd bij elkaar en lunchten we zowat elke dag samen. Hij was slim, grappig en flirterig. En ja, hij was de eerste met wie ik heb gezoend. (En ook de laatste, helaas.)

Het gebeurde op een feestje ter afsluiting van het tweede jaar, bij Jeff DiNardo. Jeffs ouders zaten boven in de keuken en we hingen met een groepje in de omgebouwde garage rond, toen iemand opperde om 'zeven minuten in de hemel' te spelen. We gebruikten de draaischijf van het Twisterspel van Jeffs zus, en toen ik aan de beurt was, wees de draaischijf Jesse aan. Waar ik stilletjes op had gehoopt, ik geef het eerlijk toe, want misschien was ik toen wel een beetje verliefd op hem. Met nadruk op 'misschien'.

Hoe dan ook, we gingen de kast in en hij vroeg me of ik hem wilde zoenen, en ik zei: mij best, en toen kusten we elkaar. Maar het was niet zomaar een kusje op de wang of zo. Het was een echte zoen. Met tong. Ik was eerst nogal verbaasd, dat hij zijn mond opendeed en zo, maar ik vond het wel lekker – oké: ik vond het héél lekker – en voor we er erg in hadden waren de zeven minuten om en werd de kastdeur opengetrokken. En ik weet nog goed hoe teleurgesteld ik was, want ik wilde niet dat er een einde aan kwam en het enige wat ik de rest van de avond hoopte, was dat ik nog een keer aan de beurt zou komen, en dat de draaischijf weer Jesse zou aanwijzen, zodat ik opnieuw – en voor altijd – met hem de kast in mocht.

Oké dan, dat 'misschien' klopt niet helemaal.

Maar toen stierf zijn vader, echt vlak daarna, aan een hartaanval. Het was verschrikkelijk. Zijn vader was jong en in prima conditie. Hij deed aan sport en at gezond. Ik kan me nog herinneren dat mijn moeder, nadat we het te horen hadden gekregen, zei dat je maar nooit weet wat er in je genen ligt te sluimeren. Ik weet ook nog dat ik woest op haar was, ook al had ze niet echt iets verkeerds gezegd. En vlak na de begrafenis stuurde Jesses moeder hem op een of ander kunstzinnig zomerkamp en ik kreeg niet eens de kans om afscheid te nemen, of om te zeggen hoe erg ik het voor hem vond. En daarna, toen hij terugkwam, was hij de oude Jesse niet meer. Hij was, tja… hij was zoals nu. Met dat haar en die schoenen en het ringetje in zijn oor. Hij hing al gauw met een heel nieuw groepje *artyfarty* punkers rond, en wij wisselden geen woord meer. Ja, in het begin was het wel vreemd, omdat we best goede vrienden waren geweest, en daarna opeens niet meer. En eerlijk gezegd was ik ook boos op hem, omdat hij zich zo voor me afsloot. Ik bedoel, het is drie maanden na de meest tragische gebeurtenis in zijn leven en hij hangt daar een beetje met een stel kinderen rond waarmee hij nog nooit een woord had gewisseld, en mij belt hij niet eens op? Wij gingen dus ieder onze eigen weg, en dat was het dan. Dat wil zeggen, totdat meneer Wallace op het idee kwam om ons weer samen te brengen.

Zoals ik al zei: dit reisje wordt nog mijn ondergang.

Jesse staat me na de les in de gang op te wachten.

'Nou, cool onderwerp, toch?' vraagt hij op een ondoorgrondelijke toon.

Bij de deur had meneer Wallace ons allemaal een A4'tje gegeven waarop ons onderwerp stond. Wij moeten een kunstwerk onder de loep nemen uit drie verschillende periodes en bespreken hoe spiritualiteit daarin wordt verbeeld. Ik zou dit nou niet meteen als 'cool' willen bestempelen. Spiritualiteit is niet echt mijn ding. Maar ik weet ook niet zeker of Jesse het sarcastisch of serieus bedoelt, dus ik zeg maar niets terug.

Maya Franklin komt op ons af gelopen en ze werpt me een dodelijke blik toe. Wat heb ik nou weer misdaan? vraag ik me af.

'Jammer dat wij geen partners zijn, Jesse,' zegt ze. 'Volgens mij zouden wij een goed team vormen.' Wacht eens even, loopt ze met hem te flirten? Heeft ze een oogje op Jesse Cooper? Ieuw. Alleen het idee al dat ze een jongen leuk vindt, bezorgt me kippenvel, en helemaal als het Jesse Cooper is.

'Eh… ja,' zegt Jesse verbouwereerd. 'Nou, succes dan maar.'

Maya kijkt me even met een nepglimlach aan en loopt dan weg. Weird.

'Anyway,' zeg ik, vastbesloten om geen woorden vuil te maken aan deze bizarre informatie-uitwisseling. 'We hebben niet veel tijd, dus we moeten even een schemaatje voor de museumbezoeken in elkaar draaien.'

Hij denkt even na. 'Ze zijn op donderdagavond langer open. Kun je vanavond, denk je? Half zeven, zoiets?'

Wáúw. Hij is echt veranderd. De Jesse die ik kende was niet vooruit te branden. Ik heb helemaal niets vanavond; op wat scheikunde- en wiskundehuiswerk na is mijn agenda leeg. Ik denk nog eens aan dat briefje van Samantha en Lindsay. Mijn leven is echt oersaai.

'Ja hoor, ik kan vanavond,' zeg ik. Ik zie dat hij een kleine tatoeage aan de binnenkant van zijn linkerpols heeft, hoewel ik van deze afstand niet precies kan zien wat het is. Er schieten allerlei gedachten door mijn hoofd. Wanneer heeft hij besloten om zich zo aan dit uiterlijk vast te klampen? Vindt hij het zelf niet vreemd dat we net doen alsof we nooit goede vrienden waren – of dat we überhaupt ooit vrienden waren? Waarom doet hij net alsof die kus in de kast nooit heeft plaatsgevonden? Misschien heeft hij daarna zo vaak gezoend dat hij het niet eens meer weet?

'Cool,' zegt hij. 'Zie je later.' Hij kauwt op zijn onderlip en terwijl ik naar die lippen staar, voel ik hoe mijn gezicht gloeiend heet wordt. Ik draai me om voordat hij het ziet en ik denk voor de honderdste keer in heel korte tijd: Wat ben ik toch een treurig geval.

6

D ankzij Jesse was ik de doos bijna vergeten.

Wanneer ik uit school thuiskom, ben ik even verbaasd als ik hem op mijn bureau zie staan.

Ik werp een blik op mijn horloge. Lindsay en Samantha kunnen elk moment hier zijn.

Normaal gesproken zou ik op hen wachten, zodat we hem samen konden openmaken, maar iets in de manier waarop Roni het zei – *Maak hem alsjeblieft pas open als je alleen bent. Dat vond Kate heel belangrijk* – zorgt ervoor dat ik het alleen wil doen.

In een snelle beweging snijd ik de bruine tape met mijn huissleutel open. Ik weet niet wat ik kan verwachten. Foto's? Brieven? Een of andere verklaring?

Ik heb een nerveus gevoel in mijn buik en met ingehouden adem trek ik de kleppen open en kijk naar binnen. Het is...

Het is een roze, plastic bol. Nou, eigenlijk is het zo'n roze nepkristallen bol: precies het soort retrokitsch waar mijn tante Kiki zo gek op was. Je stelt een vraag, schudt ermee en vervolgens komt er een stompzinnig newage-achtig antwoord te voorschijn. Hij zou zogenaamd de toekomst voorspellen, zoals een kristallen bol, alleen is deze van plastic. En roze.

Ik steek mijn hand in de doos en haal hem eruit. De bol zelf is doorzichtig, maar hij is gevuld met een roze, glinsterende vloeistof die het zonlicht reflecteert en kleine lichtpuntjes over één muur van mijn slaapkamer uitstrooit. De onderkant is plat, zodat hij op een zilverkleurige plastic voet kan staan, die ook in de doos blijkt te zitten. Ik haal hem eruit en bestudeer hem. Iemand heeft *RC 52* op de onderzijde gegraveerd, maar verder ziet hij er precies zo uit als elke andere roze kristallen bol die ooit de schappen van Toys"R"Us heeft gesierd.

Is dat alles? Mijn tante heeft me een nepkristallen bol nagelaten? Is dat nou het grote geheim dat ik per se in mijn eentje moest zien? Ik begin me af te vragen of mijn vader toch gelijk heeft. Misschien was ze echt kierewiet. Wat haalde ik me in mijn hoofd? Natuurlijk was ze dat! Die hele herdenkingsdienst was één grote, mislukte circusattractie.

Ik kijk nog eens in de doos om te zien of er nog iets in zit, en ik zie dat er een envelop op de bodem zit vastgeplakt, en een dunne perkamentachtige papierrol, samengebonden met raffia. Ik rol eerst het stuk papier open, hopend op een of andere verklaring. Maar het is alleen een lijst met namen. Onbekende namen, met uitzondering van de laatste, Kate Hoffman, in het handschrift van mijn tante. Ik vind het creepy om haar naam zo te zien, en ik kijk naar het kippenvel dat opeens op mijn armen is verschenen. Ik rol het papier weer op en peuter voorzichtig de envelop van de bodem.

Dit zal hem zijn. Dit moet de brief zijn waarin ze uitlegt waarom ze ons per se uit haar leven wilde bannen.

Maar als ik hem openmaak, constateer ik teleurgesteld dat het helemaal geen brief is. Het is gewoon een door haar opgestelde lijst waar geen touw aan vast te knopen is.

Absolute kennis is niet grenzeloos; laat de planeten je naar het getal leiden.

Er zijn zestien bestemmingen, maar vier daarvan zul je nooit te zien krijgen.

De toekomst behoort alleen jou toe. Andere stemmen zullen worden teleurgesteld.

Je kunt niet verder zien dan één omwenteling. Daarachter ligt alleen onzekerheid.

Als er niets meer bekend is, zul je alles weten; dan is het tijd om een ander te kiezen.

Dat is het. Dat is alles wat er staat.

Wauw, tante Kiki, denk ik sarcastisch. Je wordt bedankt.

Net als ik het vel papier in de envelop terugstop, stormen Lindsay en Samantha de kamer binnen. Lindsay krijgt de roze kristallen bol meteen in het oog en graait hem van het bed.

'O mijn god!' roept ze. 'Een roze kristallen bol! Daar ben ik gek op!' Ze schudt hem even en kijkt naar het plafond als ze haar vraag stelt.

'Krijgt Megan Crowley een langdurige en pijnlijke waterpokkenaanval waar ze permanente littekens op haar gezicht aan overhoudt?' Ze kijkt naar de bol voor een antwoord. *Uw toekomst is in nevelen gehuld. Stel uw vraag opnieuw.*

'Laat eens zien,' zegt Samantha, en ze grijpt de bol uit Lindsays handen. 'Wil Aiden Tranter me met huid en haar verslinden, net zoals de mannen uit al die goedkope streekromannetjes die mijn moeder onder haar matras verstopt?' Ze kijkt verwachtingsvol naar de bol. *Uw toekomst is in nevelen gehuld. Stel uw vraag opnieuw.* 'Ach, laat ook maar.' Ze geeft de bol aan mij. 'Probeer jij eens. Jij bent hier het genie, misschien kun jij erachter komen wat eraan mankeert.'

Ik schud mijn hoofd. 'Nee, bedankt. Je weet dat ik daar niet in geloof.'

'Ach, hou op,' zegt Samantha. 'Doe niet zo stom. Je hoeft nergens in te geloven om met een roze kristallen bol te spelen. Het is voor de lol. Kom op, stel een vraag. Je wilt 't best. Vraag of Spencer Ridgely je *smexy* vindt.'

Ik rol met mijn ogen. 'Spencer Ridgely is zo'n beetje de coolste gast op school. Misschien wel op de hele wereld. En hij zit in het laatste jaar. Hij weet niet eens wie ik ben.'

'Daar gaat het niet om,' zegt Lindsay, die zich achter Samantha schaart. 'Doe dan, zo moeilijk is het niet. Zeg mij maar na: 'Vindt Spencer Ridgely mij smexy?''

'Wat is 'smexy'?' Ik heb meteen spijt van mijn vraag.

Nu rolt Samantha met haar ogen. 'Het is een combinatie van *smart* en sexy, sukkel. Jezus, je moet eens wat lessen volgen die buiten het speciale programma vallen. Misschien steek je nog eens iets nuttigs op. Wil je nou even kappen met dat tijdrekken en de vraag gewoon stellen?'

'Best,' zeg ik, bezweken onder de groepsdwang. Ik pak de bol en schud ermee. 'Vindt Spencer Ridgely mij smexy?' vraag ik zonder te proberen mijn irritatie te verbergen. Ik tuur naar het plastic aan de platte onderkant van de bol. Het duurt een seconde voor het bericht verschijnt. *Uw lot is bezegeld.*

'Nou?' vraagt Lindsay.

Ik frons. 'Er staat: *Uw lot is bezegeld.*'

Ze klapt opgewonden in haar handen en Samantha lacht.

'Hier met dat ding,' eist Samantha. 'Ik wil nog een keer.' Ik geef hem aan haar, en deze keer schudt ze extra hard. 'Gaat Megan Crowleys vriendje vreemd met een slettebak van St. Joseph's en zadelt hij haar op met een gruwelijk geval van syfilis?' Ze trekt een bedenkelijk gezicht. *Uw toekomst is in nevelen gehuld. Stel uw vraag opnieuw.* Wat een kloteding,' zegt ze, en ze gooit hem weer op het bed. 'Hoe kom je er trouwens aan?'

'Mijn tante heeft hem mij nagelaten. Haar vriendin gaf hem gisteren aan me bij de herdenkingsdienst. Dit zat er ook bij.' Ik laat haar de lijst en de rol zien.

'Horen maffe tantes geen bergen geld na te laten waar niemand iets van afweet?' vraagt Lindsay, half in zichzelf.

'Hé, dat is een goeie voor op een T-shirt,' merkt Samantha op. *'My aunt died and all she left me was a lousy pink crystal ball.'*

Daar moet ik zelfs om lachen. Het voelt eerlijk gezegd goed. Het is minder pijnlijk om Kiki als een of andere 'freaky tante' te zien die het spoor een beetje bijster was. Voordat we uitgelachen zijn, zegt Lindsay dat ze niet kan blijven. Ze is alleen even langsgekomen om te kijken hoe het met me gaat. Ze heeft haar moeder beloofd te helpen bij het opruimen van de garage.

Arme Lindsay, denk ik. Sinds haar ouders zijn gescheiden, is zij de man des huizes geworden. Ze zet de vuilnis buiten, hangt schilderijen op, helpt met het versjouwen van zware spullen. Ik zeg de hele tijd dat ze nog eens een geweldige echtgenoot wordt.

'Veel plezier,' zeg ik.

'O, dat gaat wel lukken. Rekruut Lindsay Altman zwaait af.' Ze salueert en rent dan de kamer uit en de trap af.

'Ik moet ook gaan,' zegt Samantha. 'Mijn moeder organiseert een etentje voor een paar boboklanten van mijn vader, en ik moet thuis zijn zodat ik het flink kan verpesten.'

'Ha! Lekkere mentaliteit.'

Ze haalt haar schouders op. 'Hé, bij ons thuis is het oog om oog, tand om tand. Zij maakt mij het leven zuur, ik bewijs haar een wederdienst. Niet iedereen heeft de mazzel om in een sitcomfamilie als de jouwe op te groeien.' Ze houdt opeens haar mond, alsof ze al te veel heeft gezegd, en lacht dan snel. 'Hier wordt de lachband aangezet.' Ze pakt haar zwarte Prada-rugzak en verdwijnt door de deur.

Nu ik weer alleen ben, haal ik het papier opnieuw uit de envelop. Ik staar ernaar en probeer te begrijpen wat er staat. Wat betekent dat: 'Er zijn zestien bestemmingen, maar vier daarvan zul je nooit te zien krijgen.' En wat is 'het getal'? Waarom heeft ze me dit allemaal nagelaten? Waarom vond ze het zo belangrijk dat ik het zou krijgen?

Ik zie vast iets over het hoofd.

Mijn maag rammelt en ik realiseer me dat ik sinds de lunch niets meer heb gegeten. Het avondeten is pas over een paar uur, dus ik loop mijn kamer uit om beneden een snack te gaan halen. Maar als ik onder aan de trap ben, hoor ik mijn moeder telefoneren. Ik kan aan haar toon horen dat ze overstuur is. Het gaat waarschijnlijk over Kiki. Ik loop een paar treden omhoog zodat ze me niet kan zien en spits mijn oren.

'Waarom zou ze dat nou doen?' roept mijn moeder, en haar stem breekt.

Tegen wie heeft ze het? Tegen pap? 'Ik weet niet waarom,' gaat ze verder. 'Ik heb geen idee. Vraag maar aan die gestoorde vrienden van haar.' Ze is stil. Dan begint ze weer te schreeuwen. 'Nee. Echt niet. Je kon veel over haar zeggen, maar suïcidaal was ze niet. Nee, dat is géén optie.'

Oké. Dit is zéker niet mijn vader.

'Weet je wat? Je wordt bedankt. Ik zoek wel iemand anders.' Ik hoor het piepje als ze de verbinding verbreekt. Daarna legt ze de telefoon met een klap op het aanrecht.

Ik blijf een paar seconden staan en probeer tot me door te laten dringen wat ik zojuist heb gehoord. De persoon aan de andere kant van de lijn dacht dus dat Kiki expres in dat veld was. Als je Kiki niet kent, is daar wel iets voor te zeggen. Maar ik ben het eens met mijn moeder. Kiki was zo verliefd op de wereld, haar vreemde levensstijl is daar het levende bewijs van. Mam heeft gelijk. Het is geen optie. Maar waarom was ze daar dan wel? Opeens bedenk ik dat ze misschien werd aangevallen. Misschien heeft een of andere overvaller haar bewuste-loos in het veld gegooid. En misschien werd ze daarna getroffen... O mijn god.

Er zijn zo veel vragen.

Maar zoals op het T-shirt zal staan: ik heb alleen die armzalige nep-kristallen bol.

7

Het meisje achter de kassa heeft rood haar en mooie groene ogen, die meteen oplichten zodra Jesse en ik door de dubbele bronzen deuren het verder lege museum in komen lopen.

Het moet vreselijk saai zijn om hier te werken; geen wonder dat ze ons blijft aanstaren. Ze probeert er waarschijnlijk achter te komen waarom twee normale (oké, één normale, één met een idioot kapsel) jonge mensen ervoor kiezen om hier uit vrije wil naartoe te gaan.

Terwijl we op haar aflopen, zie ik dat ze een studieboek psychologie voor zich heeft liggen, en ik realiseer me dat ze waarschijnlijk aan de universiteit studeert die aan het museum verbonden is. Ze is ongeveer achttien of negentien en nu ik dicht bij haar ben, zie ik dat ze een piepkleine gouden neuspiercing heeft, en dat haar borsten half uit haar donkergroene V-hals-shirtje puilen. Ze heeft een perfecte huid en volle zoenlippen zoals die van Angelina Jolie, glanzend van de roze lipgloss.

Oké, denk ik bij mezelf. Zo wil ik er later ook uitzien.

Dat ze superhot is, lijkt Jesse echter niets te doen. Hij kijkt haar zelfs nauwelijks aan als hij haar zijn *Grover Cleveland*-studentenkaart toont en twee vingers in de lucht houdt.

'Tweemaal, alsjeblieft,' zegt hij snel.

Het meisje trekt haar wenkbrauwen geamuseerd omhoog.

'Hebben jullie een date?' vraagt ze plagend.

Jesse staat ongemakkelijk op zijn zwarte All Stars te draaien en ik kan niet kiezen tussen a) de gedachte dat het totaal ongepast is om twee onbekenden te vragen of ze op een date zijn en b) nieuwsgierigheid naar wat Jesse gaat antwoorden.

Hij reageert met een zucht. 'Even kappen, Kaydra, oké? We hebben geen date.'

Kaydra? Wacht eens even, hij ként haar? Dus nu trekt hij met arty punkrockers op én met studentenchicks? Bah. Heb ik weer. En dat ze nou net Kaydra moet heten. Dat is bijna net zoiets als Trance.

Kaydra grijnst en wappert met haar wimpers, zodat haar groene ogen door de plafondlampen oplichten. 'Oeps. Sorry. Nou, ga je me nog voorstellen aan je geen-date, of hoe zit dat?'

O mijn god, ze zit met hem te flírten! Misschien hebben zíj wel gedatet, bedenk ik, misschien zelfs gezoend. Ik kijk weer naar die uitpuilende borsten. Geen wonder dat hij zich onze zoen niet meer kan herinneren.

Jesse kijkt naar de grond als hij ons mompelend voorstelt.

'Kaydra, dit is Erin. Erin, dit is Kaydra. We werken aan een schoolproject. De leraar heeft ons in teams ingedeeld.'

O, fijn dat hij even duidelijk maakt dat de léraar ons heeft opgedragen samen te werken. Want hij zou duidelijk nooit uit eigen beweging willen samenwerken met zo'n onaantrekkelijk, plat, slungelig meisje met saai bruin haar en saaie bruine ogen, die een saai Abercrombie-T-shirt draagt en gouden oorringetjes in haar oren heeft, en niet in een of ander lichaamsdeel waar ze normaal gesproken helemaal niet thuishoren. Ik kan mijn naam net zo goed veranderen in Saaie-trut-van-kunstgeschiedenisles-met-wie-Jesse-geheel-tegen-zijn-zin-moet-samenwerken. Dat bekt niet zo lekker als Kaydra, maar wat wel?

'Leuk je te ontmoeten, Erin,' zegt Kaydra terwijl ze ons elk een toegangskaartje overhandigt. 'Veel plezier met jullie project.' Bij het woord 'project' knipoogt ze naar Jesse.

Ik glimlach halfslachtig en lieg dat het ook leuk was om haar te ontmoeten. Als we weglopen voel ik haar ogen in onze ruggen branden. En alsof ze me nog niet onzeker genoeg heeft gemaakt, struikel ik per ongeluk ook nog eens over de neus van mijn sneaker, waardoor ik bijna onderuit ga op de zwart-witte tegelvloer. Gelukkig ziet Jesse het niet. Of doet hij tenminste alsof. Waarschijnlijk ligt hij dubbel van binnen, waar hij zijn andere emoties kennelijk ook allemaal verborgen houdt.

Zodra we buiten gehoorsafstand zijn, doe ik mijn best zo nonchalant mogelijk te klinken. 'Goh, waar ken je Kaydra van?' Niet dat ik jaloers ben of zo. Ik ben zó níét jaloers. Kan mij het schelen met wie hij zoent. Ik ben gewoon benieuwd hoe hij haar kent. Ik bedoel, het is best abnormaal dat een vierdeklasser superknappe studentes met zoenlippen kent, toch?

Jesse haalt zijn schouders op en kijkt me met een vreemde blik aan. 'Van hier. Ik ken hier iedereen.'

Hij kent hier iederééń. Hmmm. Kan hij dat misschien even uitleggen? Ik kijk hem zijdelings aan, maar hij houdt zijn ogen alweer op de vloer gericht, alsof die hem onder hypnose houdt.

'O, kom jij hier vaker dan?'

'Jep.'

Is dat alles? Jep. Fijn. Ik. Kan. Ook. Best. Met. Eén. Lettergreep. Praten. Ach, laat ook maar.

Ik probeer niet langer al die ongemakkelijke stiltes op te vullen en volg Jesse naar de Europese vleugel. Terwijl ik om me heen kijk, herken ik een paar namen en schilderijen uit de lessen: Botticelli, Caravaggio, Bosch.

Spiritualiteit, zeg ik tegen mezelf, terwijl ik aan ons onderwerp denk. Let op het spirituele.

Ik loop naar een Botticelli met de titel: *Maria Magdalena luistert naar een preek van Jezus Christus,* circa 1484. Het groen en oranje van de gewaden van Jezus en zijn omstanders zijn nog altijd verbazingwekkend helder voor verf die meer dan vijfhonderd jaar oud is.

'Wat denk je hiervan?' roep ik naar Jesse, die aan de andere kant van de zaal staat. 'Magdalena luistert naar een preek van Jezus. Dat is spiritueel.'

'Niet echt,' zegt hij, terwijl hij zich omdraait om me vanaf daar aan te kijken, zonder zelfs maar een blik op het schilderij te werpen, zie ik. 'Als je goed kijkt zie je dat het eigenlijk over architectuur gaat.' Hij loopt op me af en komt zo dicht bij me staan dat ik zijn... eh, ik weet niet goed of het nou zijn zeep is, of wellicht een van zijn vele haarproducten, maar het ruikt fris en citrusachtig, als een pasgepelde sinaasappel. Hij strekt zijn arm naar het schilderij uit, waarbij hij per ongeluk met zijn hand even mijn schouder aanraakt. Ik kijk hem aan om te zien of hij het ook heeft gemerkt, maar hij tuurt goedkeurend naar de afbeelding, terwijl hij zijn vingers voor het schilderij op en neer laat gaan.

'Moet je die zuilen zien,' legt hij uit. 'Het is een perspectiefschilderij. En nog een hele technische ook.' Hij kijkt me van opzij aan en richt zijn blik dan weer snel op de vloer. 'Je moet goed kijken. Een schilderij is niet per se spiritueel omdat Jezus er toevallig op staat.'

Nou, kapsoneslijer. Hoor onze kunstexpert eens. Ik doe expres alsof ik niet onder de indruk ben, hoewel het eigenlijk best indrukwekkend is. En het knapste is nog wel dat hij zo'n zin kan uitbrengen zonder arrogant te klinken. Hoe komt het dat hij zo veel weet? Dit soort dingen hebben we niet tijdens de kunstgeschiedenislessen geleerd. Opeens krijg ik een beeld voor ogen van Jesse en Kaydra die hand in hand door het museum kuieren, en ik denk dat ik het zo ongeveer wel weet.

'Oké dan,' zeg ik en ik rol met mijn ogen naar de achterkant van zijn belachelijke kapsel, terwijl hij naar de andere kant van de vleugel loopt. 'Nou, wat stel jij dan voor?' Ik loop achter hem aan en kom naast hem staan. Recht voor onze neus hangt een megagroot schilderij van een naakte man die met zijn polsen aan een rots zit vastgeketend. Boven op hem zit een gigantische adelaar, die met zijn snavel zijn ingewanden eruit trekt. Ik kijk op het gouden plaatje aan de muur: *Prometheus geketend, Peter Paul Rubens, ca. 1611-1612.*

'Eh, sorry hoor,' zeg ik, 'maar wat is er zo spiritueel aan een man die levend wordt verslonden door een gigantische adelaar?'

Jesse wijst naar het gouden plaatje. 'Het is Prometheus,' zegt hij droog, alsof dat alles zou moeten verklaren.

'Ja, dat zie ik. Ik kan lezen. Wat wil je daarmee zeggen?'

Hij kijkt me even van opzij aan. 'Ik dacht dat je dat nog wel zou weten van onze lessen Griekse mythologie.'

Ik kijk hem uitdrukkingsloos aan. Hebben we Griekse mythologie gehad?

'In de tweede klas,' helpt hij me herinneren. 'Mevrouw Deerfield?'

Mevrouw Deerfield was onze lerares Engels, alias de lerares-bij-wie-je-zeer-waarschijnlijk-in-een-onherroepelijk-coma-raakt. Daar kan ik me níéts van herinneren. Ik schud mijn hoofd.

'Sorry,' zeg ik. 'Er gaat geen belletje rinkelen.'

Een korte blik van – is het teleurstelling of irritatie? – flitst over zijn gezicht, wat me razend maakt. Ik bedoel, is hij echt geïrriteerd dat ik me het Prometheusverhaal niet kan herinneren terwijl hij zich niet eens kan herinneren dat we zeven volle minuten in een kast hebben gezoend? Nee echt, wat is zijn probleem?

'Nou, oké dan,' zegt hij. 'Zeus stond stervelingen geen vuur toe, dus stal Prometheus het en gaf het aan ze. Toen Zeus daarachter kwam, ketende hij Prometheus aan een rots vast terwijl een adelaar zijn lever opat. De lever groeide iedere avond terug, om iedere dag weer door de adelaar te worden opgegeten, dag in dag uit, tot in de eeuwigheid.'

O, wacht eens even. Dat verhaal kan ik me wel herinneren. Jesse en ik hebben er zelfs nog samen een poster van gemaakt. Dat was ons eindejaarsproject, waar we op zijn slaapkamer aan hadden gewerkt, een paar weken voor onze kus. Wat ik me vooral kan herinneren is hoe zenuwachtig ik was om alleen met hem op zijn kamer te zijn, hoewel dat vaak genoeg was gebeurd en het nooit een probleem was geweest. Ik werp een snelle blik op hem: was hij daarom geïrriteerd? Omdat ik me dat van die poster niet kon herinneren? Ik heb echt nog nooit zo'n verwarrend iemand ontmoet.

'Oké,' zeg ik. 'Dat is een leuk en behoorlijk ranzig verhaal, maar ik zie niet wat er zo spiritueel aan is.'

'Het is een allegorie,' legt Jesse uit. 'Toen Prometheus het vuur stal, veranderde hij het lot van de mensheid. Eerst was de mensheid overgeleverd aan de goden en vervolgens kreeg het zijn eigen lot in handen. Prometheus staat symbool voor de overwinning van de menselijke geest over diegenen die hem juist willen onderdrukken. Hij ís spiritualiteit.'

O.

'Oké,' zeg ik schouderophalend, alsof dat helemaal geen briljante interpretatie van Prometheus was. 'Klinkt best goed. Maar ik denk nog steeds dat een van onze andere keuzes een religieus schilderij moet zijn. Gewoon, voor een wat traditionelere benadering.'

'Ja,' zucht hij. 'Ik dacht al dat je voor iets traditioneels zou gaan.'

Ik kijk hem boos aan. 'En wat mag dat betekenen?'

'Niks. Laat maar.'

'Nee, niks 'laat maar'. Je kunt niet zomaar zoiets zeggen en vervolgens niet uitleggen wat je bedoelt.'

Hij kijkt naar de vloer. Alweer. 'Je bent nooit echt iemand geweest die buiten de kaders denkt.'

Ik trek beledigd mijn wenkbrauwen op. Kan het nog grover? 'Dat is niet waar,' zeg ik verongelijkt. 'Dat ik toevallig geen tatoeage heb of, of...' grote tieten, of zoenlippen, of golvend rood haar, 'of een neusring, wil nog niet meteen zeggen dat ik kortzichtig ben. Ik denk vaak genoeg buiten kaders.' Maar ik voel mijn gezicht rood worden, wat altijd gebeurt als ik me betrapt voel, of als ik lieg. Of allebei. Ik bedoel, even serieus. Ik ben een ontzettende hokjesdenker.

Ik kijk Jesse aan en ik zie dat hij zijn lachen inhoudt. Ik vergeet telkens hoe goed hij mij kent.

Ik glimlach – ik kan er niks aan doen – en rol dan met mijn ogen en sla mijn armen zogenaamd opstandig over elkaar. 'Oké, goed dan. Ik ben kortzichtig. Kan ik er wat aan doen? Mijn ouders zijn allebei arts. Hoe moet ik nou creatief zijn met zo'n genetische voorprogammering?'

Jesse gniffelt en kijkt me meelevend aan. 'Sorry hoor,' zegt hij. 'Ik wilde je niet belachelijk maken. Alleen betekent dit project toevallig heel veel voor me. Ik wil per se mee met die reis naar Italië, dus we moeten minimaal een 9½ halen voor onze presentatie.'

'Wil jíj naar Italië?' flap ik er uit, zonder zo geschokt te willen klinken. Ik had er geen moment aan gedacht dat hij mee zou willen. Opeens heb ik een misselijk en onbestemd gevoel in mijn maag. Wat als hij wordt uitgekozen en ik niet? Ik zie al helemaal voor me hoe ik het op mijn bed aan Lindsay en Samantha probeer te verkopen: 'Ik wilde toch al niet echt mee. Ik bedoel, kun je je voorstellen dat je twee weken met Jesse Cooper op reis moet?' Maar wat als we allebei worden gekozen? Daar gaat mijn maag weer, maar nu is het een ander soort misselijkheid. Een opgewonden misselijkheid. Ik bedoel, stel je voor, twee hele weken op reis met Jesse Cooper.

Jesses gezicht licht op als een hemel vol vuurwerk. 'Ik heb nog nooit iets zó graag gewild,' antwoordt hij. Zijn openheid verbaast me, en even lijkt het net alsof we weer in de brugklas zitten. Onafscheidelijke Erin en Jesse. Alleen kan ik me helemaal niet herinneren dat hij zulke blauwe ogen had. Of misschien vallen ze nu meer op door dat gitzwarte haar.

'Wauw,' merk ik op. 'Hoezo?'

Hij bloost een beetje als ik het hem vraag, en trekt dan zijn gezicht weer in de plooi, alsof hij zich realiseert dat hij met zijn billen bloot moet en er snel iets aan wil doen.

'O, ik weet niet,' zegt hij, quasi-ambivalent. 'Om zo veel redenen.' En... we zijn weer waar we waren, wat wel fijn is, want ik begon zijn vage, korte antwoorden een beetje te missen. 'En jij dan?' vraagt hij, in een overduidelijke poging om van onderwerp te veranderen. 'Wil jij ook mee?'

'Ja,' geef ik toe. 'Sinds meneer Wallace die folders heeft uitgedeeld, kan ik aan niets anders meer denken.'

Jesse steekt zijn handen in zijn zakken en knikt. Ik probeer aan zijn gezicht af te lezen wat het met hem doet. Is hij blij dat ik mee wil? Ziet hij mij als zijn concurrente? Zoals gewoonlijk is hij niet te peilen.

'Er is alleen één probleem,' zeg ik tegen hem. Hij kijkt me opeens heel aandachtig aan.

'Wat dan?'

'Ik weet niet of mijn hokjes mee mogen in het vliegtuig. Zonder hokjes ben ik nergens. Dat zou jij toch moeten weten.'

Langzaam verspreidt zich een grijns over zijn gezicht, en hij stompt me tegen mijn arm. 'Laten we weer aan de slag gaan,' zegt hij. 'Het museum gaat over twintig minuten dicht.'

8

'Jesse Cooper is gewoon een onmogelijk persoon, dat is alles.'

Lindsay en ik staan in de rij in de kantine, en ik heb de afgelopen zes minuten een klaagzang gehouden over hoe lomp Jesse zich gisteravond in het museum gedroeg, met zijn ultrakorte antwoorden en zijn 'jij denkt ook nooit buiten de kaders'-opmerking. Lindsay kijkt me met een duivelse glimlach aan, waarbij haar kuiltje langzaam verschijnt, als een meisje op het strand dat liever niet uit de kleren gaat.

'Volgens mij vind je hem leuk,' plaagt ze.

'Ja, ja. Laten we zeggen dat ik hem net zo leuk vind als jij de Unabollmer.'

De Unabollmer is een joch uit een andere klas dat Chris Bollmer heet en geobsedeerd is door Lindsay. Hij is een of ander computerachtig exacte vakken-genie, en een heleboel mensen vinden hem ontzettend antisociaal, maar daar ben ik het niet noodzakelijkerwijs mee eens. Volgens mij is hij gewoon een erg slimme gast die niet kan opschieten met mensen die sport belangrijk vinden, of wie de volgende *American Idol* wordt, of dat Dana Peterson haar neus in de zomervakantie heeft laten corrigeren, en er daarom op de middelbare school helemaal buiten valt. Ik bedoel, als hij echt antisociaal was, zou hij niet de hele tijd elk excuus aangrijpen om maar met Lindsay te kunnen praten, en zou hij haar op Valentijnsdag zeker niet een virtueel boeket bloemen hebben gestuurd, met een gedicht erbij dat zo ging: *Rozen zijn rood, viooltjes zijn geel, jij haat Megan Crowley en ik al net zo veel.*

Wat ik eigenlijk wel grappig en op een vreemde manier lief vond. Maar Lindsay duidelijk niet. Het is zelfs zo dat we onmiddellijk een glimp van de gemene Lindsay van vroeger te zien krijgen als Chris Bollmer in het spel is.

Lindsay fronst. 'Wil je dat alsjeblieft niet zeggen? Het enige wat nog erger is dan dat niemand op school tegen me praat, is dat niemand tegen me praat behalve hij.'

'En Samantha en ik dan? Wij praten met je.'

'Oké, goed. Het enige wat nog erger is dan dat op school niemand behalve Samantha en jij tegen me praat, is dat niemand tegen me praat behalve Samantha en jij én de Unabollmer. Zo beter?'

'Veel beter. Dank je.'

De bijnaam stamt af van een incident in groep vijf, toen Chris erachter kwam dat een van de putdeksels bij hem in de straat niet zat vastgeschroefd. Hij liet zich in het gat zakken en ging een beetje kloten met het elektriciteitssysteem, trok hier en daar een paar kabels los. Kennelijk kreeg hij een verkeerde kabel te pakken, want het gat explodeerde terwijl Chris er nog in zat, en hij was er bijna geweest. Hij lag twee maanden in het ziekenhuis voor de behandeling van zijn brandwonden en hij moest een tatoeage laten zetten om het grootste deel van zijn weggeschroeide wenkbrauw te vervangen.

Hoe dan ook, toen hij aan het begin van groep zes weer op school kwam, was hij min of meer een paria geworden. Zodra hij een klas binnenliep, begon iedereen altijd meteen te fluisteren, en hoewel het officiele verhaal was dat hij het gat in was gegaan om kabels te halen voor een robot die hij aan het bouwen was, begon het gerucht zich te verspreiden dat hij eigenlijk met een bom bezig was geweest, die hij had willen gebruiken om een aantal pestkoppen uit zijn buurt mee op te blazen.

Daarna was hij nogal op zichzelf (waarmee hij zijn antisociale imago verder versterkte), en na een tijdje verdween het voorval naar de achtergrond. Maar toen las een leerling een paar jaar geleden iets over Ted Kaczynski – die gestoorde Unabomber die in de jaren negentig bommen per post verstuurde, totdat de FBI hem te pakken kreeg en hem voor de rest van zijn leven achter slot en grendel zette – en dat joch begon Chris de 'Unabollmer' te noemen. Mensen vonden het grappig, de naam bleef hangen, en opeens werd Chris Bollmer, na jarenlang te zijn genegeerd, weer als freak bestempeld.

Het punt is alleen dat Lindsay nooit met Chris Bollmer bevriend was. Niet voordat hij zichzelf opblies, en ook niet daarna. Ze had nog nooit een woord met hem gewisseld. Niet één keer. Ze groette hem zelfs niet eens als ze hem in de gang tegenkwam. Maar toen die hele toestand met Megan begon, kwam Chris tot de conclusie dat hij als enige (los van Samantha en mij) bevriend met haar durfde te zijn. Ik weet niet of hij zich solidair met haar voelde omdat ze allebei een verschrikkelijke bijnaam hadden, of omdat ze allebei een buitenstaander waren, maar misschien was hij wel gewoon superverliefd en kon hij zich niet langer inhouden.

Wat de reden ook mocht zijn, hij begon haar opeens aan te spreken en e-mails te sturen, alsof ze al jaren bevriend waren. Arme Lindsay probeert aardig tegen hem te doen, maar soms heeft ze er genoeg van en valt dan als een woeste ninja tegen hem uit. Ik geef haar geen ongelijk. Ik bedoel, het helpt haar zaak niet echt als ze met de Unabollmer wordt gezien. Zeker niet nu, midden in de kantine.

'Nee hè,' zegt Lindsay als we hem recht op ons af zien lopen. 'Daar gaan we weer.' Ze houdt haar hand voor haar gezicht en draait haar rug naar hem toe. Maar Chris loopt gewoon door en tikt haar op de schouder.

'Hoi, Lindsay,' zegt hij, heel hard. Achter ons in de rij staan drie klasgenoten van natuurkunde: Lizzie McNeal, Cole Miller en Matt Shipley, een trio dat nog erger roddelt dan Perez Hilton, die gast van die showbizzwebsite. Zodra Chris zijn mond opent, vallen ze meteen stil, hoogstwaarschijnlijk in de hoop iets op te vangen wat ze later kunnen gaan rondbazuinen. Lindsay draait zich met tegenzin om.

'O. Hoi, Chris,' zegt ze.

'Eh, ja... ik wilde je eigenlijk succes wensen met je proefwerk Engels. Dat wordt een hele kluif.'

Ik heb wel met hem te doen. Ik bedoel, je weet gewoon dat hij gisteren urenlang in zijn kamertje heeft zitten piekeren over een reden om haar aan te spreken, tot hij uiteindelijk uitkwam op: succes met je proefwerk Engels. Ik houd mijn hart vast voor haar reactie: tolereert ze hem vandaag of gaat ze op de Teenage Mutant Ninja Lindsay-toer? Ik haal opgelucht adem als ze min of meer glimlacht en doet alsof iemand succes wensen voor een proefwerk niet een superzielige smoes is om een gesprek aan te knopen.

'Bedankt, Chris. Jij ook. Het zal niet meevallen.'

Lindsay en ik werpen een snelle blik op Lizzy, Cole en Matt, die al met een hand voor de mond staan te fluisteren. Lindsay houdt haar ogen wanhopig op het einde van de rij vastgepind, en ik weet dat ze een schietgebedje doet om uit deze situatie te ontsnappen voordat hij uitgroeit tot hét nieuwtje van de dag. Maar dan verschijnt, uit het niets, Megan Crowley met die valse, kwaadaardige rotgrijns op haar gezicht.

'Kijk nou,' zegt Megan. 'Wie hebben we hier? Windenkind met de Unabollmer? Samen? Wat een leuk stel!'

Megan is omringd door haar vaste bondgenoten – Brittany Fox, Madison Duncan en Chloe Carlyle – drie domme, ordinaire collega-cheerleaders die haar als schoothondjes volgen en alles doen wat zij zegt. Echt, zonder te overdrijven, alsof ze zo uit een tienerfilm zijn gestapt. Een B-film welteverstaan. Het zielige is dat ze zó dom zijn dat ze niet eens doorhebben hoe cliché ze zijn.

Lindsay slaat haar ogen neer om Megan niet te hoeven aankijken, maar Chris kijkt haar recht aan, bijna alsof hij haar uitdaagt om aan een scheldkanonnade te beginnen.

'Hou op, Megan,' zegt Lindsay zacht.

'Wat zei je? Mag ik je vriendje niet uitschelden?'

'Hij is mijn vriendje niet,' zegt Lindsay op iets luidere toon. Ze werpt een blik op Lizzie, Matt en Cole, die met wijd opengesperde ogen staan toe te kijken.

'Wat?!' roept Megan. 'Ben je door hem ontmaagd? O mijn god, mensen, Windenkind en de Unabollmer doen het met elkaar!' Megan en haar groupies barsten in lachen uit en in de rij klinkt besmuikt gegniffel. 'Wat zou dat voor 'n baby opleveren? Wacht eens, ik weet het! Wat krijg je als je Windenkind met de Unabollmer kruist?'

'Nou?' vraagt Brittany.

'Een stinkbom!' roept Megan. 'Vat je 'm?'

Brittany en de anderen liggen in een overduidelijk geforceerde nepstuip, wat het op de een of andere manier alleen maar erger maakt. Ik kijk naar Lindsay, bij wie de tranen opwellen. Ik pak haar bij de arm. 'Kom,' fluister ik tegen haar. 'Laten we weggaan zodat ze je niet zien huilen.'

Ik begin haar weg te leiden, bij Megan en haar volgelingen vandaan. Maar Chris steekt zijn arm uit en verspert ons de weg.

'Kom op, Chris, laat ons erlangs,' zeg ik zacht. Maar hij negeert me en blijft Megan aanstaren. De kantine, die meestal zo luidruchtig is dat niemand het zou opmerken als er ergens in een hoek een band zou beginnen te spelen, is nu zo stil dat het bijna eng is. Op dat moment realiseer ik me pas dat Lizzy, Matt en Cole niet de enigen zijn die naar ons kijken. Liever gezegd: zeshonderd ogen zitten vastgekluisterd aan de kleine ruimte die Lindsay, Chris, Megan en ik innemen.

'Ik hoop maar dat je hiervan geniet,' zegt Chris met een harde, vaste stem, 'want op een dag zul je een lelijke, uitgezakte huisvrouw zijn die haar hoogtepunt op de middelbare school beleefde.'

'Dat zal wel, bommenwerper, maar dan zou ik nog altijd niet geïnteresseerd zijn in jou.' Madison, Chloe en Brittany giechelen om Megans stompzinnige comeback (sorry, maar heeft ze er net mee ingestemd dat ze een lelijke, uitgezakte huisvrouw wordt, die haar hoogtepunt op de middelbare school beleefde?) terwijl Chris zijn middelvinger naar haar opsteekt en vervolgens zijn wijsvinger, zodat ze samen een V vormen. Hij richt ze op zijn ogen, daarna op Megan, en dan weer op zijn ogen.

'Ik hou je in de gaten,' zegt hij, en hij draait zich om en wandelt de kantine uit.

Lindsay haalt nog net de gang, voordat ze in huilen uitbarst. 'Ik haat haar,' snikt ze. 'Ik wou dat ze onder een auto kwam.'

'Ik weet het,' fluister ik. Ik heb inmiddels geleerd dat als Lindsay over haar toeren is, je maar het best met haar kunt instemmen. Zeggen dat ze niet echt wil dat Megan onder een auto komt, maakt het alleen maar erger.

We gaan in de gang met onze ruggen tegen de muur zitten. Lindsay ploft wijdbeens neer. Ik heb een minirokje aan, dus ik zak naast haar met tegen elkaar geklemde knieën en leg mijn benen opzij. Ik zit er niet echt op te wachten dat de hele school kan meegenieten van mijn ondergoed, waarop staat welke dag het is. Vooral niet omdat ik de verkeerde dag aanheb.

'O nee,' zegt Lindsay. Ze gaat rechtop zitten, veegt haar ogen af en strijkt met haar hand haar haren glad.

'Wat?'

'Daar heb je Spencer Ridgely,' fluistert Lindsay. 'Hij loopt recht op ons af.'

Ik draai mijn hoofd langzaam om, zodat het niet al te veel opvalt. En inderdaad, daar heb je hem, in zijn volle, superaantrekkelijke één meter negentig.

Ik staar naar zijn donkere, golvende haar, zijn heldergroene ogen, zijn perfecte jukbeenderen. Hij is echt waanzinnig knap. Waar zouden superknappe mensen eigenlijk aan denken? Niet aan ons, dat is wel duidelijk. Wat eigenlijk wel een opluchting is. Vooral op dit moment, nu Lindsays gezicht nog helemaal vlekkerig is van het huilen.

'Lindsay, alsjeblieft,' zeg ik. 'Hij ziet ons niet ee...'

'Hij zit naar je dijen te loeren,' zegt ze met ingehouden adem.

Ik draai snel mijn hoofd om, om te kijken waar ze het over heeft, en mijn saaie, modderkleurige ogen ontmoeten de meest spectaculaire, smaragdgroene irissen die ik ooit heb gezien. Ik ben te verbouwereerd om me te verroeren, iets te zeggen of om weg te kijken, en Spencer Ridgely – ja, dé Spencer Ridgely – kijkt me met een brutale, schuine grijns aan.

'Smexy,' zegt hij, terwijl hij mijn benen goedkeurend van boven tot onder opneemt.

Lindsay en ik staren hem allebei met wijdopen mond aan.

'Wat zei je daarnet?' vraagt Lindsay.

'Ik zei: smexy,' herhaalt hij, zonder enig vertoon van schaamte. 'Je weet wel. Smart en sexy. Zoals een studiechick. In positieve zin.' Hij glimlacht weer, alsof hij onze bewondering amusant vindt, en wandelt dan rustig verder de gang in. 'Laters,' roept hij over zijn schouder.

'Hoorde je...' vraagt Lindsay, nog steeds te verbijsterd om haar zin af te maken.

'Jep.' Ik weet wat ze denkt. En ook al heb ik de neiging om te gaan gillen en op en neer te gaan springen omdat Spencer Ridgely net een opmerking – in positieve zin – over mijn uiterlijk heeft gemaakt, moet ik die neiging even onderdrukken om Lindsay tot de orde te roepen.

'Het is puur toeval,' zeg ik streng. 'Meer niet.'

Voordat Lindsay er iets tegen in kan brengen, komt Samantha ons tegemoet gelopen, na een van haar illegale lunchuitstapjes buiten het schoolterrein. Alleen vijfdeklassers en zesdeklassers mogen de school tijdens de lunchpauze verlaten, maar de bewaker die de identiteitsbewijzen op de parkeerplaats moet controleren is helemaal weg van haar en laat haar in- en uitlopen wanneer ze maar wil. Meestal flirt ze tijdens de lunchpauze met een vijfdeklasser die een auto heeft, en die ze dan zover krijgt dat hij haar meeneemt naar waar Aiden die dag toevallig gaat lunchen. Daar gaat ze dan naar hem zitten lonken terwijl hij haar compleet negeert en met Trance zit te tongen. Dat is tenminste wat ik heb gehoord. Van Lindsay natuurlijk – hoewel, nu ik erover nadenk: hoe zou zij dat moeten weten?

'Jezus, moet je dit horen,' barst Samantha los. 'Ik heb zojuist een geweldig verhaal over Chloe Carlyle gehoord.' Samantha draagt een zwarte legging, een lang, roze T-shirt en de Dolce & Gabbana-motorlaarzen van haar moeder. Ze heeft haar haar in een paardenstaart en er hangen losse plukjes langs haar gezicht, waardoor het perfect wordt omlijst. Ze ziet er zoals gewoonlijk uit alsof ze elk moment op de catwalk kan stappen.

'Nou, Brittany en Megan waren dus in de toiletten zonder dat ze wisten dat ik daar ook was, en Brittany was Megan aan het vertellen dat Chloe gisteravond het volkslied bij de hockeywedstrijd van haar kleine broertje moest zingen, en dat Chloe de tekst niet kende. Ze zong: 'De sterbezaaide bankier zal triomfantelijk klappen' in plaats van 'de sterbezaaide banier zal triomfantelijk wapperen'.' Iedereen lachte haar uit en zei hoe dom ze was, en Brittany moet er om de een of andere reden ook bij zijn geweest, want die moest van Chloe beloven dat ze het aan niemand zou doorvertellen. Maar Brittany ging natuurlijk meteen naar Megan en vertelde haar echt alles. Lachen, toch?'

Ze kijkt op ons neer, en ik vraag me af hoe ze het voor elkaar heeft gekregen om dat allemaal te zeggen zonder ook maar één keer adem te halen.

'Wacht eens even, waarom zitten jullie eigenlijk op de grond?' Ze werpt een blik op Lindsay en rimpelt haar neus. 'En waarom is je gezicht helemaal vlekkerig?'

'We waren in de kanti...' wil ik gaan uitleggen, maar Lindsay onderbreekt me.

'Dit ga je niet geloven,' brengt ze uit. 'Daarnet kwam Spencer Ridgely langslopen, en hij zei tegen Erin dat ze smexy is.'

Samantha's mond valt open. 'Nee!' zegt ze. Ze kijkt me met toegeknepen ogen aan. 'Echt?'

Ik knik en ik moet toegeven dat het niet eenvoudig is om mijn opwinding te onderdrukken. Ik bedoel, halló, Spencer Ridgely zag me zojuist staan. Spéncer. Rídgely.

'Zoals een studiechick, zei hij letterlijk. Ongelofelijk, toch?' Ik sta op het punt om haar uitgebreid over de hele ontmoeting te vertellen, over hoe hij naar mijn dijen zat te loeren, over ons oogcontact en het nonchalante 'Laters' over zijn schouder, als ik me opeens realiseer dat ik in al mijn opwinding even was vergeten dat ik altijd de verstandigste van het stel ben.

Dus in plaats daarvan laat ik een nepkuchje horen, zet mijn serieuze gezicht weer op en probeer net te doen alsof het allemaal niets voorstelde. 'Ja oké, dat heeft hij gezegd. Maar zoals ik al tegen Lindsay zei: het is puur toeval. Het betekent niets.'

Lindsay grijnst van oor tot oor, alsof de hele toestand met Megan en Chris nooit heeft plaatsgevonden. Of misschien is ze gewoon blij dat ze aan iets anders kan denken.

'Mooi niet,' zegt ze. 'Dat was geen toeval. Die kristallen bol van jou werkt. Serieus.'

9

Samantha, Lindsay en ik zitten met z'n drieën aan de keukentafel ons huiswerk af te maken. Ze zijn vanavond langsgekomen om me met mijn opstel over Italië te helpen, aangezien ik nog steeds geen idee heb waar ik over moet schrijven. Hoewel ik ze, nu ik erover nadenk, niet eens om hulp heb gevraagd.

We hadden vanmiddag een tussenuur – nadat we allemaal waren bijgekomen van alle opwinding rondom Spencer Ridgely – en toen ik vertelde dat mijn ouders vanavond de deur uit gingen, zei Samantha dat zij en Lindsay om vijf uur op de stoep zouden staan. Wat normaal gesproken superleuk zou zijn, maar na wat heen-en-weergedraai zei ik uiteindelijk dat het toch niet zo'n goed idee was, want hoe graag ik ook met hen een film zou willen kijken, ik moest nu toch écht aan mijn opstel beginnen, omdat ik zo'n gevoel had dat dat nogal lang kon gaan duren aangezien ik totaal niet wist waar ik het over moest hebben. En toen suggereerde Lindsay dat zij en Samantha me wel konden helpen. Wat echt superlief was en best een hele opluchting, want op dit moment kan ik wel wat hulp gebruiken.

Ik hoor het getik van schoenen op de hardhouten vloer – zo te horen zijn het geen hakken, maar eerder de lelijke, praktische, orthopedisch verantwoorde platte schoenen die mijn moeder altijd draagt, en vervolgens verschijnt ze in de keuken. Ze heeft een knielange zwarte kokerjurk aan en het lijkt wel of ze make-up op heeft – als je een beetje lippenbalsem en wat concealer make-up kunt noemen. En ze heeft parfum op. Hanae Mori, om precies te zijn. Het is haar lievelingsparfum (en meteen ook haar enige parfum), dat ze alleen bij belangrijke gelegenheden opdoet. In tegenstelling tot Samantha's moeder, die parfum opdoet als ze naar de markt gaat, als ze gaat tennissen of als ze gewoon thuis is. Samantha's moeder zegt dat ze zich halfnaakt voelt als ze geen eau de toilette op heeft – dat woord gebruikt ze echt, eau de toilette, uitgesproken met een perfect Frans accent. Ze heeft zichzelf Frans geleerd toen ze op twintigjarige leeftijd als model in Parijs werkte. En voor de goede orde: Samantha's moeder voelt zich ook halfnaakt zonder mascara, oogschaduw, lipliner, lipstick, hakken en, naar ik heb begrepen, een string.

Samantha maakt me af als ze dit hoort, maar het is wel duidelijk waar ze haar gewoontes vandaan heeft. Hoewel dat waarschijnlijk voor ons allemaal geldt, in goede en slechte zin.

Mijn moeder haalt haar portemonnee uit haar tas en legt twee briefjes van twintig op tafel. 'Meiden, ik laat geld achter voor het avondeten, de afhaalmenu's liggen in de la. Geef de koerier een fooi van vijftien procent, en zorg dat hij zich identificeert als hij aanbelt. Er lopen een hoop gestoorde lui rond die zich als koerier voordoen.'

Samantha, Lindsay en ik rollen met onze ogen. We hebben deze preek al tienduizend keer gehoord.

'Já, mam,' kreun ik. 'We vragen om zijn identificatie. Ik beloof het.'

'U ziet er mooi uit, mevrouw Channing,' zegt Lindsay, om van onderwerp te veranderen. 'Waar gaat u heen?'

Mijn moeder wordt rood. 'Och, een liefdadigheidsbijeenkomst voor

71

het ziekenhuis waar ik werk. Ik krijg een prijs uitgereikt. Het stelt niets voor.'

'Het stelt wél iets voor,' reageert mijn vader terwijl hij de keuken binnenloopt. 'Ze is uitgeroepen tot kinderarts van het jaar. Dat is de ziekenhuisversie van de Oscar voor Beste Film.' Hij heeft hetzelfde zwarte pak aan dat hij vorige week bij de herdenkingsdienst droeg, maar nu met een lichtblauwe das in plaats van zijn grijze begrafenisdas. Zijn dikke bruine haar is glad achterovergekamd en als ik mijn ogen tot spleetjes knijp, zie ik wel een beetje in waarom mijn moeder vindt dat hij op Mel Gibson lijkt. Maar dan moet ik wel héél hard knijpen.

Samantha schraapt haar keel. 'Weet u, omdat u een prijs krijgt uitgereikt, wil ik best uw haar doen. We kunnen het opsteken in een French twist – een beetje sexy voor in de avond, maar toch professioneel. En we kunnen wat kleur op uw wangen aanbrengen, en misschien nog wat lipgloss?'

Mijn moeder glimlacht. 'Dank je voor het aanbod, Samantha, maar ik ben bang dat ik het deze keer moet afslaan. We zijn al erg laat.'

Samantha probeert mijn moeder al vanaf het moment dat ze haar voor het eerst te zien kreeg, een make-over te geven, maar mijn moeder heeft elke keer een excuus paraat waarom het niet kan. Ik heb Samantha geprobeerd uit te leggen dat ze het niet persoonlijk moet opvatten. Maar toch zet Samantha iedere keer een pruillip op.

Als mijn ouders eindelijk zijn vertrokken (na nog drie keer gezegd te hebben dat de koerier zich moet identificeren), bladert Lindsay door de menu's.

'Ik stérf van de honger,' verkondigt ze. 'Wat dachten jullie van pizza? Of je hebt ook nog de sandwichtoko die bezorgt. Zij hebben echt de beste kip-hamsandwiches. Jummie.'

'Sorry,' zegt Samantha en ze plukt de menu's uit Lindsays hand. 'Ik was niet van plan vanavond twee kilo aan te komen. Heb je enig idee hoeveel calorieën er in een kip-hamsandwich zitten? Dat is een *fat suit* op een bord.'

Lindsay giechelt. 'O, pardon hoor, Jenny Craig. Wat had jij dan in gedachten? En zeg nou niet: salade. Ik wil echt voedsel.'

'Vertrouwen jullie mij?' vraagt Samantha, opeens bloedserieus.

Hierop wisselen Lindsay en ik bezorgde blikken uit. De laatste keer dat ze ons die vraag stelde, eindigde ermee dat we tussen de struiken voor het huis van Colin Broder op de uitkijk zaten voor de politie, terwijl Samantha in de voortuin wc-papier om een boom stond te wikkelen. Hij zat in de zesde, zij in de derde; ze hadden bij de bioscoop afgesproken, alleen was hij nooit komen opdagen; ze kwam er de volgende dag achter dat het een grap was geweest en dat hij een vriendin had op een privéschool in een andere stad. Moraal van het verhaal: Samantha kan niet goed tegen grappen. Niet als die ten koste van haarzelf gaan, tenminste.

'Eh... nee, niet echt,' zeg ik. Maar ze rolt alleen maar met haar ogen en pakt de telefoon.

'Wie ga je bellen?' vraagt Lindsay, terwijl Samantha een nummer intoetst.

'Ahn's Market. In Chinatown.' Lindsay en ik werpen elkaar weer een blik toe, en Samantha betrapt ons. 'Echt, wees maar dankbaar, want ik sta op het punt om dimsum te bestellen die jullie leven voorgoed gaat veranderen.'

Samantha heeft gelijk. Na deze dimsum is je leven niet meer hetzelfde. Ik heb geen idee wat ik aan het eten ben, ik weet alleen dat ik het de rest van mijn leven elke dag zou willen eten. Hoewel dat erg onwaarschijnlijk is, want behalve dat het waanzinnig lekker is, is het ook krankzinnig duur. De veertig dollar die mijn moeder voor ons had achtergelaten, was bij lange na niet genoeg, dus liet Samantha het op haar moeders rekening zetten en de contanten gingen naar de koerier. (En ja, we hebben naar zijn identificatie gevraagd. Hoewel ik me niet echt kan voorstellen dat er veel seriemoordenaars rondlopen die vermomd zijn als kleine Aziatische mannetjes met grijze flanellen broeken en door motten aangevreten groene wollen truien.)

'Oké, Erin,' zegt Lindsay serieus, nadat we de laatste kruimel naar binnen hebben gewerkt. 'Tijd om aan de slag te gaan.'

'Ik weet het. Ik moet eerst verzinnen waar ik het over wil hebben. En tussen twee haakjes, ik sta helemaal open voor suggesties. Begin maar te spuien...'

Samantha en Lindsay kijken elkaar aan en barsten dan allebei in lachen uit.

'Wat?' vraag ik, in de war gebracht.

'Dacht je nou echt dat we je met je opstel over Italië gingen helpen?' vraagt Samantha.

Mijn ogen vernauwen zich. Ik had kunnen weten dat dit te mooi was om waar te zijn. Lindsay... misschien, maar Samantha? Mij helpen met een opstel? Hoe dom kun je zijn...

'Oké, ik wist dat het verdacht was. Dus wat komen jullie doen?'

'Waar is de bol?' vraagt Lindsay.

'Welke bol? Waar heb je het...' En dan realiseer ik me dat ze het over de kristallen bol heeft. En ineens snap ik dat ik niet hoef te denken dat ik vanavond nog aan mijn Italiaanse opstel toekom.

10

Absolute kennis is niet grenzeloos; laat de planeten je naar het getal leiden.

Er zijn zestien bestemmingen, maar vier daarvan zul je nooit te zien krijgen.

De toekomst behoort alleen jou toe. Andere stemmen zullen worden teleurgesteld.

Je kunt niet verder zien dan één omwenteling. Daarachter ligt alleen onzekerheid.

Als er niets meer bekend is, zul je alles weten; dan is het tijd om een ander te kiezen.

'Ik kan er nog steeds geen touw aan vastknopen,' zeg ik uiteindelijk, nadat ik voor de honderdste keer naar de lijst heb zitten staren. 'Daar komt echt geen verandering in.'

'Nou, het moet iets te betekenen hebben,' antwoordt Lindsay. Zij en Samantha zitten samen op mijn bureaustoel te googelen op 'roze kristallen bol'.

'Er moet een reden zijn waarom je tante jou die bol heeft gegeven,' vult Samantha aan.

'Weet je,' brengt Lindsay in, 'deze bol is het perfecte voorbeeld van 'lage' magie, omdat hij wordt gebruikt om veranderingen tot stand te brengen voor het eigen ik, in plaats van voor de wereld in het algemeen. Het wordt ook wel praktische magie genoemd. Zo grappig, dat las ik toevallig een paar dagen geleden.'

'Plastic magie, zul je zeker bedoelen,' zegt Samantha ironisch.

Ze zitten met z'n tweeën om Samantha te grinniken, maar ik kan er niet om lachen.

'Luister, ik weet dat jullie willen geloven dat dit een magische bol is, maar dat ís niet zo. Het is gewoon een grappig speeltje.'

'Ja ja,' zegt Lindsay. 'En hoe verklaar je dat voorval met Spencer Ridgely dan?'

'Sorry hoor,' zeg ik, en ik voel me bijna beledigd, 'maar is het echt zo moeilijk voor te stellen dat Spencer Ridgely mij ziet staan zónder een of andere magische tussenkomst?'

Samantha en Lindsay draaien zich allebei om en kijken me aan met een blik van 'geloof je het zelf?'. 'Eh… ja,' zeggen ze allebei tegelijk. Dan barsten ze weer in lachen uit.

Ik moet zelf ook lachen.

'Kom op nou, Erin,' zegt Lindsay. 'Het gaat ook om wát hij zei. Het kan toch geen toeval zijn dat hij je 'smexy' noemde.'

'Tuurlijk wel,' werp ik tegen. 'Smexy is een populair woord. Iedereen gebruikt het. Voor hetzelfde geld had hij gezegd dat ik hot was of een lekkere chick, en dan was er niks aan de hand geweest.' Maar ik zeg het met een brede grijns – ik kan er niks aan doen dat ik weer moet lachen.

'Maar dat deed hij niet,' benadrukt Samantha, nu weer serieus. 'Hij zei dat je sméxy was. En dat is helemaal nog niet zo'n populair woord. We hebben het hier over nogal avant-gardistisch taalgebruik. Je wist niet eens wat het betekende, weet je nog?'

'Oké, oké,' mopper ik. 'Goed dan. Het was magie. Jij je zin.'

Samantha werpt me een triomfantelijke blik toe en draait zich dan weer naar de computer.

'Ook al was het niet zo,' zeg ik nog heel zacht.

'Ik hoorde je wel,' zeggen ze allebei, weer precies tegelijk.

Een seconde later schiet Lindsay overeind. 'O mijn god,' fluistert ze. 'Heb je dat gelezen?'

Samantha knikt opgewonden. 'Erin, kom eens. Dit moet je zien.'

Ik rol met mijn ogen. 'Wat? Laat me raden, een magisch ouijabord?'

'Nee, serieus, kom eens. Moet je kijken wat Lindsay heeft gevonden.'

Ik kom overeind, loop naar het bureau en leun over Lindsays schouder om te zien wat er staat.

De oorsprong van de roze kristallen bol ligt bij de spiritistische gemeenschap uit de jaren veertig, die de weg baande voor het gebruik van seances om met de doden te communiceren. Robert Clayton was de zoon van een befaamde helderziende in Baltimore, wier wekelijkse seances hordes mensen uit de gehele oostkust trokken. Toen Robert zag hoe populair zijn moeders bijeenkomsten waren en hoe de kinderen uit het publiek haar daarna imiteerden, kwam hij op het idee om een speeltje te ontwerpen dat de toekomst kon voorspellen. Na een aantal mislukte pogingen (met onder andere een magische bowlingbal, een magisch gelukskoekje en een – nogal ongelukkig gekozen – magische uilenbal), kwam Clayton op het idee van een plastic uitvoering van de kristallen bol, die hij heel toepasselijk 'de plastic kristallen bol' noemde. Zijn speelgoedfabrikant kwam echter met de suggestie om de bol met een roze vloeistof te vullen om zo een vrouwelijk publiek aan te spreken, en de naam werd veranderd in 'roze kristallen bol'. Het ontwerp werd een gigantische hit, en inspireerde generatieslang talloze pseudoparanormaal begaafden.

In 1952, het jaar waarin de roze kristallen bol voor het eerst werd verkocht, bracht Clayton er eentje mee naar huis om aan zijn helderziende moeder te laten zien, die inmiddels op sterven lag. Volgens de legende nam zijn moeder het stuk speelgoed in haar handen en raakte daarbij meteen in een trance waaruit ze nooit meer zou ontwaken. Ze overleed vlak nadat Clayton de bol uit haar handen had genomen. Er wordt algemeen aangenomen dat Claytons moeder de bol in haar laatste momenten echt mystieke, toekomstvoorspellende eigenschappen heeft geschonken.

Men gaat ervan uit dat het stuk speelgoed eind jaren zestig bij een brand in Claytons huis verloren is gegaan, maar anderen beweren dat hij het niet langer dan een paar maanden in zijn bezit heeft gehad. In plaats daarvan geloven velen dat de bol wordt doorgegeven en zijn magische krachten alleen vertoont bij de uitverkorenen die de bol ontvangen.

Lindsay en Samantha draaien zich allebei om, zodat ze mij het laatste stuk kunnen zien lezen. Hun ogen zijn wijd opengesperd en ik kan zien dat ze het verhaal woord voor woord geloven.

'Het is een stadslegende,' zeg ik schouderophalend. 'Zoals die ene over die mannen in Mexico die mensen van hun nieren beroven en ze dan in een bad vol met ijs bewaren. Kijk maar eens onder broodje aap,' opper ik. 'Daar staat-ie vast bij.'

Samantha schudt haar hoofd. 'Niet dus. Heb ik al gecheckt.'

'Nou ja, whatever. Het is gewoon niet echt. Ten eerste bestaat er niet zoiets als een helderziende. Die gasten die in de jaren veertig seances hielden, waren allemaal oplichters. Dat is algemeen bekend.'

Lindsay staat op. 'Laat mij die bol eens zien.'

'Wat? Waarom?'

'Laat hem gewoon even zien,' houdt ze vol.

'Oké.' Ik pak de kartonnen doos van de bovenste plank van mijn kast, haal de bol eruit en geef hem aan haar. Ze draait hem om en bestudeert de inscriptie die in de zwarte verf is gekrast.

'RC 52,' zegt ze terwijl ze met haar wijsvinger tegen haar kin tikt. 'RC 52,' herhaalt ze. Ze legt de bol neer en kijkt weer naar het computerscherm om het artikel nog eens te lezen.

'O mijn god,' zegt ze opeens. 'RC 52! Natuurlijk! Robert Clayton, 1952! Jongens, dit is 'm! Dit is dé mysterieuze roze kristallen bol!' Ze pakt hem weer op en schudt ermee. 'Is dit Robert Claytons bol?' vraagt ze. Ze kijkt in het raampje en vervolgens triomfantelijk naar mij. *Uw toekomst is in nevelen gehuld. Stel uw vraag opnieuw.*' Ze glimlacht als iemand die zojuist voor het eerst Rubiks kubus heeft opgelost.

'Wat valt er te lachen?' vraag ik. 'Als hij echt zo magisch was, zou er 'ja' hebben gestaan.'

Lindsay schudt haar hoofd. Ze glimlacht nog steeds. 'Nee, bij mij werkt hij niet. En bij Samantha werkte hij ook al niet. Het is precies zoals op de website staat: hij toont zijn magische krachten alleen aan de uitverkorenen die de bol hebben ontvangen. Zie je het dan niet? Jouw tante heeft jou uitverkoren, dus hij werkt alleen bij jou. Daarom heeft ze hem jou nagelaten. Daarom was het zo belangrijk voor haar!'

Ik laat dit even op me inwerken. Ik denk aan de papierrol met al die namen en helemaal onderaan mijn tantes handtekening. Ik denk aan die bizarre herdenkingsdienst, en aan Roni, die me de doos overhandigt en me op het hart drukt hem pas te openen als ik alleen ben. Ik denk aan de bol, aan de legende, en het 'RC 52' dat in de verf is gekrast.

'Je hebt gelijk,' hoor ik mezelf tegen Lindsay zeggen.

'O ja?' zegt ze.

'Denk je?' vraagt Samantha, nog geschokter dan Lindsay.

79

Ik knik. 'Ja. Je hebt gelijk dat mijn tante moet hebben geloofd dat deze bol magische krachten bezat, en dat ze het daarom zo verschrikkelijk belangrijk vond dat ik hem zou krijgen. Het klopt helemaal. Ik bedoel, dit soort dingen gingen er bij haar in als zoete koek. Natuurlijk geloofde ze erin.'

'En jij dan? Geloof jij erin?' Samantha kijkt me met een betekenisvolle blik strak aan. Ik staar terug alsof ze haar verstand heeft verloren.

'Sam, het is een plastic speeltje. Iemand heeft hem bij Toys"R"Us gekocht en er als grap een legende bij verzonnen. Het is net als een kettingbrief, alleen dan erger.' Ik pak de bol smalend op. 'Kom op nou, het is echt belachelijk.'

Lindsay kijkt me verbijsterd aan met een blik die ik onmiddellijk herken. Er komen lang vergeten herinneringen van de basisschool naar boven.

Maart 2000. Lindsay en ik zijn zes jaar oud.

Ik: *De tandenfee bestaat niet, Lindsay. Het is gewoon je moeder die 's nachts je kamer binnenkomt en een dollar onder je kussen legt terwijl jij slaapt.*

Lindsay: Stilte. Verbijsterde blik.

September 2004. Lindsay en ik zijn tien.

Ik: *Zeemeerminnen bestaan niet, Lindsay. Het is iets wat verveelde matrozen hebben bedacht die iets te doen wilden hebben als ze het niet meer zagen zitten.*

Lindsay: Stilte. Verbijsterde blik.

Goddank was ik niet degene die haar heeft verteld dat de Kerstman niet bestaat. Hoewel ik zeker weet dat die persoon precies dezelfde blik te zien kreeg.

Lindsay slaat haar armen over elkaar. 'Weet je nog dat jij me vertelde dat Jesse Cooper zei dat je vroeger ook al niet echt buiten kaders dacht?'

'Jaaa…' zeg ik, en ik word al moedeloos bij de gedachte.

'Wat?' roept Samantha uit. 'Heeft hij dat gezegd? Waarom weet ik daar niks van?'

Ik kijk Lindsay chagrijnig aan. 'Omdat ik Lindsay had gevraagd er niets over te zeggen, aangezien ik wist dat je het mijn hele verdere leven tegen mij zou gaan gebruiken.'

Samantha lacht. 'Je hebt helemaal gelijk. Ga ik zeker doen.'

'Halló?' onderbreekt Lindsay ons. 'Iemand probeert hier iets duidelijk te maken, weten jullie nog?'

'Ja, sorry,' zegt Samantha, nog steeds in zichzelf grinnikend. 'Laat nog maar eens horen hoe Jesse Cooper tegen Erin zei dat ze niet echt iemand is die buiten de kaders denkt.' Ik kijk Samantha boos aan, en zij heft haar handen in de lucht alsof ze totaal onschuldig is.

'Hij heeft gelijk,' gaat Lindsay verder.

'Wat?' roep ik uit. 'Nu keer jij je ook nog eens tegen me? Kom op, Lindsay. Probeer het eens van de rationele kant te bekijken. Een plastic kristallen bol die de toekomst kan voorspellen? Dat is... absúrd.'

'Helemaal niet.' Ze trekt een wenkbrauw op. 'Dat jij niet in staat bent om dingen serieus te nemen zolang er geen meetkundig bewijs voor is, dát is pas absurd.'

'Waar heb je het over? Wat betekent dat überhaupt?'

Lindsay gooit haar armen gefrustreerd in de lucht. 'Het betekent dat de wereld niet alleen maar uit protonen en – hoe heten die dingen? – ionen bestaat.'

Terwijl ze dat zegt, knijp ik mijn lippen stijf op elkaar om niet in lachen uit te barsten.

'Wat?' vraagt ze, geïrriteerd over mijn geamuseerde blik.

'Het zijn protonen en neutronen. En ook elektronen. Dat zijn de elementaire deeltjes van een atoom, waaruit alle materie is opgebouwd. Dus technisch gesproken bestaat de hele wereld uit protonen en neutronen. En elektronen, niet te vergeten.'

'De linkerkant van Samantha's lip krult van ergernis omhoog. 'Moet je jezelf nou horen.'

'Dat bedoel ik nou,' zegt Lindsay.

'Je bedoelt dat ik een nerd ben?' vraag ik en ik spreek daarmee het onuitgesproken woord uit (hoewel ik de voorkeur geef aan Spencer Ridgely's 'studiechick').

'Nee,' zegt Lindsay. 'Wat ik wil zeggen is dat de wereld níét alleen maar uit materie bestaat. Soms moet je in dingen geloven waar geen wetenschappelijke verklaring voor is.'

'Inderdaad,' zegt Samantha. 'Maar je bent wel een beetje een nerd.'

Nee, denk ik bij mezelf. Nee, daar hoef je helemaal niet in te geloven. Maar dat durf ik niet te zeggen. Ik zie dat Lindsay elk moment over de zeik kan gaan (serieus) en ik wil haar niet tegen me in het harnas jagen. Dus als ze de bol oppakt en hem mij wil aanreiken, stribbel ik niet tegen.

'Hier,' zegt ze. 'Stel een vraag.'

'Oké, best. Word ik uitgekozen om mee te gaan naar Italië?'

Samantha zegt spottend: 'Wauw. Best een heftige vraag, voor iemand die er niet in gelooft.'

Ik rol met mijn ogen en kijk naar de bol.

Het grote onbekende laat zich nu niet kennen.' Ik kijk Lindsay hooghartig aan. 'Zie je wel? Dat ding weet niks.'

'Dat hoeft niet,' reageert ze. 'Misschien weet hij dat toevallig net niet. Kom op, vraag iets anders. Iets specifieks, zodat we weten of de bol erachter zit als het uitkomt.'

Ik zucht. 'Oké. Oké. Ik weet een goeie.' Ik schud de bol. 'Gaat meneer Lower zeggen dat mijn werkstuk Engels helder en goed onderbouwd is? Want dat is echt zo,' voeg ik eraan toe, terwijl ik een blik werp op Lindsay. Ze wuift met haar hand om aan te geven dat ik verder moet gaan. Ik kijk weer in het raampje, en de roze vloeistof binnenin lijkt in het midden uiteen te gaan als de witte plastic driehoek verschijnt. *Het staat in de sterren geschreven,* lees ik.

Lindsay straalt. 'Perfect,' stelt ze.

'Perfect?' roept Samantha. 'Dat meen je niet! Je hebt dit ding... deze, deze... kristallen bol waarmee je in principe alles kunt laten gebeuren wat je maar wilt, en je stelt een vraag over een werkstuk Engels? Serieus? Dat is zoiets als een wens mogen doen en om wereldvrede vragen. Ik bedoel, jemig, Erin, gebruik je fantasie. Vraag of Bill Gates je als zijn enige erfgenaam benoemt. Vraag of Zac Efron morgen op school verschijnt en erop staat dat jij zijn kindbruidje wordt. Kom óp, zeg. Vraag iets goeds. Dat reisje naar Italië was tenminste nog iets...'

De uitdrukking op Samantha's gezicht is zo serieus en opgewonden dat Lindsay en ik allebei weer beginnen te lachen.

'Echt, het is maar goed dat ik de uitverkorene ben en niet jij, anders zou elke hunk op aarde morgen op het schoolplein staan,' zeg ik tegen Samantha.

'Reken maar,' zegt ze. 'Nou, kom op. Verzin iets beters dan of je leraar je werkstuk goed vindt.'

'Oké.' Ik moet even nadenken. Ik ben hier zo slecht in. Ik heb het gevoel alsof ik jarig ben en snel een wens moet bedenken voordat de kaarsen zijn opgebrand. 'Oké. Ik weet het.' Ik schud de bol. 'Word ik op Harvard toegelaten en vind ik een medicijn uit tegen kanker en win ik de Nobelprijs en trouw ik met een smexy wetenschapper die er supergoed uitziet in een labjas?'

Samantha glimlacht goedkeurend. 'Veel beter. Wat staat er?'

Ik staar naar de bol en tot mijn verbazing fladderen er vlinders in mijn buik rond. Wat als het echt mogelijk is? Wat als ik al mijn dromen voor zou leggen en ze echt zouden uitkomen? De zilveren vloeistof trekt weg en ik staar naar het antwoord...

Het grote onbekende laat zich nu niet kennen. Ik probeer de teleurstelling in mijn stem te verbergen. 'Zie je?' zeg ik tegen Lindsay.

'Nee, kom op,' antwoordt ze. 'Misschien was dat iets te veel van het goede, of te ver weg. Probeer het nog één keer. Vraag iets wat dichterbij ligt. Zoals... zoals... of je nog grotere borsten krijgt. Dat is een goeie.'

Dat is inderdaad een goeie. Ik heb sowieso al vanaf mijn twaalfde elke avond tot de borstgoden gebeden, dan lijkt me een kristallen bol raadplegen ook niet vergezocht.

'Oké,' stem ik in. Ik schud de bol nogmaals en kijk er geconcentreerd naar. 'Worden mijn borsten nog groter? Ik bedoel, een klein beetje maar. Niet dat het lijkt alsof ik een borstvergroting heb gehad of zo, maar dat ik gewoon een bh aan kan. Zodat er ook eens iets te zien valt als ik een laag uitgesneden T-shirt aanheb. Maar niet te veel.'

Samantha rolt met haar ogen. 'Kun je nóg neurotischer zijn? Nou, wat staat er?'

Ik staar naar de bol. Er staat... *Het is zo voorbestemd.*

Nou... daar ga ik natuurlijk niets tegen inbrengen.

11

'Mam!'

Het klinkt als een kreet. Ik sta voor de spiegel aan mijn kastdeur, nog steeds in mijn XL Barry Manilow-T-shirt (alléén bedoeld als nachthemd) en een oude joggingbroek die mijn nicht me jaren geleden vanaf *Penn State University* heeft gestuurd. Ik krijg een paniekaanval. Ofwel er zijn midden in de nacht circusclowns mijn kamer binnengekomen die mijn gewone spiegel voor een lachspiegel hebben verwisseld, of er is iets goed mis.

'Maaaaaaaaam!' gil ik nog een keer, nog fanatieker.

'Wat?' gilt ze terug. Ik hoor het geluid van haar blote voeten op de houten vloer en dan opent ze mijn kamerdeur, terwijl ze haar ochtendjas nog aan het dichtbinden is. 'Wat is er aan de ha...' Ze maakt haar zin niet af en bekijkt me met open mond. 'O mijn god, Erin, wat is er met jou gebeurd?'

'Ik weet het niet... ik werd gewoon wakker en toen ik in de spiegel keek, zag ik er... zo uit!' Ik breng mijn opgezwollen vingers naar mijn opgezwollen gezicht. Het ziet eruit alsof het zit volgespoten met wat het ook mag zijn waarmee ze spekjes pafferig krijgen.

Mijn moeder komt dichterbij om me beter te bekijken. Ze raakt mijn wangen aan, laat me mijn tong uitsteken, duwt op mijn lippen (die er, moet ik toegeven, best sexy en Kaydra-achtig uitzien).

'Doe je shirt eens omhoog,' draagt ze me op.

'Mam,' protesteer ik.

'Erin, ik ben arts. En je moeder. Je hoeft echt niet zo preuts te doen.'

Oké. Ik til mijn shirt op en staar recht voor me uit terwijl mijn moeder in mijn buik prikt.

'Het ziet eruit alsof je een allergische reactie hebt,' concludeert ze. 'Heb je gisteren een nieuwe zeep of lotion gebruikt, of heb je iets anders dan anders gegeten?'

Ik denk even na over gisteren. Gisteren, gisteren... ben ik naar school gegaan, heb ik brood gegeten, ben ik thuisgekomen, zijn Lindsay en Samantha langsgekomen, hebben we eten besteld... O mijn god. *De dim sum.* 'We hebben gisteren Chinees gegeten. Samantha had het besteld. Zij zei dat we haar moesten vertrouwen. Ik heb geen idee wat erin zat.'

Mijn moeder kijkt me met haar Samantha-kun-je-beter-niet-vertrouwen-blik aan. 'Nou, wat het ook was, raak het niet meer aan. Ik ga wat Benadryl voor je halen en dan moet alles over een paar uur weer normaal zijn.'

'Een paar uur! Zo kan ik toch niet naar school!'

Ze staart me aan. 'Je hebt geen koorts. Je gaat niet een hele schooldag missen omdat je toevallig een beetje opgezwollen bent. Einde discussie. Trek je kleren aan.' Ze probeert een glimlach te onderdrukken en geeft het dan op. 'En trouwens, bekijk het van de positieve kant, je hebt er in één nacht drie bh-maten bij gekregen.'

Ik sta aan de grond genageld. 'Wat zei je daarnet?'

Maar ze is de deur al uit.

Ik trek mijn shirt uit en bekijk mezelf van opzij in de spiegel. Whoa... Ze zijn echt groter geworden. Ik werp een blik op mijn opgezwollen armen en mijn opgezwollen voeten. Wel even pech dat de rest ook is uitgedijd. Ik kijk naar de bol, die op mijn bureau staat alsof er niets aan de hand is.

'Oké,' zeg ik tegen de bol, 'als dit door jou komt: dit was nou niet precies wat ik in gedachten had.'

Jesse Cooper staat vijf meter verderop in de gang en komt dan op (de gezwollen) mij af gelopen. Ik kijk om me heen, op zoek naar een voormalig geheime gang of een poort naar een andere dimensie – bij voorkeur eentje waarin ik er niet uitzie als een vrouwelijke tegenhanger van het Michelinmannetje. (Hoewel... de lippen mogen blijven. En de borsten ook, natuurlijk.) Helaas word ik alleen omringd door gesloten kluisjes en niet-flatterende tl-verlichting. En aangezien ik te laat ben binnengekomen ten gevolge van een spontane afspraak met dokter Mam vanochtend, is er in de gang ook geen sterveling te bekennen. Behalve ik. En Jesse Cooper.

'Erin?' vraagt hij weifelend als hij dichterbij komt. 'O... hey?' Het klinkt als een vraag.

'Hey,' zeg ik ook, zo nonchalant mogelijk. In al mijn opwinding over het feit dat ik zowaar een bh aan kon, besloot ik er eens goed mee te gaan showen voor zo lang als het duurt. Dus ik ben zo diep mogelijk mijn kast in gedoken en heb alle kledingstukken die ik bezit tevoorschijn getrokken (wat ook heeft bijgedragen aan mijn late binnenkomst), en heb het allerstrakste, allerlaagste truitje uitgekozen dat ik maar kon vinden: een knalrode sweater met een V-hals. Thuis voelde ik me net een jarenvijftig-Hollywoodster, oog in oog met Jesse Cooper voel ik me niet zozeer Marilyn Monroe als wel een ordinaire slettebak.

'We moeten weer naar het museum,' zegt hij. 'Kun jij vandaag? Na school?' Ik zie dat hij enorm zijn best moet doen om zijn ogen van mijn sweater af te houden, en ik vraag me af of het bij meisjes die tieten hebben altijd zo gaat. Als je dit dagelijks meemaakt, snap ik best dat het nogal irritant wordt, maar als debutante bevalt het me prima.

'Vandaag?' vraag ik. 'Hmmm, tja, vandaag gaat niet lukken.'

Dit is een regelrechte leugen. Het kan prima vandaag, maar ik wil niet dat hij denkt dat ik geen sociaal leven heb (ook al heb ik dat niet). Ik bedoel, hij moet niet denken dat ik de hele middag thuis rondhang (ook al doe ik dat wel), of dat ik meteen beschikbaar ben als het hem toevallig uitkomt (ook al ben ik dat wel). Ik ben ook een beetje nerveus over hoe lang deze pafferige allergietoestand gaat duren. (Mam zegt dat ze me mee naar het ziekenhuis neemt als het langer dan vierentwintig uur duurt.) 'Wat dacht je van overmorgen?' vraag ik.

Hij denkt even na. 'Kan het morgen ook? Overmorgen repeteer ik met mijn band enne...' Hij maakt zijn zin niet af.

Ik trek mijn wenkbrauwen naar hem op. Zijn band? Ik wist niet dat hij in een band zat. Ik wist niet eens dat hij een instrument bespeelde. Wanneer is dat begonnen? 'Tja... eh, ik kan waarschijnlijk wel wat omgooien. Morgen is oké.'

'Cool. Nou, ik kan maar beter weer de klas in gaan.'

'Ja, oké. Tot morgen.'

'Goed. Tot morgen.' Ik wil weer gaan lopen, maar hij staat te dralen.

'Hé, wat eh... wat is er eigenlijk met jou gebeurd? Je gezicht is nogal...' Ik kan zien dat hij een woord probeert te vinden dat niet beledigend is, en ik vind het vervelend om hem te zien worstelen. Als Samantha in zo'n situatie zou zitten, zou ze hem nog geen centimeter tegemoetkomen.

'Ik heb een allergische reactie op Chinees eten,' leg ik uit. 'Maar mijn moeder zegt dat ik over een paar uur weer helemaal normaal ben.'

Hij knikt, en werpt dan weer een blik op mijn sweater.

'Gelukkig maar. Ik bedoel, niet dat je er slecht uitziet of zo,' zegt hij, en hij loopt rood aan. 'Alleen, eh... dat andere staat je beter.'

12

Zodra de les voorbij is, ga ik in de gang meteen op zoek naar Lindsay en Samantha. Lindsay heeft haar gewoonlijke kloffie aan: een lange sweater, skinny jeans, en Converse-instappers (zonder veters). En dan is daar nog het altijd aanwezige 'geneeskrachtige kristal' aan een rood leren touwtje, dat ze van Veronica van De Spirituele Winkel van Sinkel heeft gekregen. Samantha, op haar beurt, draagt een grijze, losvallende jurk met een riem, zwarte jeans en groene suède halfhoge laarsjes met hakken.

'Er is iets wat jullie moeten zien,' fluister ik. Ik pak ze allebei bij de arm en leid ze de hoek om, naar de kluisjes van de vierdeklassers.

'Eh, hallo... we zijn niet blind,' zegt Samantha met een schuine blik op mijn sweater.

'O mijn god!' gilt Lindsay. 'Moet je zien! Ze zijn gigantisch! Ik bedoel, oké, ze zijn niet gigantisch. Waarschijnlijk nog steeds een A-cup, maar voor jouw doen zijn ze gigantisch. O mijn god! Ik wist het! Ik wíst dat het een echte magische bol was!'

'Ssst!' sis ik. 'Het was een allergische reactie. Op de dimsum,' voeg ik eraan toe en ik kijk Samantha boos aan. 'En ik heb het trouwens niet over mijn tieten.'

Samantha trekt haar wenkbrauw op. 'Meen je dat? Dan ben je de enige. Bij Lizzie McNeal en Cole Miller staat het schuim zowat op hun lippen.' Ze draait zich naar Lindsay toe. 'Wat zou Jesse Cooper ervan vinden? Kennelijk hadden hij en Erin een privégesprekje op de gang vanmorgen.'

Ik moet lachen. 'Hoe weten jullie dat nou weer? Dat was ongeveer een half uur geleden.'

Samantha glimlacht. 'Ik ben een informatie-ninja, mensen. Als je eens wist wat ik allemaal weet.'

'Oké, nou, hier weet je in ieder geval niks van.' Ik steek mijn hand in mijn rugzak en haal mijn werkstuk Engels eruit. Ik blader naar de laatste pagina en houd hem voor hen op.

Fantastisch werk staat er, in meneer Lowers rode hanenpoten. *Helder en goed onderbouwd.*

Samantha haalt haar schouders op. 'Ik heb het liever over je borsten.'

'Kom op, jongens, weten jullie het niet meer?' vraag ik. 'Dat zijn precies de woorden die ik gisteren bij de bol heb gebruikt.'

Lindsay knijpt in mijn opgezwollen arm. Haar ogen zijn nog nooit zo groot geweest. 'Je begint erin te geloven, hè?'

Ik kijk naar de grond. Ik heb de hele Engelse les met die vraag zitten worstelen (dat wil zeggen, op de momenten dat ik mijn ontmoeting met Jesse niet in gedachten opnieuw aan het afspelen was). Ik bedoel, ik ben niet het type dat in dit soort dingen gelooft. Zo ben ik gewoon niet. Ik zie mezelf als rationeel. Verstandig. Iemand die in wiskunde en natuurkunde gelooft, niet in magie en het bovennatuurlijke. Maar toch kan ik het niet verklaren. Serieus, hoeveel toeval kan er zijn? Geloof ik er dus in? Geloof ik dat deze bol echt magische krachten heeft? En belangrijker nog, als ik dat geloof, moet ik dan een heel nieuw beeld van mezelf creëren?

Ik schud mijn hoofd. 'Ik weet het niet,' geef ik toe. 'Misschien.'

Lindsay glimlacht en slaat haar arm om mijn schouders.

'Welkom,' zegt ze. 'Ik wist wel dat je op een dag zou bijdraaien.'

Ik schud haar arm van me af. 'Oké, dat je het maar even weet, ik trek de grens bij de bol. Ik geloof nog steeds niet in jouw voodoopoppetje, of in je kristallen, of in al die...'

'Whatever,' onderbreekt Samantha me. 'Kunnen we even focussen op wat hier echt belangrijk is? Ik bedoel, begrijpen jullie hoeveel macht we met dit ding hebben? Beseffen jullie wat je met een mágische roze kristallen bol allemaal kunt doen? Je kunt hem vragen of alle jongens op school alleen maar met ons drieën willen daten. Je kunt om alleen maar achten, negens en tienen vragen. Je kunt hem om een nieuwe auto vragen...'

'Je kunt hem vragen om mij populair te maken,' onderbreekt Lindsay, op zo'n zachte toon dat we haar nauwelijks kunnen horen – om er dan snel 'Grapje!' op te laten volgen.

'Jongens, wacht even,' zeg ik. 'Ik weet het niet. Het werkt niet altijd als ik dingen vraag, weten jullie nog? We moeten uit zien te vinden hoe we hem moeten gebruiken.' Ik ben even stil. 'Ik zat er bij Engelse les al aan te denken, weet je, en volgens mij is die lijst die mijn tante me heeft nagelaten eigenlijk een verzameling instructies. Of aanwijzingen, misschien. Ik weet het niet. Maar je hebt gelijk, Lindsay. Het moet iets betekenen. Waarom zou ze hem anders gemaakt hebben? Ik denk alleen dat we de bol niks serieus moeten vragen zolang we nog niet hebben uitgevonden wat de consequenties zijn.'

'Ze heeft gelijk,' stemt Lindsay in. 'Kun je je nog herinneren in *Back to the future*, toen Michael J. Fox de geschiedenis van zijn ouders begon te veranderen, en dat zijn broer en zus toen verdwenen uit de foto in zijn portemonnee? Zoiets zou kunnen gebeuren.'

De schoolbel gaat voordat ik of Samantha hierom kunnen lachen.

'Wordt vervolgd,' zeg ik terwijl ik het deurtje van mijn kluisje dichtsla.

We schrikken alle drie op als we Chris Bollmer zien staan. Hij heeft hetzelfde aan als altijd: jeans, een T-shirt en een zwarte hoodie met lange mouwen. Niet dat ik hem nou zo ontzettend in de gaten hou, maar ik geloof niet dat ik hem ooit zónder die zwarte hoodie heb gezien. Ik heb iemand wel eens horen zeggen dat hij die draagt zodat je de brandwondenlittekens op zijn armen (van toen hij zichzelf in dat gat opblies) niet kunt zien.

'Jezus, Bollmer,' moppert Samantha. 'Je hebt me bijna een hartaanval bezorgd.'

Lindsay kijkt hem boos aan. 'Was je ons aan het afluisteren? Hoe lang stond je daar al?'

'Ik stond jullie niet af te luisteren. Ik sta hier pas net.'

Ik bestudeer zijn gezicht. Ik weet niet of ik hem moet geloven. Hij ziet eruit alsof hij de waarheid vertelt, maar aan de andere kant: als hij in de buurt van Lindsay is, ziet hij er altijd als een verdwaalde puppy uit, dus dan is het nogal moeilijk te raden wat er in hem omgaat.

'Nou, wat moet je dan?' wil Lindsay weten.

Samantha en ik wisselen blikken uit. Ik vraag me af wat Samantha denkt. Ik weet wat ik denk: ik ben blij dat ik nooit last heb gehad van een stalker.

'Ik wil alleen weten waarom,' zegt Chris.

'Waarom wat?' vraagt Lindsay.

'Waarom liet je je gisteren zo dissen door Megan? Waarom trek je nooit eens je mond open?'

Ze fronst haar voorhoofd en laat dan een lachje horen. 'Dat meen je niet... mijn mond opentrekken? Dan wordt het alleen nog maar erger. Dat zou jij toch moeten weten. Luister, heel aardig van je dat je me wilt helpen, echt. Maar zolang Megan Crowley niet verhuist of van school wordt getrapt, zal ze me blijven lastigvallen. Als ik me gedeisd hou en haar uit de weg ga, is het best te doen. En daarom trek ik mijn mond niet open. Sorry als je liever iets anders had gehoord, maar zo ligt het.'

'Nee,' werpt Chris tegen. 'Dat zie je verkeerd. Als jij je er elke keer bij neerlegt dat ze je uitscheldt, houdt ze nooit op. Maar als je haar laat zien dat je het niet pikt, dan bindt ze wel in. Echt, geloof me.'

Terwijl Chris dit zegt, stroomt de gang vol met leerlingen, voor de tweede bel gaat. Lindsays ogen schieten alle kanten op, en ik weet dat ze kijkt of Megan of een van haar bondgenoten in de buurt is. Maar het is al te laat. Vanuit mijn ooghoeken zie ik Megan aan de andere kant van de gang en ze komt op ons aflopen met die kijk-eens-aan-wie-we-daar-hebben-blik op haar gezicht. Ik zweer het je, het lijkt wel of Megan kan ruiken wanneer Lindsay op haar kwetsbaarst is.

'Ai, kijk nou,' verkondigt Megan op een extra luide toon. 'Een liefdes-ruzietje?' Ze schuift zichzelf tussen Lindsay en Chris en slaat een arm om ieder van hen. 'Weet je, als er problemen zijn, hoef je elkaar alleen maar een kus te geven om het weer goed te maken.' Ze legt haar hand op Lindsays achterhoofd en duwt haar gezicht in de richting van dat van Chris, maar Lindsay duikt onder haar arm vandaan.

Als ze weer rechtop staat, is haar gezicht vuurrood en heeft ze een wilde blik in haar ogen, alsof ze bezeten is. 'Raak me niet aan!' schreeuwt ze. Ze aarzelt heel even, recht dan haar rug en drukt haar neus bijna tegen Megans neus aan. 'Plas je nog altijd in je broek, Me-gan? Want er bestaan luiers voor volwassenen, wist je dat? Ik wil er best een paar voor je meenemen, als ik langs een drogist kom.'

Megans gezicht loopt rood aan, en haar mondhoeken krullen om-hoog voor een flinke snauw. 'Je kunt maar beter geen oorlog met mij beginnen, Windenkind.'

Lindsay lacht, ook al spuwen haar ogen vuur. 'Jij bent er lang geleden al een begonnen, Pisbroek.'

Er heeft zich een groepje toeschouwers om ons heen verzameld. Megan kijkt Lindsay woedend aan terwijl iedereen hard om Lindsays woorden lacht. Samantha en ik wisselen een stiekeme glimlach uit.

'Je hebt geen idee waar je aan begint,' snauwt Megan. 'Ik zal zorgen dat je er spijt van krijgt dat je ooit op de wereld bent gezet.' Ze draait zich op één hiel om en baant zich met haar ellebogen een weg door de omstanders.

Lindsay zakt bleek en ontdaan tegen de kluisjes aan. Haar handen trillen. 'Ben je nu tevreden?' sist ze tegen Bollmer.

'Ja,' zegt hij, zonder aandacht te schenken aan hoe overstuur ze is. 'Je was geweldig. Niet te geloven – Pisbroek? Dat is zo'n beetje de beste bijnaa…'

'Chris,' zeg ik met opgestoken hand. 'Even kappen.'

Lindsays ogen lopen vol. Ze kan elk moment instorten. Samantha steekt een hand uit om haar te troosten.

'Linds, kom op. Laten we naar de klas gaan.'

Maar Lindsay negeert haar en kijkt Chris recht in de ogen. Als ze haar mond opendoet om iets te gaan zeggen, klinkt haar stem gesmoord en zo zacht dat het meer op fluisteren lijkt.

'Je zegt in je e-mails toch altijd dat je me zo graag wilt helpen?'

Chris knikt. 'Ik wil je ook helpen, Lindsay. Je verdient het niet om zo te worden behandeld.'

'Het beste wat je voor mij kunt doen is uit mijn buurt blijven. Oké? Blijf gewoon uit mijn buurt.'

13

Lindsay is de rest van de dag onvindbaar, en als ik uit school thuis-kom, bel ik haar meteen om te horen of alles oké is. En om haar te vertellen dat ik – tot mijn grote verdriet én opluchting – weer ben geslonken. Overal.

Haar moeder neemt na de tweede beltoon op. 'O, hoi Erin. Lindsay ligt te slapen. Ze is vandaag vroeg uit school gekomen omdat ze zich niet lekker voelde. Ze zei dat ze hoofdpijn had. Ik dacht dat jij dat wel zou weten. Zitten jullie niet bij de heupen aan elkaar vergroeid?'

Ik laat een beleefd lachje horen. 'Ja,' zeg ik. 'Ze zei inderdaad dat ze zich niet lekker voelde, maar ik wist niet dat ze naar huis was gegaan.'

Ik wil haar vertellen dat Lindsay helemaal geen hoofdpijn had. Ik wil haar over Megan Crowley vertellen, en dat zij, als Lindsays moeder, er iets aan moet doen. Ze moet met de rector gaan praten zodat hij er een einde aan maakt, want God mag weten wat Megan van plan is na wat er vandaag in de gang is voorgevallen.

Maar ik kan het niet. Lindsay heeft haar moeder er nooit iets over verteld. Naast haar kinderen en haar werk en het feit dat haar man haar voor een zesentwintigjarige mondhygiëniste heeft ingeruild, zijn kopzorgen om Megan Crowley wel het laatste wat Lindsays moeder kan gebruiken. Je zou alleen verwachten dat ze wel iets had gemerkt. Ik bedoel, Lindsay komt wel erg vaak met hoofdpijn thuis. Maar nee. Het lijkt wel zo'n realityshow: een alleenstaande moeder die haar best doet om te werken en tegelijkertijd drie kinderen groot te brengen, maar die totaal niet doorheeft dat eentje aan de heroïne is, of elke avond haar eten uitkotst... of, nou ja, verbaal mishandeld wordt en al haar geld aan voodoopoppetjes uitgeeft.

'Oké, kunt u misschien zeggen dat ik heb gebeld?'

'Natuurlijk. Ik zal het zeggen. O, en Erin... hoe gaat het met je? Lindsay vertelde me wat er met je tante is gebeurd. Afschuwelijk. Ik vind het heel erg voor je.'

'O... bedankt.' Ik probeer te slikken.

'Hoe is je moeder eronder?'

'Goed, hoor. U kent mijn moeder. Niet echt de meest emotionele persoon op aarde.'

'Ja, nou... wil je zeggen dat ik heb gevraagd hoe het met haar gaat? En nog gecondoleerd.'

'Bedankt, ik zal het zeggen. Dag.'

We hangen op en ik ga languit op mijn bed naar het plafond liggen staren. De waarheid is dat het helemaal niet goed gaat met mijn moeder. Ze doet natuurlijk wel alsof – ze gaat naar haar werk, tut zich op voor prijsuitreikingen in het ziekenhuis en doet alsof het haar totaal niet dwarszit – maar ik weet dat het allemaal gespeeld is. Als mijn vader slaapt en ze denkt dat ik ook slaap, hoor ik haar laatjes open- en dichtdoen, door stapels foto's graven, en soms hoor ik haar huilen.

Nou tante Kiki, denk ik boos. Wat voor zooi heb je nu weer achtergelaten? Ik sta op en pak de brief van Kiki uit mijn bureaula. Ik had mezelf beloofd dat ik vandaag aan mijn opstel voor Italië zou beginnen.

Maar vanaf het moment dat ik mijn werkstuk Engels terugkreeg, kan ik alleen nog maar aan de kristallen bol denken. Ik staar naar de lijst en opeens kom ik op een idee.

Als ik het nou eens op dezelfde manier aanpak als een wiskundevraagstuk, of een natuurkundeproject?

Ik pak een potlood en een vel papier, en schrijf de eerste vraag die in me opkomt op.

Wat zijn de kenmerken van de roze kristallen bol?

Helemaal niet zo'n slechte vraag, eigenlijk. Ik bedoel, ik heb geen idee hoe dit ding in elkaar zit.

Glittervloeistof - wat is het?

Waar zijn de antwoorden op geschreven? Hoe werkt het?

Oké, denk ik. Dit gaat me lukken. Hier ben ik goed in.

Ik ga achter mijn computer zitten en google 'roze kristallen bol', precies zoals Lindsay gisteren deed. Mijn hart gaat van opwinding sneller kloppen, net als wanneer ik op het punt sta om een ingewikkeld probleem op te lossen. Dat ik hier niet eerder aan heb gedacht.

Ik kom een aantal websites tegen die roze kristallen bollen verkopen, en een paar die ze maken, met veelgestelde vragen... En dan stuit ik eindelijk op een site van een gast die een roze kristallen bol heeft proberen te ontleden met behulp van een drilboor.

Hmmm. Een man naar mijn hart. Ik klik door de site, lees zijn opmerkingen en ga snel door de foto's waarop hij staat te boren (jammer genoeg is hij oud en helemaal niet *cute),* tot ik eindelijk vind wat ik zoek.

Nu het binnenste van de bol is blootgelegd, wordt het antwoordmechanisme eindelijk onthuld. Het object blijkt een octogonale dipiramide van helder acryl te zijn, met op elke zijde een ander antwoord. De dipiramide is hol, zodat hij met vloeistof gevuld kan worden om het zweven tot een minimum te beperken. Hij bestaat uit twee delen, die door klemmetjes bij elkaar worden gehouden.

Een octogonale dipiramide? We hebben vorig jaar bij geometrie veel over vormen geleerd, maar deze ken ik nog niet. Ik ga naar Wikipedia en zoek op 'octogonale dipiramide'.

Een dipiramide is een ruimtelijke figuur waarbij twee identieke piramides met hun congruente grondvlakken op elkaar worden geplaatst. Een octogonale dipiramide bestaat uit zestien zijvlakken en tien hoekpunten, waarbij elk zijvlak de vorm van een isosceles driehoek heeft. Hij staat ook wel bekend als een zestienzijdige dobbelsteen.

Een zestienzijdige dobbelsteen. Ik pak het vel papier en lees het vluchtig door.

Er zijn zestien bestemmingen, maar vier daarvan zul je nooit te zien krijgen.

Dat is het! Zestien bestemmingen. Zestien antwoorden op de dobbelsteen in de bol.

Dit is een puzzel, zeg ik bij mezelf. Tante Kiki heeft me een puzzel nagelaten.

Nu begin ik het te begrijpen. Ik bekijk de brief nog eens en opeens snap ik het. Tante Kiki heeft niet zomaar een brief bij de bol geschreven. Ze heeft déze brief speciaal voor míj geschreven. Ik bekijk de eerste aanwijzing nog eens. *Vier daarvan zul je nooit te zien krijgen.* Wat betekent dat? Ik denk even na terwijl ik met het uiteinde van mijn potlood op het bureaublad tik.

Hoe luiden de antwoorden op de dobbelsteen?

Ik haal de antwoorden die Lindsay, Samantha en ik tot nu toe hebben gekregen in mijn herinnering terug en schrijf ze allemaal op.

- *Uw toekomst is in nevelen gehuld. Stel uw vraag opnieuw.*
- *Uw lot is bezegeld.*
- *Het grote onbekende laat zich nu niet kennen.*

- *Het staat in de sterren geschreven.*
- *Het is zo voorbestemd.*

Ik begin weer met mijn potlood te tikken. Dat zijn maar vijf antwoorden. En de overige elf? Ik pak de bol op en schud hem één keer, nog een keer en een derde keer, maar de dobbelsteen komt niet één keer bovendrijven. Er moet een eenvoudigere manier zijn. Ik ga weer naar de computer en googel 'roze kristallen bol antwoorden' en inderdaad, er verschijnt een officiële rozekristallenbol-site met een lijst met alle antwoorden; nog altijd dezelfde als die van de originele bol uit 1952. Ik tel terwijl ik er snel doorheen ga. Er zijn acht ja-antwoorden, vier nee-antwoorden, en vier zijn onduidelijk.

Ik kijk weer naar de antwoorden die ik heb gekregen: drie ja's, twee onduidelijk. *Vier zul je nooit te zien krijgen.*

Ik sluit mijn ogen, en ik zie mezelf weer met mijn tante Kiki op de veranda van haar huis zitten, allebei gebogen over de kruiswoordpuzzel van de zondageditie van de *New York Times*. Ze maakte altijd verse limonade. Ik kan bijna die zalige zoetzure mix op mijn tong proeven; ik voel bijna de koele zomerbries tegen de zijkant van mijn gezicht.

Niet zomaar gissen, zei Kiki altijd. Haar diepe, raspende stem klinkt nog in mijn oren na. *Lees elk woord zorgvuldig. Soms is wat er staat net zo belangrijk als wat er niet staat.*

Mijn ogen vliegen open en ik glimlach: ik heb het. Er staat niet dat vier antwoorden nóóit te zien zullen zijn. Er staat: vier antwoorden zul jíj nooit te zien krijgen. Daar word ík mee bedoeld, de uitverkorene die de bol heeft ontvangen. Ze moet hebben geweten dat ik dat verhaal over Robert Clayton op internet zou vinden. Ze moet hebben geweten dat ik erachter zou komen dat de bol alleen bij mij werkt. En als de bol alleen bij mij werkt, dan moet hij altijd doen wat ik vraag. Wat betekent dat de vier vragen die ík nooit te zien zal krijgen de nee-antwoorden moeten zijn.

Ik leg mijn potlood met een triomfantelijk gebaar op het bureau.

En pak hem dan weer op.

Maar als de bol doet wat ik vraag, waarom krijg ik dan ook onduidelijke antwoorden?

Ik kauw op het uiteinde van mijn potlood terwijl ik hierover nadenk. Onduidelijkheid heeft ook wel iets met onzekerheid te maken. Stond er bij die aanwijzingen niet iets over onzekerheid? Ik pak het vel weer op.

Aanwijzing vier.

Je kunt niet verder zien dan één omwenteling. Daarachter ligt alleen onzekerheid.

Daar moet het iets mee te maken hebben. Maar wat is één omwenteling?

Eén omwenteling. Het wentelen van de bol?

Terwijl ik dit opschrijf klinkt het geluid van een nieuwe e-mail in mijn inbox. Ik werp een blik op het scherm.

jcoop88

Hij is van Jesse. Er staat geen onderwerp bij.

Ik denk weer aan ons gesprek in de gang van vanochtend en ik voel hoe mijn wangen gaan gloeien. Het was weird, de manier waarop hij mij bleef aanstaren, en toen die opmerking, dat dat andere me beter stond... die heb ik ontleed en volgens mij was het een compliment. Het kan zijn dat hij daarmee wilde zeggen dat hij vindt dat ik er leuk uitzie als ik niet een michelinmannetjesversie van mezelf ben. Maar aan de andere kant wilde hij misschien alleen maar zeggen dat ik er als een michelinmannetjesversie van mezelf niet zo geweldig uitzie, zonder daarmee iets te zeggen over mijn normale uiterlijk. Wat misschien de reden is dat hij me e-mailt.

Misschien realiseert hij zich dat hij de laatste paar dagen gekmakend vaag en bot is geweest, en wil hij zich nader verklaren. Of misschien realiseert hij zich, door mij die ochtend zo opgeblazen te hebben gezien, dat hij me eigenlijk superaantrekkelijk vindt als ik niet opgeblazen ben, en mailt hij me om me te laten weten dat hij tijd heeft gehad om na te denken en tot de conclusie is gekomen dat hij saaie, platte, slungelige meisjes met muiskleurig haar veel leuker vindt dan lustig flirtende, voluptueuze, gepiercete universiteitsstudentes met groene ogen en golvend rood haar. Het ís mogelijk.

Ik klik op het bericht.

FYI: het is jouw beurt om morgen in het museum een schilderij uit te kiezen. Zorg dus dat je voorbereid bent, oké?

Het is dus niet mogelijk.

Ik rol met mijn ogen naar de computer. Hij is echt de meest lompe persoon ooit. Fijn dat hij er domweg van uitgaat dat ik niet voorbereid zou zijn. Ik stuur snel een berichtje terug.

Ook FYI: ik ben altijd voorbereid. g2g. cu morgen.

Ik klik op de verzendknop en heb meteen al spijt dat ik 'g2g' en 'cu morgen' heb geschreven. Het is zo kinderachtig en afgezaagd. Kaydra gebruikt in haar mails vast geen afkortingen.

Ik zucht. Natuurlijk ben ik totaal niet voorbereid. Het was niet eens in me opgekomen dat ik morgen een schilderij zou moeten uitkiezen. Ik moet denk ik een beetje aanpoten. Ik bedoel, het is niet echt eerlijk om hem al het werk te laten doen omdat hij toevallig elk schilderij in het museum uit zijn hoofd kent.

Ik leg de bol op het nachtkastje en vouw het papier waarop ik mijn aantekeningen heb gemaakt dicht. Alsof ik niet al genoeg aan mijn hoofd heb, moet ik nu ook nog eens een schilderij uitkiezen dat vooruitstrevend genoeg is om Jesse Cooper te imponeren.

4.07 uur. Ik schiet overeind in bed als een kogel uit een kanon. Mijn bureaulamp brandt en mijn bed is bezaaid met kunstgeschiedenisboeken.

Ik wrijf verward in mijn ogen en probeer me te herinneren wat er in mijn droom is gebeurd dat ik zo heftig reageerde. Maar het is te laat... ik weet het al niet meer. Ik kan me alleen nog flarden herinneren. Twee gigantische, wandelende Picasso-achtige tieten... Chris Bollmer die met een paraplu door de straat rent... een stortbui van tiendollarbiljetten...

Ik begin bijna te denken dat ik professionele hulp moet gaan zoeken.

Ik duw de boeken van mijn bed en doe het licht uit. Ik hoor het open- en dichtschuiven van laatjes in de logeerkamer en ik draai me om en leg een kussen over mijn hoofd om het geluid buiten te sluiten.

14

Ik laat mijn linkerhand onder de tafel glijden en ga onderuit zitten zodat ik goed zicht heb op mijn mobieltje. Mijn hart bonst terwijl mevrouw Cavanaugh, de lerares natuurkunde, opdreunt hoe je de brekingsindex van een rechthoekige glazen plaat moet berekenen.

Cleveland High heeft glasheldere regels wat betreft sms'en in de klas. Bij de eerste overtreding krijg je een waarschuwing, bij de tweede moet je nablijven en bij de derde overtreding krijg je tien uur taakstraf. Maar het ergste is dat je mobiel een week wordt geconfisqueerd als je wordt betrapt. Je ouders moeten zelfs aan het begin van het schooljaar een contract ondertekenen dat ze hiermee instemmen en dat ze niet moeilijk gaan doen, mocht het aan de orde zijn.

Meestal laat ik mijn mobieltje de hele dag in mijn rugzak zitten, zodat ik niet in de verleiding kom, en mijn vrienden weten dat ik hun berichtjes toch niet krijg, dus die proberen het niet eens. Maar vandaag maak ik een uitzondering.

Als mevrouw Cavanaugh zich omdraait om iets op het bord te schrijven, laat ik mijn rechterhand onder de tafel glijden, en voor het eerst zie ik dat de helft van de klas hetzelfde doet. Ik typ zo snel als ik kan een bericht aan Samantha en Lindsay.

Ben erachter. t zijn hints. 16 bestem. = 16 antw v d bol.

Heb veel te vertellen. g2g.

Ik leg mijn hand weer op tafel en pak mijn potlood precies op het moment dat mevrouw Cavanaugh zich omdraait. In een poging er zo onschuldig mogelijk uit te zien, maak ik de fout haar recht aan te kijken.

'Erin, kun jij me vertellen welke vergelijking op het bord aangeeft wat de golflengte van geel natriumlicht in vacuüm is?'

Mijn gezicht wordt vuurrood. Ik heb geen idee waar ze het over heeft.

'Eh, sorry... kunt u die vraag nog eens herhalen?'

Mevrouw Cavanaugh werpt me een teleurgestelde blik toe, alsof ze wil zeggen dat ze dacht dat ik niet als alle anderen was. 'Maya, kun jij me vertellen welke vergelijking op het bord aangeeft wat de golflengte van geel natriumlicht in vacuüm is?'

'De eerste. Vijf komma negenentachtig maal tien tot de minzevende m,' antwoordt Maya.

'Correct,' zegt mevrouw Cavanaugh.

Maya kijkt me met een zelfgenoegzaam lachje aan.

Ik bedwing de verleiding om mijn tong naar haar uit te steken. Haar gemiddelde eindcijfer van vorig jaar was ongeveer twee tiende punt lager dan dat van mij, en ze wil niets liever dan dat ik de mist in ga, zodat zij me inhaalt. Maar ook al kan ik haar niet uitstaan, ik blijf erbij dat het een stuk makkelijker was geweest als ik met haar het kunstgeschiedenisproject had moeten doen, en niet met Jesse.

Als ik met haar had moeten samenwerken, zou ik niet de halve avond de onlinecatalogus hebben zitten afschuimen naar een 'vooruitstrevend' schilderij. Dan zou ik vandaag niet zo moe zijn dat ik er bijna scheel van kijk. En waar ging die bizarre droom over? Als ik mijn ogen dichtdoe zie ik die tieten zo weer voor me: ze waren blauw en zaten aan een paar benen vast (mooie, welgevormde benen, van het soort dat cancan-danseressen hebben, of The Rockettes), en ze kwamen levenloos op me afgelopen, als een stel zombietieten. Nu ik erover nadenk waren het eigenlijk meer Salvador Dali-achtige tieten.

Er verschijnt een bericht van Samantha op mijn mobiel.

Wtf bedoel je? En sinds wnr sms jij in de les?

Een seconde later verschijnt er een bericht van Lindsay.

Ik zei t je! Ik kom nog in de prblmn door jou. Ben al 2 x gepakt. Wil geen tkstrf!

Ik geef toe dat ik wel opgelucht ben. Ik kreeg Lindsay gisteravond eindelijk te pakken en ze lijkt wat rustiger onder die hele Megan/Bollmer-toestand van gisteren. Veronica, die geflipte verkoopster uit de spirituele winkel, heeft haar een of ander beschermend kristal aangesmeerd, dat als een onzichtbaar schild het kwaad op afstand houdt. Of zoiets.

Samantha stuurt weer een sms'je.

O! Gaat t over de bol? Ben je eruit???

Ik wacht tot mevrouw Cavanaugh zich opnieuw omdraait en laat dan mijn hand weer onder de tafel glijden.

Duh. Vertel t ltr. Niet buiten lunchen strks. Kom naar de kantine.

Juf Cavanaugh werpt een blik in mijn richting. Deze keer pak ik mijn pen en doe alsof ik fanatiek aantekeningen maak.

'Wie kan me vertellen wat de invalshoek hier is?' Ik kijk op naar het bord. Er staat:

$$n_1 \sin \theta_1 = n_2 \sin \theta_2$$

Ik heb geen flauw idee. Ik blader vluchtig door mijn boek, op zoek naar het antwoord.

'Erin?' vraagt juf Cavanaugh voorzichtig, me een tweede kans gevend.

'Ehhh, nul-een?'

Ze trekt haar wenkbrauwen op en fronst. 'Ja, nul-een is correct. Goeie toevalstreffer.'

Maya en een paar andere leerlingen giechelen terwijl ik ongemakkelijk glimlach. Ik ben het niet gewend om het mikpunt van lerarenhumor te zijn. Als ze zich weer omdraait, kijk ik snel onder de tafel om te zien wat Samantha heeft ge-sms't.

Ok. Bah. It better b gud. Aiden gaat naar Wendy's, dus daar gaat mn salade.

Ik laat mijn mobiel in mijn rugzak glijden, en besteed dan al mijn aandacht aan hoe je de snelheid kunt meten waarmee licht door verschillende objecten beweegt.

Als de bel gaat, vraagt mevrouw Cavanaugh of ik nog even wil blijven. O-oo. Mijn hart bonst als ik mijn spullen pak en iedereen om me heen naar buiten schuifelt. Lizzie McNeal, Matt Shipley en Cole Miller kijken me in het voorbijgaan veelbetekenend aan en ik weet precies wat ze over me gaan zeggen zodra ze in de gang zijn. Als iedereen eindelijk is vertrokken, loop ik naar mevrouw Cavanaughs bureau. Ze staat met haar rug naar me toe het bord uit te vegen.

'Eh… u wilde mij nog spreken?'

Mevrouw Cavanaugh draait zich om. Ik heb eigenlijk nog nooit zo dicht bij haar gestaan en het valt me nu pas op dat ze heel mooie blauwe ogen heeft. Niet zo mooi als die van Lindsay, maar toch… ze zijn diepdonkerblauw – bijna marineblauw – en door haar bruine oogschaduw komen ze echt prachtig uit. (Ze 'ploppen' eruit, zou Samantha zeggen.)

'Ja, Erin, dat klopt. Ik weet dat je vandaag zat te sms'en. Ik vind het niks voor jou, dus ik zal het niet aan de directie doorspelen. Ik geef je het voordeel van de twijfel en ga er maar van uit dat het een noodsituatie was.'

Ik knik dankbaar en kan geen woord uitbrengen. Hoe idioot het ook klinkt, ik voel tranen opwellen, en als ik ook maar even mijn mond opendoe, zullen alle sluizen opengaan. Ik vind het vreselijk om mensen teleur te stellen. Toen ik klein was, hoefde mijn moeder me nooit straf te geven. Ze hoefde alleen maar te zeggen dat ze teleurgesteld was en boem: daar kwamen de tranen. Ik schraap mijn keel.

'Dank u wel,' fluister ik met een bibberstem. 'Ik beloof dat het niet meer zal gebeuren.'

'Goed zo. Ga nu maar, anders kom je nog te laat bij de volgende les.'

Samantha stapt energiek op het kleine ronde tafeltje af dat Lindsay en ik in de hoek van de kantine hebben weten te bemachtigen. In haar korte, paarse, ongetailleerde jurkje en met haar kurken sleehakken ziet ze er bijna fragiel uit. Ze gaat met haar flesje sinaasappelsap zitten en trekt een gezicht als ze mijn met crème fraîche overladen kiptaco ziet en Lindsays lasagne en enorme *gingerbread*-cookie.

'Dat jullie elke dag zulke rotzooi eten. Het is een wonder dat jullie niet allebei moddervet zijn.'

'Ik kan maar niet geloven dat ik bij het sms'en ben betrapt,' klaag ik. Ik heb eigenlijk geen trek. Sinds de natuurkundeles heb ik een knoop in mijn maag zo groot als een rugbybal.'

'Ja, je moet ook niet met twee handen sms'en,' legt Samantha uit. 'Natuurlijk word je dan betrapt. Het is nog een hele kunst. Hier, kijk.' Ze haalt een pen en haar mobieltje uit haar tas, legt het toestel op haar schoot en buigt zich dan over de tafel. Ze houdt de pen in haar rechterhand en schrijft op mijn servet: *zo word je niet op sms'en betrapt.*

'Check je telefoon eens.'

'Wat? Maar je hebt niks gedaan.'

Ze houdt aan. 'Check je telefoon.' Ik haal mijn mobiel tevoorschijn. Op het scherm staat een bericht van Samantha.

Skip de zure room. Daar word je dik van.

Ik kijk verbaasd op. 'Dat is ongelofelijk! Echt zonde dat je niks kunt verdienen met dat talent.'

'Vertel mij wat,' jammert ze. 'Als ze cijfers zouden geven voor het ontduiken van het systeem, zou ik een 10 binnenslepen.'

Lindsay lacht, maar ik zit een beetje te sippen.

'We moeten jou wat opvrolijken,' verkondigt Samantha. 'Volgens mij voel jij je stukken beter als je zaterdagavond met mij naar het Flamingo Kids-concert gaat.'

Ik rol met mijn ogen. 'Ik heb je toch gezegd dat ik niet van concerten hou. Het is lawaaierig, mensen lopen elkaar omver en ik heb nog nooit van de band gehoord, dus ik ken geen enkel liedje. Nee, bedankt.'

'Allereerst ben je nog nooit naar een concert geweest.'

'Wel waar,' werp ik tegen.

Samantha giechelt en trekt haar wenkbrauwen op. 'Met je vader naar Barry Manilow telt niet mee.'

Barry Manilow is niet het enige concert waar ik naartoe ben geweest. Ik ben ook met mijn moeder naar Neil Diamond geweest, toen ik negen was. Maar ik besluit dat maar onvermeld te laten.

'Ik wou dat ik met je mee kon,' verzucht Lindsay. 'Alles is beter dan dit weekend naar mijn vader te moeten. Hij wil dat ik zijn nieuwe vriendin ontmoet, dat geloof je toch niet! Hij heeft een foto van haar laten zien en ze had een rokje aan van Forever 21. Dat weet ik omdat ik hem zelf heb gepast. Ik bedoel, sorry hoor, maar het is zo ranzig. Ze is zesentwintig. Hij zou haar vader kunnen zijn.'

'Wacht even, jouw vader is toch veertig?' vraag ik, terwijl ik een snelle rekensom maak.

Lindsay steekt haar tong naar me uit. 'Ja, maar hij had op veertienjarige leeftijd een kind kunnen krijgen. Dat komt wel eens voor. En bovendien gedraagt De Nieuwe Vriendin zich alsof ze achttien is, dus theoretisch gesproken zou hij bij haar geboorte tweeëntwintig zijn geweest.'

'Jouw vader wil tenminste nog iets van je weten,' onderbreekt Samantha haar. 'Mijn vader woont bij ons en ik geloof niet dat ik in de afgelopen vijf jaar meer dan tien woorden met hem heb gewisseld. Ik zweer het je, als hij ooit zijn biezen zou pakken, zou ik nooit meer iets van hem horen. Dat weet ik gewoon. En de enige reden dat hij dat niet doet, is omdat mijn ouders niet onder huwelijkse voorwaarden zijn getrouwd en hij geen zin heeft om mijn moeder de helft van zijn geld te geven.'

'Dat weet je niet,' zeg ik.

'Jawel,' antwoordt Samantha nuchter. 'Ze kregen een keer ruzie aan tafel, en toen zei hij dat. Gewoon waar mijn zus en ik bij zaten. Mijn moeder zei dat hij maar beter kon gaan sparen, want zodra ik zou gaan studeren zou ze hem tot de laatste cent uitknijpen.'

Lindsay en ik vallen allebei stil. Samantha heeft het niet vaak over haar ouders, behalve om te zeggen dat ze het onverdraaglijk vindt om bij ze in de buurt te zijn. En nu haar zus de deur uit is, hebben ze vaker ruzie dan ooit. Samantha heeft wel eens gezegd dat haar moeder een scheiding wil aanvragen, maar dat ze denkt dat ze Samantha een enorme dienst bewijst door te wachten tot ze klaar is met school. Alsof het hebben van ouders die nog bij elkaar zijn een garantie voor een gelukkige jeugd is, terwijl iedereen weet dat ze elkaar niet uit kunnen staan.

De stilte sluimert voort. Ik ben gek op Samantha, maar ze is zo gesloten, en als ze dan eens een keer zonder ironie of sarcasme iets persoonlijks zegt, weet ik niet goed hoe ik moet reageren. Met Lindsay is het eenvoudiger. Die huilt en lucht constant haar hart bij mij. Op dit moment ben ik bang om iets verkeerds te zeggen, dus zeg ik maar niets en concentreer me in plaats daarvan op het verschuiven van het eten op mijn bord. Lindsay zit over haar bord gebogen haar lasagne naar binnen te schrokken. En Samantha zit daar maar met een rietje in haar sinaasappelsap te spelen.

Uiteindelijk bezwijkt Lindsay onder het gewicht van de stilte. Ze werpt een blik op Samantha. 'Moet je niet iets eten?'

Samantha zucht. 'Nee, aangezien ik toch vandaag híér moest eten, leek dit me een goed moment om met mijn vruchtensapkuur te beginnen.' Ze kijkt vol afschuw om zich heen. 'Beyoncé is met het limonade-dieet wel tien kilo kwijtgeraakt.'

'Jij hoeft helemaal niet af te vallen,' zeg ik tegen haar. 'Eén dij van Beyoncé is groter dan jouw hele lichaam.'

'Dat zal wel. Met kleren aan lijk ik misschien dun omdat ik mijn min-punten weet te maskeren, maar geloof me, naakt zie ik er hopeloos uit.'

'En wat dan nog?' vraagt Lindsay terwijl ze de laatste hap van haar lasagne neemt. 'Alsof er iemand is die jou in de nabije toekomst naakt te zien krijgt.'

Samantha haalt haar schouders op. 'Je weet maar nooit. Misschien sla ik zaterdagavond wel iemand aan de haak.'

Ik rol met mijn ogen. Ik weet precies wat ze denkt. 'Je kunt Aiden echt niet aan de haak slaan als hij met Trance naar een concert gaat, Sam.'

Samantha glimlacht koket. 'Wel als een zekere magische bol wordt ingeschakeld.'

O nee. Ik word opeens misselijk, en dat komt niet door de taco's. 'Dat lijkt me geen goed idee...'

Samantha kijkt me met toegeknepen ogen aan. 'Waarom niet?'

Ik aarzel. Ik weet het eigenlijk niet. Ik hoor alleen een hele harde stem achter in mijn hoofd die zegt dat het GEEN GOED IDEE is. 'Gewoon eh... ik denk dat we er eerst achter moeten zien te komen wat de regels zijn. Ik bedoel, we willen niet alles verknallen, toch?'

'Nee,' zegt Samantha mat. 'Ik weet het niet. En trouwens, ik dacht dat je zei dat je erachter was wat de regels waren.'

'Dat heb ik niet gezegd. Ik heb gezegd dat ik erachter was dat de brief een lijst met aanwijzingen is. Maar ik heb nooit gezegd dat ik wist wat ze allemaal betekenden. Ik begrijp er maar één van.'

'Whatever,' zegt Samantha en haar stem klinkt scherp. 'Volgens mij wil je gewoon alleen maar dat je eigen wensen uitkomen. Je bent een egoïst.'

'Dat is niet waar! Ik ben helemaal geen egoïst. Ik wil alleen maar zeker weten dat we het op de juiste manier gebruiken voor we iets gaan vragen. Ik bedoel, er kan van alles gebeuren.'

Samantha houdt haar hoofd scheef, alsof ze me niet gelooft. 'Je meent het. En waarom heb jij al die dingen dan gevraagd? Je hebt één dag grote tieten gekregen, je hebt een 9½ voor je werkstuk Engels. Is het nu niet eens mijn beurt? En die van Lindsay?'

Ik kijk naar Lindsay om te zien of zij het voor me op wil nemen. 'Lindsay, kun jij alsjeblieft uitleggen waarom het geen goed idee is? Weet je nog wat je gisteren zei over *Back to the Future,* hoe de familie van Michael J. Fox verdween?'

Lindsay bijt op haar onderlip, en ik kan zien dat ik niet op haar hulp hoef te rekenen. Ze kan heel slecht nee zeggen, vooral tegen Samantha.

'Ja, oké, dat heb ik misschien wel gezegd, maar bij jou blijkt hij het prima te doen. En het lijkt er trouwens op dat als de bol iets níét kan, hij gewoon verzoekt om het later nog eens te vragen, of zegt dat hij het nu niet weet. Volgens mij is er niets gevaarlijks aan.'

Samantha glimlacht triomfantelijk. 'Zie je wel? Onze huisexpert in alles wat vreemd en bovennatuurlijk is, zegt dat het kan.'

De stem in mijn hoofd is nu aan het schreeuwen en houdt vol dat dit het ALLERDOMSTE IDEE OOIT is. Maar ik weet niet hoe ik het ze moet uitleggen. Als ik zeg dat het intuïtie is, gelooft Samantha me niet. Dan denkt ze dat ik de bol alleen voor mezelf wil hebben.

'Oké, best. Ik doe het wel. Ik zal het aan de bol vragen.' Zodra ik dat zeg, slinkt het geschreeuw in mijn hoofd tot een zacht gefluister.

De stem zegt: 'Hier ga je spijt van krijgen.'

Ja, denk ik. Vertel mij wat.

15

'Deze,' verkondig ik terwijl ik voor een gigantisch doek blijf stilstaan. 'Dit is 'm.'

Jesse en ik zijn in de modernekunstvleugel van het museum, en ik kijk omhoog naar het drukke, kleurrijke, semi-abstracte schilderij dat voor me hangt. Het ziet er precies zo uit als in de onlinecatalogus, alleen is het veel groter dan ik dacht.

Jesse komt naast me staan en leest het plaatje dat aan de muur hangt. 'De stad, Fernand Léger, 1919.'

Terwijl hij het schilderij bestudeert, maak ik van de gelegenheid gebruik om hem te bestuderen.

Hij draagt zwarte jeans en zijn zwarte All Stars, een lichtblauw T-shirt met de opdruk van een paard met daarboven een tekstballon waarin *Daytrotter* staat. Het is een vrij strak T-shirt, en ik kan de contouren van zijn (geprononceerde) borstkas en schouders duidelijk zien. Waardoor ik me afvraag wanneer hij is begonnen met trainen (of zou het aangeboren zijn?), want toen we in de brugklas zaten was hij zo'n schriel ventje bij wie je alle ribben kon tellen en als hij een korte broek aanhad, kwam onwillekeurig het beeld van Pinokkio bovendrijven.

Maar het enige beeld dat nu komt bovendrijven, is dat van hem zonder shirt aan, wat ik uit alle macht probeer tegen te gaan want a) Jesse is lomp en ik kan hem totaal niet volgen en b) ik moet me op onze presentatie concentreren en niet op de vraag of hij wel of geen sixpack heeft.

Jesse draait zich van het schilderij weg om mij aan te kijken. 'Nou, het is in ieder geval uit een hele andere periode dan *Prometheus*. Maar misschien heb ik iets gemist, want ik zie niet wat hier zo spiritueel aan is.' Hij loopt op het schilderij af en wijst ernaar. 'Ik zie het als een stadslandschap,' legt hij uit. 'Deze vormen moeten gebouwen voorstellen en bouwsteigers en billboards. En dit hier...' Hij wijst drie donkergrijze spiralen aan op de achtergrond, '...dit moet rook uit schoorstenen voorstellen.' Hij schudt zijn hoofd. 'Het is een ode aan het machinale tijdperk. Ik vind het vervelend om te moeten zeggen, maar van alle schilderijen in dit museum heb jij nou precies degene gekozen waar werkelijk helemaal niets spiritueels aan is.'

Ik doe enorm mijn best om mijn blijdschap te beteugelen – ik denk aan dode puppies en hongerende kinderen en zelfs aan mijn tante die door de bliksem wordt geraakt – maar ik kan het niet helpen dat ik als een grote sul van oor tot oor sta te grijnzen. Het is me gelukt. Ik heb Jesse kunsthistorisch afgetroefd.

'Dat weet ik,' zeg ik, en het lukt me op de een of andere manier om niet al te zelfvoldaan te klinken. 'Daarom heb ik het juist gekozen.'

Jesse kijkt me verbouwereerd aan. 'Maar de opdracht was schilderijen uit verschillende periodes te kiezen, en te bespreken hoe spiritualiteit daarin wordt verbeeld. Weet je nog?'

'Ja, dat weet ik nog. En ik heb dit schilderij uitgekozen omdat het, zoals jij al zei, een ode is aan het machinale tijdperk. Maar wat de kunstenaar volgens mij wilde zeggen, is dat er in de moderne industriële wereld geen ruimte is voor spiritualiteit. Volgens mij probeerde hij hiermee te zeggen dat wetenschap en technologie religie hebben vervangen. Die machines zijn de nieuwe god.'

Ik kijk hem aan om te zien of er een reactie komt, en doe ondertussen mijn uiterste best om niet heel hard te roepen: Ha! Die zit, mister polstatoeage!

Hij staart peinzend naar het doek. Dan knikt hij eindelijk.

'Goeie,' zegt hij en hij draait zich met een glimlach naar me toe. Zijn stem klinkt verbaasd en tegelijkertijd geïmponeerd. 'Echt goed. Zo had ik het nog nooit gezien.' Hij krabt aan zijn kin en gluurt naar me alsof hij me voor het eerst ziet. De intensiteit waarmee hij me aankijkt maakt me aan het blozen, dus ik kijk naar beneden en doe alsof ik iets van mijn shirt veeg. 'Misschien hoef je je toch geen zorgen te maken of jouw hokjes wel in het vliegtuig mee mogen,' zegt hij.

Ik glimlach. Ik weet niet waarom zijn bevestiging zo belangrijk voor me is, maar ik voel me als iemand uit de kleuterklas die een sticker voor het vegen van de vloer heeft verdiend. Ik zeg alleen niets terug. Ik wil bescheiden overkomen terwijl zijn verwondering over mijn genialiteit nog even voortduurt.

Maar in plaats van voortdurende verwondering, kijkt Jesse op zijn gigantische zwarte rubberen polshorloge.

'Ik verga van de honger,' meldt hij. 'Ik moet iets snacken. Wil je mee?'

O mijn god, ja, ik wil mee. Door die problemen bij natuurkunde en die woordenwisseling met Samantha had ik niet echt honger tijdens de lunch en heb ik mijn taco's nauwelijks aangeraakt. Als ik nu niets eet, bestaat de kans dat ik de hongerdood sterf voordat mijn moeder om zes uur thuiskomt.

'Oké,' zeg ik. 'Maar waar wil je heen? Het museumcafé is al gesloten, daar waren ze aan het opruimen toen we er net langs liepen.'

Jesse maakt een wuivend gebaar alsof dat geen enkel probleem is. 'O, maakt niet uit. Ik heb hier connecties, weet je nog?'

Tien minuten later haalt een zwaarlijvige, oudere man in een marine-blauw bewakersuniform de gigantische sleutelring van zijn riem en hij draait de deur van het museumcafé van het slot. Hij is helemaal kaal, als je de witte haren die uit zijn oren groeien tenminste niet meerekent, en hij loopt verschriiiiikkelijk laaaaangzaam en sleept met zijn been. Ik probeer me voor te stellen hoe hij deze baan heeft gekregen; ik bedoel, wie hem ontving en zei: 'Ja, dit is nou de man die onze onschatbare kunstwerken mag bewaken.'

'Bedankt, Lloyd,' zegt Jesse terwijl hij de deur openduwt.

'Graag gedaan,' antwoordt Lloyd met een zware rokersstem, en hij knipoogt naar Jesse terwijl hij wegloopt en ons tweeën tussen de lege tafeltjes en omgekeerde stoelen achterlaat. Ik verwacht dat Jesse protes-teert en me officieel aan hem voorstelt: Saaie-trut-van-kunstgeschiede-nisles-met-wie-Jesse-geheel-tegen-zijn-zin-moet-samenwerken, maar hij zegt helemaal niets. Hij werpt Lloyd alleen een snelle, schalkse blik toe. Hmmm.

'Dus ze laten jou hier gewoon in je eentje rondhangen?' vraag ik.

Jesse haalt zijn schouders op. 'Ze weten dat ik niets stoms uithaal. En ik laat altijd geld achter als ik iets eet.' Hij loopt om het buffet heen, bukt en verdwijnt een paar seconden uit zicht. Als zijn hoofd weer te-voorschijn komt, houdt hij een banaan, een sinaasappel en zakjes wok-kels en Dorito's in de lucht. 'Kies maar welk vergif je wilt,' zegt hij ter-wijl hij me de etenswaren voorhoudt.

Ik heb genoeg honger om alles op te eten, maar ik wil niet als een veelvraat overkomen, dus pak ik alleen de banaan. Jesse legt de sinaas-appel terug en springt dan over de toonbank alsof het een turnpaard is. Zodra hij weer op beide voeten staat, graaft hij in zijn broekzak en trekt een paar dollarbiljetten tevoorschijn terwijl ik sta te klungelen met mijn rugzak.

'Wacht,' zeg ik. 'Ik heb geld.'

Hij schudt zijn hoofd. 'Hoeft niet. Ik trakteer. Zie het maar als een schadevergoeding voor het feit dat ik zo mijn twijfels had of je wel een schilderij kon kiezen.'

Daar denk ik even over na. Hij gedraagt zich opeens zo anders. Net alsof ik een test heb gehaald waarvan ik het bestaan niet eens kende, en nu opeens ben toegelaten tot de ik-ben-cool-genoeg-om-bevriend-te-zijn-met-Jesse-Cooper-club. Of opnieuw toegelaten, moet ik eigenlijk zeggen. Ik kijk hem even zijdelings aan, en sla dan snel mijn blik weer neer.

'Oké,' besluit ik. 'Als het om een schadevergoeding gaat, kan die sinaasappel er ook wel bij.'

Jesse lacht. Hij loopt weer om, pakt de sinaasappel en gooit hem naar mij.

Ik vang hem met twee handen en steek hem omhoog. 'Gratie verleend.'

Hij tilt twee stoelen van een tafeltje en zet ze op de vloer. 'Mevrouw,' zegt hij met een zwierig gebaar naar een van de stoelen.

Ik ga zitten en pel mijn banaan, en hij gaat tegenover me zitten en trekt het zakje wokkels open. Dan leunt hij met zijn kin op zijn hand en laat zijn ogen op mij rusten. 'Dus. Erin Channing. Wat heb jij de afgelopen twee jaar uitgevoerd?'

Er zit iets weloverwogens in de manier waarop hij het zegt, en ik voel dat ik weer moet blozen. Ik heb alleen geen idee wat ik hierop moet antwoorden. Ik wil niet zeggen dat ik niets bijzonders heb gedaan en dat ik gewoon precies dezelfde ben als degene met wie hij in de tweede klas bevriend was. Vooral ook omdat híj in een band zit, in musea rondhangt, met gepiercete studentes uitgaat en totaal vergeten is dat wij hebben gezoend, terwijl ik er nog wel aan denk... best vaak, eigenlijk.

'O, ik weet niet. De gewone dingen. School. Vrienden. Familie.'

Hij knikt. 'Vooral school, toch? Ik bedoel, hoe kom je anders aan de hoogste cijfers van de vierde klas?'

Ik word weer rood. 'Het zal wel. Maar ook andere dingen. Ik bedoel, ik ben niet een of andere loser die alleen maar thuis zit te studeren.'

Jesse ziet er gekrenkt uit. 'Zo bedoelde ik het helemaal niet. We hebben elkaar alleen nogal lang niet gesproken. Ik wilde gewoon even bijpraten.' Hij is klaar met de wokkels en gaat over op de Dorito's. Hij opent het zakje met een luide knal. 'Hoe dan ook, ik vind dat je een goed schilderij hebt gekozen. Al moet ik toegeven dat ik had verwacht dat je met iets voor de hand liggends zou komen aanzetten, zoals een Jezus-schilderij of een van de oude meesters met cherubijntjes en zo. Je hebt me echt verbaasd.' Hij propt een handvol chips in zijn mond. 'Positief bedoeld,' zegt hij, maar het komt eruit als 'powitiew bedoew'.

Ik probeer één wenkbrauw op te trekken, zoals Samantha altijd doet. 'Ach ja, ik zit vol verrassingen.'

'Waarom heb je deze gekozen? Hoe kwam je bij dit schilderij terecht?' Hij lijkt oprecht geïnteresseerd, en ik begin bijna te denken dat hij misschien toch niet zo lomp is. Ik bedoel, hij heeft zich verontschuldigd, min of meer. En mij gecomplimenteerd. Min of meer. Misschien schuilt onder dat haar, die tatoeages en die dikdoenerij over kunst toch dezelfde Jesse van vroeger. Maar dan met een mooier lichaam. En zonder beugel.

'Tja, ik weet niet,' zeg ik. 'Het klinkt misschien een beetje raar, maar het schilderij deed me ergens aan mezelf denken. Want ook al is het best abstract en zo, het is wel een no-nonsenseschilderij. Net als ik. Ik bedoel, ik ben niet zo van de bijbelse verhalen en de religieuze verwijzingen. Volgens mij liggen gebouwen en bouwsteigers en echte dingen mij beter. Dingen die je gewoon kunt waarnemen.'

Hij gniffelt. 'Jee, jij vindt dit project vast stomvervelend.'

Ik kijk recht in zijn blauwe ogen. 'Niet echt,' zeg ik, alleen had ik dat niet hardop willen zeggen, maar in gedachten, en terwijl ik mijn opmerking bij hem zie binnenkomen, voel ik hoe mijn gezicht warm wordt en ik weet zeker dat ik roder ben dan een tomaat en ik zou het liefst onder de tafel willen kruipen en doodgaan, gewoon daar op de vloer van het café. Maar aangezien ik geen wapens of stevig touw tot mijn beschikking heb, besluit ik in plaats daarvan snel van onderwerp te veranderen.

'En jij dan?' vraag ik. 'Wat vind jij van spiritualiteit?' Goed zo. Afleiden, afleiden, afleiden…

'Ik? Ik weet het niet. Ik geloof er wel in. Ik bedoel, niet zozeer in religie, maar wel in voorbestemming en het lot en dat soort dingen.' Hij stopt even. 'Want, oké… afgelopen zomer vroeg een vriend van mijn moeder haar of ze met mij en mijn broer mee wilde op een boottochtje. We stonden op de kade, klaar voor vertrek, en ik had er een heel slecht gevoel over. En ik zei tegen mijn moeder: ik heb heel sterk het gevoel dat we niet aan boord moeten gaan. En mijn moeder heeft toen gezegd dat ik niet lekker was en we zijn niet meegegaan, en de volgende dag kwamen we erachter dat er een ongeluk was gebeurd en dat de mensen die achterin zouden hebben gezeten, het waarschijnlijk niet hadden overleefd. En dat zouden mijn moeder, mijn broertje en ik zijn geweest. Dus ja, ik geloof wel in dat soort dingen.'

Interessant. Ik vraag me af of het door de plotselinge dood van zijn vader komt dat hij in dat soort dingen gelooft. En of hij het op deze manier probeert te bevatten. Het is grappig: zijn verhaal doet me denken aan die schreeuwende stem in mijn hoofd van vanmiddag – de stem die zei dat ik de bol niet over Aiden en Samantha moest raadplegen – waardoor ik me begin af te vragen of ik, doordat ik heb ingestemd, dit weekend niet op iets soortgelijks afsteven.

'En andere dingen dan?' hoor ik hem uit. 'Lindsay gelooft bijvoorbeeld in voodoopoppetjes en kristallen. Zit daar iets in, volgens jou?'

'Voodoopoppetjes en kristallen zijn uitvindingen van oplichters om kwetsbare mensen uit te zuigen,' zegt Jesse spottend.

'Dat vind ik nou ook,' stem ik in. 'En helderzienden dan?' vraag ik zo nonchalant mogelijk. 'Geloof je dat er mensen zijn die de toekomst kunnen voorspellen?'

Jesse kijkt omhoog naar het plafond en ik neem aan dat hij nadenkt. Ik merk opeens dat ik naar hem zit te staren en ik wend me snel af.

'Nou,' zegt hij uiteindelijk. 'Het klinkt misschien idioot, maar ik heb veel over buitenzintuiglijke waarneming en voorkennis gelezen en volgens mij bestaan er echt mensen die een soort zesde zintuig hebben. Ik bedoel, neem Nostradamus. Die leefde in de zestiende eeuw en hij heeft de opkomst van Hitler voorspeld, de atoombom én de moord op John F. Kennedy. Dat is weird. En wist je dat er veertien jaar voordat de Titanic zonk, een boek is geschreven door een gast over een gigantisch cruiseschip met de naam Titan? In dat boek vaart het schip in april door een dichte mist en botst het tegen een ijsberg, waardoor het zinkt en er honderden mensen omkomen.' Hij haalt zijn schouders op. 'Ik zou niet weten hoe je zulke dingen anders zou moeten verklaren.'

'Ja,' zeg ik. 'Ik begrijp wat je bedoelt.'

Jesse kijkt me even onderzoekend aan. Ik hou mijn ogen op het tafelblad gericht, ik voel me ongemakkelijk door de intense manier waarop hij naar me kijkt. Hij ademt diep in.

'Ik heb dit nog nooit aan iemand verteld, maar nadat mijn vader was overleden, zijn mijn moeder en ik bij een vrouw langsgegaan die zei dat ze met de doden kon communiceren. Een vriendin van mijn moeder had haar bezocht nadat haar moeder was overleden en zij zei dat deze vrouw dingen wist die ze op geen enkele manier kon weten. Ze zwoer dat het echt moest zijn.'

Ik kijk met wijdopen ogen op. Ik had geen idee dat gewone mensen zulke dingen deden. Ik bedoel, ik weet dat Lindsay het zou doen en ik weet dat Samantha's moeder een helderziende bezoekt, maar bij hen sta ik nergens van te kijken. Maar Jesse? Hij heeft ze aardig op een rijtje. En zijn moeder heeft rechten gestudeerd aan de prestigieuze universiteit van Princeton en werkt voor de ACLU, die rechtsbijstand verleent. Ze is nou niet bepaald geflipt.

'En, klopte het?' vraag ik. 'Was ze echt helderziend?'

Jesse schudt zijn hoofd. 'Ik weet het niet. Ze kwam in ieder geval betrouwbaar over. Ze wist meteen zijn naam, en ze wist kleine dingetjes waar mijn moeder zelfs niet vanaf wist. Ze zei bijvoorbeeld dat mijn vader benieuwd was of ik nog steeds van plan was te gaan skydiven, en daar had ik het met niemand over gehad, alleen met hem. Mijn moeder zou me afmaken als ze wist dat ik er alleen al aan dacht. Maar misschien was het ook wel stom toeval. Je zult er nooit achter komen.'

'Nee,' zeg ik. 'Nee, dat klopt.'

'Maar daarom wil ik mee op die reis naar Italië,' bekent hij.

'Omdat je wilt weten of die vrouw wel echt met de doden kon communiceren?' Ik lach enigszins verward.

'Nee,' zegt hij met een verontschuldigend lachje. 'Omdat ik mijn vader beter wil leren kennen. De hele familie van zijn moeders kant komt uit Italië. Als kind zat hij de hele zomervakantie in Italië, tussen zijn neven en nichten. Dus ik heb het gevoel dat als ik met die reis meega, ik de wereld niet alleen te zien krijg door de ogen van de oude meesters maar ook door die van mijn vader. Daardoor kan ik, denk ik, beter begrijpen wie hij was.'

Wauw, denk ik. Voor hem wordt dat opstel een fluitje van een cent. Ik probeer mezelf voor te houden dat ik niet jaloers hoef te zijn – ik heb per slot van rekening liever mijn vader dan een reisje naar Italië – maar toch, had ik ook maar een reden die hout sneed, zelfs al was het maar een piepklein beetje. En konden we ook maar samen naar Italië, want hoe vaker ik met Jesse Cooper optrek, hoe meer ik begin te denken dat ik hem wel mag. Hij wordt steeds toegankelijker, hij is slim en hij is hot – ik glimlach in mezelf. Smexy.

Jesse verkreukelt het Doritoszakje en gooit het anderhalve meter verderop in de vuilnisbak.

'En jij dan?' vraagt hij. 'Waarom wil jij naar Italië?'

Ik zou graag iets verzinnen, maar als ik dat had gekund, was mijn opstel nu al klaar. En het lijkt wel of we *truth or dare* aan het spelen zijn. Ik bedoel, hij heeft me net verteld dat hij een vrouw heeft bezocht die met dode mensen kan communiceren.

Ik kijk langs hem heen en probeer niet te laten merken hoe ongemakkelijk ik me voel. 'Het is een reden van niks natuurlijk, maar mijn leven is zo saai,' biecht ik op. 'En door naar Italië te gaan hoop ik dat het wat minder saai wordt. Best zielig, hè?'

Jesse strekt zijn hand uit en geeft die van mij een klopje. Ik voel een tinteling omhoogschieten van de plek waar hij me aanraakt. Ik vraag me af of hij het ook voelt. Kan hij zich die kus echt niet herinneren?

'Nah. Helemaal geen slechte reden,' zegt hij en hij trekt zijn hand weer terug. 'Ik kan heel wat redenen verzinnen die erger zijn.'

16

'Ik wil gewoon de as van mijn zus terug hebben,' zegt mijn moeder aan de telefoon.

We zitten in de auto, op weg naar huis na het museum. Ze kwam stipt om zes uur voorrijden, precies zoals ze had aangekondigd. Alleen hield ze, toen ik instapte, de telefoon tegen haar oor gedrukt en stak ze een vinger op om aan te geven dat ik niets mocht zeggen.

Terwijl we wegrijden zie ik Jesse naar zijn auto lopen – een aftandse zwarte Cadillac uit de jaren tachtig – en ik betrap me erop dat ik liever bij hem in de auto was gestapt in plaats van in de zilveren Volvo van mijn moeder. God, ik kan niet wachten tot ik zestien ben. Ik haat het dat ik pas in de zomer jarig ben. Toen Jesse en ik twaalf waren, schermde hij altijd met het feit dat hij zijn rijbewijs een half jaar eerder zou halen dan ik. Ik weet nog hoe hij me altijd pestte: 'Je kunt maar beter lief tegen me doen, anders laat ik je straks niet meerijden. Dan ben ik de coole jongen met de auto, en jij het suffe meisje dat voortdurend door haar ouders moet worden opgehaald.'

Het is zo vreemd. Ik kan me dat nog herinneren als de dag van gisteren en nu zitten we hier. Misschien, bedacht ik, is híj wel degene met buitenzintuiglijke vermogens.

'Het interesseert me niet wat voor relatie ze hadden,' zegt mijn moeder, en haar stem schiet omhoog. 'Ze was mijn zus. Bestaan hier geen wetten tegen?' Ze is even stil terwijl de persoon aan de andere kant van de lijn iets zegt, en dan begint ze te gillen. 'Nee. Nee, niks kalmeren. Ik wil de as. Als ú dat niet voor me kunt regelen, ga ik iemand zoeken die het wel kan. Bedankt.' Ze drukt met haar rechterduim het gesprek weg en ik zie dat de knokkels van haar linkerhand helemaal wit zijn geworden omdat ze het stuur zo hard vastgrijpt.

'Wie was dat?' vraag ik voorzichtig.

'Niemand,' zegt ze terwijl ze recht voor zich uit staart. 'Nog zo'n incompetente advocaat.'

Dus daar zat ze die ene dag mee aan de telefoon. Ik vraag me af hoeveel advocaten ze al heeft afgewerkt.

'Je gaat een advocaat inhuren om de as van tante Kiki terug te krijgen?'

'Ja. Ik moet iets kunnen afsluiten. Ik kan haar niet opzoeken op een begraafplaats. Ik heb niets wat van haar was. Ze was zo egoïstisch. Dit is nou typisch iets voor haar, om alleen maar te denken aan hoe zij het wilde.' Mijn moeder kijkt omhoog naar het autodak. 'Fijn dat je je zo om je vrienden hebt bekommerd, Kate, maar hoe zit het met mij? Waarom dacht je niet aan mij?'

Ik werp een zijdelingse blik op mijn moeder. Ze ziet er... verdrietig uit, natuurlijk. Maar misschien ook lichtelijk doorgedraaid.

'Heb je geprobeerd haar vrienden te bereiken?' vraag ik. 'Ik bedoel, ik weet dat je het op de herdenkingsdienst hebt gevraagd, maar als je ze de situatie rationeel uitlegt, misschien dat ze dan...'

'Dat heb ik geprobeerd. Maar die lui zijn niet rationeel. Ze zijn net zoals Kate.'

'Nou, wat zeiden ze dan?'

Mijn moeder zucht. 'Ze zeiden iets in de trant van: als de tijd er rijp voor is, zullen we praten. Maar ik ga niet zitten wachten totdat zij hebben besloten dat de sterren op één lijn zijn gekomen of dat de zon in Jupiters maan staat of wanneer die lui de tijd ook maar rijp mogen achten.'

Hmmm. Dit klinkt bekend. Ik denk weer terug aan de herdenkingsdienst, en aan Kiki's vriendin Roni. Hoe weet ik wanneer ik er klaar voor ben? had ik haar gevraagd. Dat weet je gewoon, had ze gezegd.

Ik wil mijn moeder vragen of Roni degene is met wie ze heeft gesproken, maar ik heb geen zin om uit te moeten leggen hoe ik Roni ken, of waarom Roni me op de herdenkingsdienst heeft benaderd. Maar toch... ik vraag me af of zij het was. Dat moet haast wel.

Ik bedenk dat ik er nu misschien wel klaar voor ben. Misschien bedoelde Roni dat ik moest bellen als mijn moeder zo over de rooie was dat ik er niet meer tegen kon.

Nou Roni, denk ik in mezelf, volgens mij is het nu zover.

Ik ga meteen na het avondeten naar boven en loop direct naar mijn bureau. Ik weet precies waar ik het kaartje met Roni's nummer heb opgeborgen. Ik heb het onder de blauwe, hartvormige glazen presse-papier van Tiffany's verstopt, die mijn oma me heeft gegeven toen ik naar de middelbare school ging. (Mijn oma heeft het briefje dat ik vanaf mijn achtste al niet meer van hartvormige spulletjes hou, kennelijk nooit ontvangen. Het is haar ook ontgaan dat niemand die dingen sinds, laten we zeggen, 1973, nog gebruikt.)

Ik heb dat plekje bewust gekozen omdat ik niet wilde dat mijn moeder het kaartje zou zien, mocht ze mijn kamer binnenlopen als ik er niet ben. Ik til de presse-papier op... en daar ligt het. Zonder mezelf tijd te geven om terug te krabbelen, pak ik de telefoon op en toets het nummer in. Ik voelde me eerst heel dapper, maar nu hij overgaat, ben ik nogal nerveus. Ik weet niet precies wat ik ga zeggen en ik wil net ophangen als Roni opneemt.

'Hallo?'

'Eh… hoi, kan ik Roni spreken?' Ik weet natuurlijk al lang dat ik haar aan de lijn heb; ik zou haar stem uit duizenden herkennen. Maar ik moet even tijd zien te winnen om mijn gedachten op een rijtje te zetten.

'Daar spreek je mee.'

'O,' zeg ik zogenaamd verbaasd. 'Hoi Roni, met Erin. De nicht van Kate? Weet je nog? Je hebt me op de herdenkingsdienst je nummer gegeven?'

'Natuurlijk weet ik dat nog.'

'Oké. Nou, eh… ik bel omdat ik eh… er volgens mij klaar voor ben.'

Roni zegt zonder te aarzelen: 'Nee, dat ben je nog niet.'

'Hè? Jawel. Mijn moeder is totaal over de rooie. Ze wil de as echt hebben. Ze moet het kunnen afsluiten. En ik kan er niet meer tegen, met dat geschuif van laatjes de hele nacht door. Ik doe geen oog dicht.'

'Dit gaat niet over je moeder, Erin. Dit gaat over jou, en wat Kate voor jou in petto had. Bel me maar terug als je er echt klaar voor bent.' Het klinkt alsof ze wil ophangen en dat wil ik absoluut voorkomen.

'Wacht!' roep ik. 'Niet ophangen!' Het blijft stil aan de andere kant van de lijn maar ik weet dat ze er nog is. Ik kan haar horen ademen. 'Ik heb de bol gebruikt,' zeg ik.

Deze keer aarzelt ze wel. 'En?' vraagt ze uiteindelijk.

En? Wat bedoelt ze met 'en?'

'Enne… het is echt cool?' zeg ik, gissend naar het juiste antwoord.

Roni zucht. 'Zoals ik al zei: bel als je er klaar voor bent.'

En dan wordt de verbinding zomaar verbroken.

Ik heb wel vijfentwintig berichten van verschillende winkelketens in mijn mailbox. Gap, J.Crew, Abercrombie & Fitch, de iTunes Store. En ook nog drie van Samantha (1. Wanneer kunnen we de bol raadplegen?

2. Waarom reageer je niet? 3. Waar zit je? Je kunt niet de deur uit zijn. Ik zweer het je, als je van gedachten bent veranderd, praat ik nooit meer met je.); eentje van Lindsay (Hoi, ik hoop echt dat je niet kwaad op me bent dat ik tijdens de lunch niet voor je ben opgekomen. Maar Samantha kan zo overtuigend zijn en je weet dat ik altijd een beetje bang voor haar ben als ze zo doet, en dan durf ik geen nee te zeggen.); en nog één van een onbekend e-mailadres: **theweevil26j**.

Als onderwerp staat er: **Ik weet ervan.**

Theweevil26j? Wie is dat? Ik ga in gedachten snel door het lijstje mensen met wie ik e-mail, maar niemand die ik ken heeft zo'n adres. Nou ja, het zal wel spam zijn. Een jaar geleden kreeg ik veertig mails per dag van iemand die rj69 heette, die beloofde dat hij mijn penis in tien dagen tijd kon vergroten en zo niet, dan zou ik gegarandeerd mijn geld terugkrijgen. Maar dat was voordat mijn vader een filter had geïnstalleerd, nadat hij te veel tv-programma's over internetpedo's had gezien.

Iedereen die mij nu een e-mail stuurt, ontvangt automatisch een mail die hen verzoekt bekend te maken wie ze zijn, en ik krijg een waarschuwing dat iemand die niet op mijn *safe list* staat met mij in contact wil komen. Echt, iemand die mij niet kent en me een mail wil sturen, moet eerst zo ongeveer door de iris-scan, en een betrouwbaarheidsverklaring zien te krijgen van de CIA. Dus hoe is deze theweevil26j-figuur erdoorheen gekomen?

Ik wil net op 'verwijderen' klikken als de nieuwsgierigheid het wint.

Wie ben je, mister Weevil? En waar weet jij iets vanaf dan?

Ik klik op het bericht om het te openen.

Ik hoorde je gisteren praten. Ik weet dat jij hem hebt. Óf jij zorgt dat ze ophoudt, óf ik doe het.

Onder het bericht staat de gekopieerde tekst waar Lindsay die ene avond op was gestuit, over Robert Clayton en de roze kristallen bol met mystieke eigenschappen.

Het dringt meteen tot me door dat hij van Chris Bollmer moet zijn. Het is logisch dat hij weet hoe hij mijn spamfilter moet omzeilen. Ik lees het bericht nog een keer.

Ik hoorde je gisteren praten. Ik weet dat jij hem hebt.

Shit. Ik wíst dat hij achter mijn kluisje heeft staan luisteren. En nu weet hij van de bol af. Ik wrijf over mijn slapen terwijl ik probeer te begrijpen wat dit betekent.

Óf jij zorgt dat ze ophoudt, óf ik doe het.

Whoa. Hij heeft het over Megan natuurlijk, maar wat wil hij hiermee zeggen? Insinueert hij dat hij Megan iets gaat aandoen? Even schiet het bomgerucht uit groep zes door mijn hoofd, maar ik ban het meteen uit mijn gedachten. Die gast is overduidelijk zo gek als een deur, maar hij lijkt me niet echt een huiskamerterrorist.

Maar hij weet er vanaf, denk ik.

En wat dan nog? Zelfs al zóú hij het doorvertellen, wie zou hem geloven? Ik weet niet eens of ík het wel geloof. Ik bedoel, oké, het is allemaal best vreemd, maar er was een logische verklaring voor alles wat er is gebeurd. Nou, misschien niet voor Spencer Ridgely, maar wel voor die grotere borsten. En is het nou echt zo raar dat meneer Lower zou schrijven dat mijn werkstuk helder was en goed onderbouwd? Mijn werkstuk wás helder en goed onderbouwd. Dat wist ik al toen ik hem inleverde.

Ik klik op *beantwoorden*.

Waar heb je het over?

Een paar seconden later verschijnt het antwoord.

Dat weet je best.

Ja, oké, natuurlijk weet ik dat. Maar denkt hij nou echt dat ik dat tegenover hem ga toegeven? Schriftelijk? Ik klik het x-je in de hoek van het scherm aan om het programma af te sluiten. Laters, Unabollmer. Ga lekker een ander lastigvallen. Ik voel me opeens schuldig dat ik stiekem vond dat Lindsay te gemeen tegen hem deed. Die gast is echt best creepy.

Ik reik over mijn bureau en pak de bol op. Ik draai hem in mijn hand en sluit mijn ogen. In plaats van duisternis, zie ik Jesse. Zijn blauwe ogen... ik schud de bol.

'Word ik uitgekozen om mee te gaan naar Italië?' vraag ik.

Ik besef dat dit de eerste keer is dat ik iets heb gevraagd zonder Samantha en Lindsay erbij, die me zitten op te jutten, en heel even voel ik me belachelijk. Denk ik nou echt dat er zoiets bestaat als een magische roze kristallen bol? Maar de stem van Jesse echoot nog door mijn hoofd. *Je zult er nooit achter komen.* Ik kijk omlaag en wacht tot de roze glittervloeistof (die blijvende vlekken veroorzaakt, ook op de huid, weet ik nu dankzij die gast met de drilboor en de website) wegtrekt.

Het grote onbekende laat zich nu niet kennen.

Ik schud mijn hoofd, zodat ik weer in de realiteit beland. Wat dacht ik nou? Natuurlijk is dit ding niet echt.

Ik haal het papier met de aanwijzingen tevoorschijn en ga verder waar ik gisteravond ben blijven steken. Ik mag het dan wel niet geloven, maar ik wil wel weten wat tante Kiki me duidelijk probeerde te maken.

Je kunt niet verder zien dan één omwenteling. Daarachter ligt alleen onzekerheid.

Ik pak het andere papier erbij, waarop ik mijn aantekeningen had gemaakt.

Eén omwenteling. Het wentelen van de bol?

Ineens kan ik mezelf wel voor mijn hoofd slaan. Niet de bol wentelen, sukkel, zeg ik in mezelf. Het gaat om de zon. Eén omwenteling van de zon. Een periode van vierentwintig uur. Dat is hoe ver je kunt zien. Als ik dingen vraag die daarna staan te gebeuren, krijg ik een onduidelijk antwoord. Mijn hart bonkt terwijl ik langzaam weer word bekropen door twijfel. Dit verklaart in ieder geval waarom ik geen antwoord kreeg of ik tot Harvard zou worden toegelaten en kanker zou genezen en met een doctor zou trouwen. En het verklaart waarom ik nooit antwoord krijg over mijn Italië-reis. De docenten komen volgende week pas samen om leerlingen te selecteren, dus dat ligt te ver in de toekomst.

Ik denk terug aan alles wat is uitgekomen. Dat gebeurde allemaal binnen vierentwintig uur.

Oké. Nog één test. Ik wil nu voor eens en voor altijd een besluit nemen. Als wat ik nu vraag uitkomt, dan voeg ik me officieel bij het leger der gelovigen.

Maar wat ik moet vragen? Wat wil ik dat er in de komende vierentwintig uur gebeurt?

Dit keer hoef ik niet lang na te denken. Ik schud de bol opnieuw.

'Gaat Jesse Cooper me voor een date vragen?'

De geesten fluisteren: Ja.

Ik móét een driegesprek met Samantha en Lindsay hebben. Nu meteen.

Ik strek mijn arm naar de telefoon uit, maar voordat ik hem te pakken krijg, gaat hij over. Dat is weird. Ik neem de hoorn op.

'Hallo?'

'Hey.'

O mijn god. Het is Jesse. Ik kijk ongelovig naar de bol. Dit kan niet waar zijn.

'O, hoi,' antwoord ik, en ik probeer niet te laten doorklinken dat ik helemaal uit mijn dak ga. 'Hoe gaat het?'

'Goed,' zegt hij. 'Ik zat te denken… we moeten ons volgende museumuitje even plannen.'

Woedend knijp ik mijn ogen tot spleetjes. 'Eh… ja, heb je even?' Ik zet de telefoon op 'mute' en pak de bol op. 'Dit telt niet,' zeg ik streng. 'Uh-uh. Me meevragen naar het museum voor een schoolproject is niet hetzelfde als een date. Dat is vals spelen. Je bent een oplichter.' Ik leg de bol weer neer en haal de telefoon uit de mute-stand.

'Sorry, dat was mijn moeder. Hoe dan ook, wat zei je?'

'Ik zei dat we weer naar het museum moeten, om ons laatste schilderij uit te kiezen.'

'Oké,' zeg ik en ik probeer mijn teleurstelling te verbergen. 'Tuurlijk. Wanneer had je willen gaan?'

'Nou, het museum is 's zondags gesloten, dan kan ik ons dus niet naar binnen loodsen. Wat dacht je van maandag na school?' oppert hij. 'Dan hebben we dinsdag nog om aan de presentatie te werken en om te oefenen en zo.'

'Ja, maandag kan. Geen probleem.'

'Oké,' zegt hij. Er volgt een ongemakkelijke stilte die eindeloos lijkt te duren, en uiteindelijk schraapt Jesse zijn keel.

'Eh… heb je wel eens van de Flamingo Kids gehoord?' vraagt hij.

Hé, wacht eens even, waar heb ik dat eerder gehoord? O, ik weet het al. Is dat niet die band waar Samantha me in het weekend zo graag mee naartoe wil nemen? Ik glimlach. Voor de verandering ben ik eens blij dat Samantha me bij een van haar onzinnige plannetjes wilde betrekken.

'Tuurlijk,' zeg ik, in een poging indruk te maken.

'Echt?' Hij klinkt zo geschokt alsof ik net gezegd heb dat ik een bijbaantje heb als stripdanseres. Ik weet niet waarom het steeds zo loopt, maar ik vind het heerlijk om de rol van het mysterieuze, onvoorspelbare meisje te spelen. Het is echt leuk.

'Uh-huh. Ze spelen dit weekend in The Corridor. Ik ga er met Samantha heen,' zeg ik, om hem helemaal versteld te doen staan.

'Wauw. Ik had geen idee dat je van hardcorepunk hield. Je zit écht vol verrassingen…'

Ik slik. Hardcorepunk? Daar heeft Samantha nooit iets over gezegd. 'Ja,' zeg ik instemmend. 'Lang leve de verrassingen.'

'Nou, ik wilde vragen of je zin had om mee te gaan, maar als je toch al gaat...'

Ik staar naar de bol. O shit. Shit, shit, shit. Ik probeer mezelf voor te stellen op de bijrijdersstoel van zijn Cadillac – ik lekker tegen hem aan gekropen terwijl hij met zijn linkerhand stuurt, zijn rechterhand om mijn schouder gedrapeerd – en ik zucht. Dat zou zo veel beter zijn dan een lift krijgen van Samantha's huishoudster.

'Nou, we kunnen daar afspreken,' stel ik voor, in een poging nog iets van een date overeind te houden.

'Zeker weten? Ik bedoel, zou Samantha dat niet erg vinden?'

'Samantha? Nee. Helemaal niet. Die vindt het prima.'

'Oké. Cool. Nou, dan zie ik je daar.'

'Jep. Tot dan.'

Als we hebben opgehangen, pak ik de bol en geef hem een dikke kus, midden op het platte stuk van het doorzichtige plastic.

'Yes!' zeg ik tegen de bol, terwijl ik op en neer spring. 'Yes! Yes! Yes!' Ik kijk naar het plafond, zoals mijn moeder daarstraks in de auto deed. 'Bedankt, tante Kiki. Heeeeel erg bedankt!'

17

'Nou, ik heb er nog eens over nagedacht en ik denk dat je gelijk hebt. Ik bedoel, misschien doet het me goed om zaterdag mee naar het concert te gaan.'

Samantha zegt niets en de telefoonlijn kraakt zacht. Ik zie haar helemaal voor me: met wantrouwende, samengeknepen ogen, haar hoofd een beetje schuin.

'Uh-uh,' zegt ze eindelijk. 'Wat is er gebeurd? Waar komt die plotselinge omslag vandaan?'

'Er is niks gebeurd. Ik denk gewoon dat je gelijk hebt. Dat ik nieuwe ervaringen moet opdoen. Een beetje loskomen. Misschien vind ik het wel leuk.'

'Ik ben niet achterlijk, Erin. Wat is er aan de hand?'

Ik zucht. 'Oké dan. Dit is er aan de hand: Jesse Cooper heeft gevraagd of ik mee wilde naar het concert en ik heb gezegd dat ik al met jou ging, en nu ontmoet ik hem daar. Ik bedoel, wíj ontmoeten hem daar.'

Samantha snuift minachtend. 'Je gaat uit met een jongen die een mislukte hanenkam heeft?'

'Die heeft hij nooit gehad,' protesteer ik. 'En hij probeert er tenminste nog iets van te maken, Aiden ziet eruit alsof hij net uit bed is gerold.'

'Dat heet een *look*,' licht Samantha me in. 'Het kost hem waarschijnlijk drie kwartier en een halve pot gel om dat elke ochtend voor elkaar te krijgen. Maar maakt niet uit, ik ben blij dat je meegaat. Het gaat leuk worden.'

'We zullen zien. Wist je dat de Flamingo Kids een hardcorepunkband is?'

'Ja. Wat dacht je dan dat het was? *Easy listening?*'

Ik moet lachen. 'Ik heb er waarschijnlijk niet echt bij stilgestaan. Maar wat trek je aan naar zo'n concert?'

Samantha ademt opgewonden in. 'O mijn god. Wij gaan zó shoppen! Laten we zaterdag bij het winkelcentrum afspreken. Ik weet precies waar we naartoe moeten. En daarna gaan we naar jouw huis, even een praatje met de bol maken, en dan doe ik voordat we uitgaan jouw haar en make-up.'

'Ik weet niet hoor, Samantha. We hoeven ons toch niet op te doffen…'

'Jawel, dat moet wel,' onderbreekt ze me. 'En trouwens, als ik je geen make-over mag geven, vertel ik Jesse dat je in een Barry Manilow-T-shirt slaapt.'

Ik rol met mijn ogen. Echt alles hieraan schreeuwt catastrofe, maar ik kan nu niet meer terug.

'Afgesproken dus?' vraagt ze.

Ik zucht hardop, zodat het haar duidelijk is dat ik tegen mijn zin instem. 'Ja. Afgesproken.'

Als iemand een feelgoodtienerfilm zou maken over mij en mijn twee hartsvriendinnen – niet dat dat zou gebeuren, gezien het feit dat ik het saaiste leven ooit heb, maar laten we de realiteit even opschorten en net doen alsof iemand die nog saaier is dan ik zou vinden dat mijn leven interessant genoeg was voor het grote doek – dan zouden Samantha en ik nu, hier in Hot Topic, helemaal aan de montagevereisten van de tienerfilmkleedkamer voldoen.

Stel je een reeks snelle shots voor van ons tweeën in steeds idiotere outfits (uiteraard dramatisch poserend, telkens als we uit het kleedhokje komen), op muziek van Demi Lovato of Aly & AJ, of (in het geval van een écht goede muzieksupervisor) een David Archuleta-cover van een Flamingo Kids-song.

'Dit is zó leuk om te doen!' roept Samantha, terwijl ze met haar laatste uitrusting het hokje uit stormt: een superstrakke zwarte tanktop, een zwart-roze miniplooirok en zwarte kniekousen met drie roze streepjes bovenaan. Ze ziet eruit als een héél ondeugend katholiek schoolmeisje, wat waarschijnlijk precies de bedoeling is. 'Het voelt net alsof we in een film zitten,' voegt ze eraan toe.

Ik lach. 'Ik dacht precies hetzelfde.'

Ze bewondert zichzelf in de spiegel. 'Dit gaat 'm worden. Wat denk jij?'

'Ik denk dat je niet onopgemerkt zult blijven.'

Ze glimlacht. Dat was kennelijk het goede antwoord. 'En jij? Ga jij dat kopen?'

Ik ga naast haar voor de spiegel staan. Ik heb een oranje T-shirt aan, een zwart-witte miniplooirok met een zwarte stud-riem, en een zwarte, mouwloze hoodie over het T-shirt.

'Ik weet het niet,' zeg ik terwijl ik mezelf kritisch bekijk. 'Ik heb het gevoel alsof ik me voor Halloween heb verkleed.'

Samantha rolt met haar ogen en slaat een arm om mijn schouders. 'Dat is juist goed. Het is de bedoeling dat je je anders voelt als je je optut.'

'Ja, dat weet ik ook wel, maar jij ziet er cool uit en ik belachelijk.'

'Niet waar. Je ziet eruit als een punkrocker. Als een van die meiden.'

Ze wijst naar een poster in de etalage, waar drie tienermeiden met geverfd haar op staan in dezelfde soort outfits als die van mij. Volgens de poster zitten ze in een band die *Care Bears on Fire* heet.

Ik hoor een *ping* uit mijn tas komen, en daarna nog een uit de tas van Samantha.

'Lindsay,' zeggen we gelijktijdig terwijl we onze mobieltjes pakken.

OMG. DNV en ik hebben hetzelfde jurkje aan. Ik ga dood...

'Zo,' zegt Samantha terwijl ze een foto van me maakt. 'Hier zal ze van opknappen.' Ze geeft haar telefoon aan mij, steekt dan haar borst vooruit, gooit haar been naar achteren en doet alsof ze een kus blaast. 'Maak er ook een van mij.' Ik neem de foto, en typ dan een bericht terwijl ik het hardop voorlees.

'Was jij hier maar! Liefs en kusjes uit zonnig Hot Topic!'

Ik druk op de verzendknop en Samantha en ik barsten in lachen uit. Een vreemde gast met zes piercings in zijn gezicht werpt ons een geïrriteerde blik toe.

'Nee, echt,' zegt ze. 'Dat móét je aanschaffen. Je ziet er pro uit.' Ze houdt mijn haar omhoog en bekijkt me met toegeknepen ogen in de spiegel. 'Met het juiste kapsel en make-up wordt het te cool.'

Ik kijk haar sceptisch aan. 'Weet je het zeker?'

Met haar handen op haar heupen laat Samantha me haar meest geruststellende blik zien. 'Geloof me,' zegt ze. 'Heb ik je ooit een verkeerd advies gegeven?'

We staan in de rij bij TCBY als ik de onmiskenbare krijsstem van Megan Crowley hoor.

'O mijn goddd, jongens, écht niet!'

Samantha geeft me zonder me aan te kijken een por. 'Links van je.'

Ik draai mijn hoofd langzaam om en mijn blik kruist per ongeluk die van Madison Duncan, die meteen naar Megan buigt om iets in haar oor te fluisteren.

'O-o,' zeg ik, terwijl ik me naar Samantha toe draai. 'Ze hebben ons gezien.'

Samantha's ogen glinsteren en een duivelse grijns verspreidt zich op haar gezicht. 'Geen zorgen, laat mij maar.'

Binnen enkele seconden staan Megan, Madison, Chloe en Brittany achter ons – aasgieren die in het midden van de woestijn op een karkas zijn gestuit.

'Kijk eens aan, wie hebben we daar. Waar is jullie stinkvriendinnetje?' vraagt Megan.

Samantha kijkt verbaasd naar mij. 'Weet jij waar ze het over heeft?' vraagt ze. 'Want ik heb geen idee.'

Megan neemt ons met een bitchy, sarcastische nepglimlach van top tot teen op, tot haar blik op onze Hot Topic-tassen landt.

'Hot Topic?' vraagt ze lachend. 'Ik wist niet dat jullie skatermeisjes waren.'

'Ja,' praat Chloe haar na. 'Bij het parkeerterrein staat een groepje skaters, misschien moet je daar eens gaan kijken. Wie weet vind je zo nog een vriendje.' Madison en Brittany staan achter haar te giechelen terwijl ik met mijn ogen rol, naarstig op zoek naar een gevatte reactie. Voordat ik iets kan zeggen, houdt Samantha haar hoofd scheef en legt een vinger tegen haar kin, alsof ze zich net iets herinnert.

'Hé Chloe, hoe staat het met de sterbezaaide bankier?' vraagt Samantha op een spottende toon. 'Ik hoorde dat hij heel hard stond te klappen. En heel triomfantelijk, dat ook.'

Chloe's mond valt open. Ze ziet er perplex uit, maar haar uitdrukking maakt snel plaats voor boosheid. Ze zet haar handen op haar heupen en kijkt woedend naar Brittany, die haar blik op de grond gericht houdt.

'Dat je dat aan háár hebt verteld,' zegt ze op een jammertoon.

Brittany slaat haar handen zogenaamd verontwaardigd tegen haar borst. 'Wat? Ik heb niks gezegd. Ik heb het alleen aan Megan verteld, serieus.'

'Ja, nou... ik zei dat je het tegen níémand mocht zeggen.'

Megan heft haar hand op en sluit haar ogen, en Chloe valt stil. Als ze haar ogen weer opendoet, zijn ze zwart van razernij en haar toon is furieus.

'Ik weet niet waar jullie mee bezig zijn, maar zeg maar tegen Windenkind dat ze goed moet opletten.'

Ik moet meteen aan de e-mail van Chris Bollmer denken en ik kan het niet nalaten iets te zeggen. 'Misschien kun jij maar beter opletten,' waarschuw ik haar.

'Daar heb ik hen voor,' zegt ze en ze wijst naar de drie meiden om haar heen. 'Kom op. Laten we gaan. Losers.'

Zodra ze vertrokken zijn, barsten Samantha en ik in lachen uit.

'Zag je dat gezicht?' roept ze. Ze heeft tranen in haar ooghoeken, die ze zachtjes met haar wijsvingers bet, zodat haar make-up niet uitloopt. 'En zo fijn dat Megan mensen heeft die voor haar opletten. Drie idioten die nog niet eens een geheim kunnen bewaren als hun leven ervan afhing.' Samantha schudt verdrietig haar hoofd. 'Hier had Lindsay bij moeten zijn.'

'Laten we haar bellen. Om uitgebreid verslag te doen.' Ik aarzel even voordat ik de vraag stel die door mijn hoofd gaat, maar ik móét het weten. 'Wat denk je dat ze bedoelde, dat Lindsay goed moet opletten?'

Samantha wuift de vraag weg, alsof hij onbenullig is. 'Niets. Ze probeerde haar gezicht te redden. O mijn god, dit was onbetaalbaar.'

Ik lach mee, maar mijn hart voelt zwaar. Ik weet nog niet zo zeker of Megan blufte. Eigenlijk kreeg ik meer de indruk dat ze bloedserieus was.

Als we bij mij thuis aankomen, zit mijn moeder aan de keukentafel met een heleboel boeken, papieren en aantekenschriften om zich heen.

'Hallo, mevrouw Channing,' zegt Samantha bij binnenkomst.

Mijn moeder kijkt met een vermoeide glimlach op. 'O, hallo meiden. Hebben jullie het leuk gehad?'

'Ja,' zegt Samantha enthousiast. 'We hebben eindeloos in de boekwinkel rondgehangen, hè Erin?'

Ik rol met mijn ogen en ga er niet op in. 'Wat ben je aan het doen?' vraag ik aan mijn moeder.

Ze zucht. 'Ik ben me aan het verdiepen in vastgoedrecht, maar het is ingewikkelder dan ik dacht.'

'Laat me raden, je hebt geen advocaat kunnen vinden die kon regelen dat je Kiki's as terugkrijgt?'

'Ik heb geen advocaat kunnen vinden die er zijn vingers aan wilde branden. Maar ik geef het niet op. Ik ga die lui aanklagen tot ik erbij neerval, mocht dat nodig zijn. Ik sleep ze voor de rechter en voer mijn eigen verdediging.'

Samantha kijkt haar met grote ogen aan. 'Eh... nou, succes,' zegt ze.

'Dank je, Samantha. Dat kan ik op dit moment wel gebruiken.'

'Je moeder is doorgedraaid,' fluistert Samantha zodra we boven in mijn kamer buiten gehoorsafstand zijn.

'Nee, ze is alleen overstuur. Wist je niet dat iedereen verschillend rouwt? Sommige mensen huilen, sommige gaan eten, andere begraven zich in hun werk. En sommige worden obsessief en leren zichzelf hoe ze moeten procederen.'

Samantha trekt een ze-is-doorgedraaid-gezicht en maakt een ronddraaiende beweging bij haar slaap. 'Weet ze van de bol af?'

'Neeeee,' zeg ik. 'Dan draait ze pas écht door.'

'Waar is-ie trouwens? Ik wil hem over Aiden vragen.'

Ik trek mijn kast open en strek mijn arm naar de bovenste plank uit, waar ik de bol, de papieren en mijn aantekeningen heb verstopt.

'Hier,' zeg ik.

Samantha wrijft haar handen tegen elkaar. 'Oké. Kom maar op.'

Ik aarzel. 'Ik wil je eerst de aanwijzingen laten zien,' zeg ik terwijl ik Kiki's brief erbij pak. Ik ga naast Samantha op bed zitten en vertel wat ik heb uitgedokterd. 'Ik ben nog niet achter de eerste aanwijzing, en de laatste: *dan is het tijd om een ander te kiezen,* die moet iets te maken hebben met de volgende persoon die de bol krijgt. Maar deze…' Ik tik met mijn wijsvinger ter hoogte van de derde aanwijzing op het papier. 'Deze maakt me echt bloednerveus.'

Samantha leest hem hardop voor. *De toekomst behoort alleen jou toe. Andere stemmen zullen worden teleurgesteld.'* Ze haalt haar schouders op. 'Wat is het probleem?'

'Ik weet het niet. Vind je het niet onheilspellend klinken?'

'Nee. Het klinkt vrij logisch. Jij bent duidelijk de enige die vragen mag stellen. 'Andere stemmen zullen worden teleurgesteld' betekent dat de bol alleen jouw stem herkent, of zoiets. Als iemand anders een vraag stelt, werkt het niet. Dat wisten we al.'

'Oké. En dat is nou precies waarom ik er nerveus van word. Het is overbodig. Er staat al dat de toekomst alleen aan mij toebehoort, dus waar is dat tweede gedeelte dan nog voor nodig?'

Samantha rolt met haar ogen. 'Kom op, dat leek haar gewoon belangrijk. Ze wilde zeker weten dat het echt, maar dan ook echt, tot je doordrong.'

'Ik weet het niet. Het lijkt een instinker. Dat ze me wil laten denken dat het niets meer is dan dat, maar dat het eigenlijk iets anders betekent. Bij kruiswoordpuzzelaanwijzingen gaat dat ook altijd zo.'

'Je denkt te veel,' verzekert Samantha me. 'Dit is geen ingewikkelde multiplechoice-test waar ze verwarring proberen te zaaien. Nou, kom op. Aan de slag.'

Ik zucht. 'Oké. Maar dat je het even weet, ik vind het geen goed plan.'

'Staat genoteerd. Nou, vraag of Aiden Trance tijdens het concert dumpt om met mij te kunnen zijn. Nee, wacht. Die moet je vergeten. Vraag of Aiden Trance bij het concert dumpt om met mij te gaan tóngzoenen en daarna mijn vriend te worden.' Ze werpt een snelle blik op mijn borsten. 'Je kunt niet duidelijk genoeg zijn met dit ding.'

Ik adem diep in, en schud de bol. 'Oké. Dumpt Aiden Trance vanavond op het Flamingo Kids-concert om met Samantha te gaan zoenen en daarna haar vriend te worden?'

Samantha graait de bol uit mijn handen en wacht met ingehouden adem op het antwoord.

Het ligt in je karma besloten,' leest ze voor. 'Dat is een ja, toch?'

Ik knik, lachend.

'O mijn god! Het is een ja!' Ze springt opgewonden op en neer, de bol stevig in haar handen geklemd, en daarna geeft ze hem weer aan mij. 'Hier, jij moet ook iets vragen. Vraag of Jesse je gaat zoenen!'

Ik glimlach naar haar. 'Nee, ik weet een betere.' Ik schud de bol en bijt nerveus op mijn onderlip. 'Zal ik Jesse vanavond kussen en zijn lekkere lijf te zien krijgen?'

'Ooo, die is goed,' zegt Samantha. 'Maar wacht eens, heeft Jesse Cooper wel een lekker lijf? Het is moeilijk te zeggen met die kleren van hem...'

Ik doe mijn ogen dicht en stel me hem weer voor in dat lichtblauwe T-shirt. 'Superlekker.'

18

Lucinda, de huishoudster van Samantha, zet ons af op de parkeerplaats voor The Corridor en meteen bij het uitstappen voel ik me al belachelijk. Iedereen draagt een T-shirt, jeans en sportschoenen. Ik werp een zijdelingse blik op Samantha terwijl we naar de ingang lopen.

'Ik voel me net een hoer,' zeg ik terwijl ik een snelle blik op mezelf werp in een autoruit.

Voordat we vertrokken heeft Samantha ons allebei smokey eyes gegeven en onze lippen met Juicy Tubes-lipgloss in de kleur Cherry Burst volgesmeerd. Ze heeft mijn haar op de kruin getoupeerd en – om me er écht fake en plastic uit te laten zien – ondergespoten met een halve bus got2b-2 Sexy Voluptuous Volume-hairspray.

'Je ziet er geweldig uit,' drukt ze me op het hart. 'Jesse zal steil achteroverslaan.'

Als we dichter bij de deur komen, ontstaat er een opstopping.

Samantha kijkt recht voor zich uit, glimlacht vriendelijk tegen iedereen maar niemand in het bijzonder, zich er totaal niet van bewust dat de jongens in de rij letterlijk aan de grond genageld naar haar staan te kijken. Ik kijk toe hoe ze met een rechte rug door de menigte schrijdt, met haar lange benen die nog langer lijken door de zwarte plateaulaarzen waar alleen de roze streepjes van haar kniekousen bovenuit steken. Ze is spectaculair mooi.

'Waar heb je met Jesse afgesproken?' vraagt ze als we in de rij voor de kassa staan.

'Ik weet het niet. Hij zei dat ik hem moest sms'en als we er waren. Dat heb ik net gedaan.' Ik kijk zenuwachtig om me heen terwijl de menigte aanzwelt. Dit is niet echt mijn *scene*. Iedereen lijkt zo uit een MTV-*casting couch* te zijn gestapt: tatoeages, piercings, asymmetrische kapsels. Nu ik het erover heb: ze zouden stuk voor stuk niet misstaan op de herdenkingsdienst van mijn tante. Ik check mijn mobiel of Jesse al heeft gereageerd, als iemand op mijn schouder tikt. Ik draai me om en stoot met mijn neus zowat tegen een groen Flamingo Kids-T-shirt. Ik kijk op en ontmoet Jesses sprankelende blauwe ogen. Hij lacht naar me en mijn hartslag schiet omhoog. Voor ik er erg in heb, sta ik al te blozen.

'Wauw,' zegt hij met een blik op mijn outfit. 'Je ziet er... anders uit.'

'Ja, nou, je kent me. Vol verrassingen.' Ik voel een elleboog tussen mijn ribben en ik realiseer me dat ik Samantha compleet ben vergeten. 'O, Jesse, je kent Samantha, toch?'

'Jep. Hey.' Hij knikt haar toe, ogenschijnlijk onaangedaan door hoe ze eruitziet, en kijkt dan weer naar mij. 'Oké, laten we naar binnen gaan.'

'En die rij dan? En de entree?'

Hij glimlacht. 'Geen zorgen. Volg mij maar.' Hij loopt de menigte weer in, die in de laatste anderhalve minuut nog dichter lijkt te zijn geworden, en steekt dan zijn arm naar achteren om mijn hand te pakken. De tintelende sensatie die ik voelde toen hij in het museum op mijn hand klopte, is meteen weer terug.

'Hou haar vast,' roept hij en hij gebaart met zijn kin naar Samantha. 'Zorg dat je niet gescheiden wordt.' Ik knik terwijl ik Samantha's hand vastgrijp, en gedrieën banen we ons in ganzenmars een weg door de horde getatoeëerde en gepiercete Flamingo Kids-fans met hoodies. Er wordt minstens vijftig keer op mijn tenen getrapt.

Als we eindelijk bij de deur zijn, dringt Jesse bij zo'n twintig mensen voor en loopt recht op een kolossale gast af die op een barkruk zit. Hij heeft een kaalgeschoren kop en een ring door zijn onderlip, en als ik hem op straat zou tegenkomen zou ik waarschijnlijk meteen oversteken. Maar Jesse buigt naar voren en de kale gast omhelst hem en geeft hem twee klappen op zijn rug.

'Hé man, leuk dat je er bent,' zegt de enge gast. 'Met z'n hoevelen zijn jullie?'

Jesse houdt twee vingers omhoog. 'Twee extra.' De enge gast kijkt naar mij en Samantha en laat zijn blik over het uitgestrekte stuk bloot tussen Samantha's kniekousen en de onderkant van haar minirokje ronddwalen. Hij kijkt Jesse weer aan en grijnst.

'Goed gedaan, man.' Jesse tovert dezelfde schalkse grijns tevoorschijn als toen Lloyd ons in het museumcafé achterliet, en datgene wat zich al de hele avond zenuwachtig in mijn buik roert, maakt een dubbele flikflak.

Samantha buigt zich naar me toe en fluistert: 'Je hebt gelijk. Hij ziet er cute uit met dit haar.'

Ik kijk haar met een dankbare glimlach aan. Ik weet dat het dom is, maar er gaat niets boven een stempel van goedkeuring van Samantha. Ik wou dat Lindsay er ook was. Samantha en ik hebben haar daarstraks gebeld om de scène met Megan door te nemen (hoewel we het stuk dat Lindsay maar beter goed moest opletten achterwege hebben gelaten), maar er kon geen lachje vanaf. Ze klonk ellendig. De Nieuwe Vriendin zit haar voortdurend uit te horen over jongens. Ieuw!

De enge gast trekt drie oranje polsbandjes tevoorschijn, waar in zwarte letters ONDER 21 op staat, en doet ze om onze rechterpols.

'Veel plezier, meiden,' zegt hij met een knipoog.

Samantha knipoogt terug en ik moet erg mijn best doen om niet in lachen uit te barsten.

Als we binnen zijn, is Samantha meteen verdwenen, op zoek naar Aiden, en Jesse en ik lopen naar de bar om cola te halen. Er staat een openingsband op het podium en we moeten schreeuwen om elkaar te kunnen verstaan. Ik zucht. Ik weet dat het allemaal is om een beetje los te komen, maar doe mij maar een rustig etentje.

'Echt cool dat je er bent,' schreeuwt Jesse. 'Ik vond het best eng om je te vragen, want ik wist niet zeker of je hier wel van hield.'

Ik neem met mijn rietje een slok cola. 'Ja man, ik hou hier heel erg van!'

Hij knikt en kijkt lichtelijk geamuseerd. Maar ik weet niet of dat komt omdat hij aangenaam verrast is of omdat hij weet dat ik een slag in de rondte lieg. 'Ga jij de *pit* wel eens in?'

De pit? Moet ik weten wat dat is?

'Eh... ja. Ik ga altijd de pit in.'

Zijn gezicht licht op. 'Cool. Ik ook.'

Opeens zie ik Samantha in haar eentje aan de andere kant van de zaal staan. Ze ziet er ontgoocheld uit. 'Ik ga Samantha even halen,' zeg ik tegen Jesse. 'Niet weglopen, oké?'

Hij trekt een wenkbrauw op. 'Best. Maar niet te lang wegblijven. Zo meteen begint de band en we moeten nog een plekje zoeken.'

Ik beloof dat ik zo weer terug ben, en als ik Samantha heb bereikt, leg ik een arm om haar schouder. Haar ogen zijn nat en glazig.

'Gaat het?'

Ze schudt haar hoofd en staart vol verlangen naar een hoek van de zaal. Ik volg haar blik en helemaal aan het eind staat Aiden. Hij probeert Trance, die op haar hoge hakken en met een biertje in haar hand voortstrompelt, in balans te houden.

'Misschien had je gelijk wat betreft de bol,' zegt ze, zonder haar ogen van hen los te maken. 'Misschien werkt het echt alleen voor jou. Ik bedoel, hij keek me niet eens aan. Ik heb me helemaal voor hem opgetut en hij kíjkt niet eens naar me. Hij vroeg alleen of ik een nat doekje kon halen. Voor háár.'

Ik werp weer een blik op Trance. Aiden probeert het bier van haar over te nemen, maar ze duwt hem opzij en roept iets.

'Hij is een sukkel,' zeg ik. 'Het staat hier stampvol met jongens die al blij zouden zijn als je alleen maar even naar ze kéék.'

Eindelijk richt Samantha haar blik op mij. Ze lacht en haar ogen glinsteren weer, alsof het verdriet dat ze voelde er nooit is geweest. Ik zou wel eens in haar schoenen willen staan, gewoon om te begrijpen hoe het komt dat alles haar zo makkelijk afgaat. Ze pakt mijn hand.

'Kom op. Laten we op zoek gaan naar Jesse. Dit is een date, weet je nog?'

Jesse leidt ons naar het voorste gedeelte van de club, en met onze ellebogen banen we ons een weg door de samengedromde menigte voor het podium, tot we bijna helemaal vooraan zijn beland. Iedereen staat zo dicht op elkaar geperst dat ik de behoefte voel om mijn gezicht naar boven te draaien en naar adem te happen om maar wat lucht te kunnen krijgen. Op de een of andere manier krijgt Jesse het voor elkaar om zijn arm te buigen en zijn hand in zijn broekzak te steken, waar hij twee kleine fluorescerend oranje staafjes uit haalt.

'Je hebt oordopjes meegenomen, toch?'

Samantha en ik kijken elkaar aan. Oordopjes? Ik werp een snelle blik om me heen en ik zie overal helderoranje stippen. Ik sla tegen mijn voorhoofd.

'Shit. Volgens mij liggen ze nog in de auto.'

Jesse lacht weer met die halfgeamuseerde glimlach, en haalt nog vier oranje staafjes tevoorschijn.

'Hier,' zegt hij en hij geeft ze aan ons. 'Ik heb er altijd een paar extra bij me, voor het geval dat.'

Ik doe ze in op het moment dat de lichten uitgaan en er een oorverdovend gegil losbarst. Een paar seconden later klinkt er een verschrikkelijk beukend geluid vanaf het podium. Ik duw de oordopjes nog wat dieper naar binnen en wou dat ik de geluidswerende koptelefoon had die mijn vader altijd meeneemt in het vliegtuig. Als de lichten weer aangaan, zie ik vier gasten – min of meer hetzelfde uitgedost als het publiek: er is een zanger die wild over het podium rondspringt, er is een drummer, een bassist en een gitarist die allemaal woest hun intrumenten bespelen.

Jesse's hele lichaam beweegt op de beat en hij zingt mee met de tekst. Hij ziet dat ik naar hem kijk en grijnst naar me. Toch wil een deel van me niets liever dan dat het nummer eindigt, zodat ik mezelf kan horen denken…

De muziek houdt abrupt op.

'Wij zijn de Flamingo Kids,' schreeuwt de zanger. Iedereen schreeuwt terug. Het is een muur van geluid, van vervoering. Ik kijk naar Samantha en zij schreeuwt ook, met een gebalde vuist in de lucht. De zanger houdt de microfoon vlak voor zijn mond en hij zet weer een luide keel op.

'Wij houden van onze fans! En vooral van jullie hier in de *moshpit!*' Hij wijst naar iedereen die vlak voor het podium staat, en ik voel de kleur uit mijn gezicht wegtrekken als ik me realiseer dat Jesse dit bedoelde toen hij vroeg of ik naar de pit wilde. 'Wees wel voorzichtig! We willen niet dat er vanavond mensen worden platgetrapt!' En na die woorden rent hij op de drummer af en springt in de lucht. 'Een, twee, drie, vier…' De drummer slaat zijn drumstokjes tegen elkaar, de versterkers exploderen opnieuw en iedereen begint tegen elkaar aan te duwen en met zijn hoofd met capuchon op de maat te bewegen.

Eh… zei hij nou net plátgetrapt?

Ik begin me paniekerig te voelen als iemand op mijn voet stapt en iemand anders zijn elleboog in mijn rug duwt. O mijn god, denk ik. Ik zie de koppen al voor me: *Meisje met hoogste cijfers sterft in moshpit: hield niet eens van punkmuziek.*

Tussen twee haakjes, de muziek is verschrikkelijk. Niet dat ik dit ooit hardop zou toegeven (ik zou het zelfs onder bedreiging van het uittrekken van al mijn nagels ten stelligste ontkennen), maar ik heb honderdmaal liever Barry Manilow dan dit. Jesse blijft me echter steelse blikken toewerpen, waarschijnlijk om te zien of ik me wel vermaak, dus ik blijf glimlachen en doordansen. (Nou, dansen kun je het niet echt noemen… zo veel bewegen als je maar kunt als je anderhalve meter met nog zestig anderen moet delen… en voornamelijk de indruk proberen te wekken dat je hier voor de muziek bent en helemáál niet om indruk te maken op een leuke jongen.)

Na een paar nummers tikt Jesse op mijn schouder. Ik staak mijn zogenaamde headbangen om te kijken wat hij wil. Zijn mond beweegt maar met al die herrie en de oordropjes versta ik er geen woord van. Hij lijkt te zeggen: 'Trouw je met me?' maar dat zal wel niet. Ik bedoel, dit is onze eerste date.

'Wat?' roep ik.

'Vertrouw. Je. Me?'

Ooo. Vertróúw ik hem? Nou snap ik het. Dat wil zeggen: ik snap er eigenlijk niets van. Waarom vraagt hij dat nu? En waarom hier?

Maar het is te luidruchtig voor vragen, dus ik knik maar. Hij glimlacht en bukt. Ik voel zijn handen om mijn kuiten maar ik kan niet zien wat hij uitvoert want het stikt van de mensen om ons heen, en de ruimte die hij eerst innam wordt meteen weer opgevuld. Voordat ik er erg in heb, word ik opgetild. Jesse hijst me aan mijn benen omhoog en een willekeurige gast met een ring door zijn wenkbrauw grijpt me bij mijn schouders, en met zijn tweeën tillen ze me omhoog zodat ik boven hen kom te liggen, evenwijdig aan het plafond.

'Wat doe je?' gil ik. 'Zet me neer!' Ik gil het een paar keer, maar ze kunnen me niet horen, want iedereen is aan het gillen.

Nu pakt iemand anders mijn benen vast. Ik schud mijn hoofd heen en weer, nog altijd wanhopig gillend, als ik Samantha en Jesse in het oog krijg. Ze kijken lachend naar me op, alsof het ze niets kan schelen dat ik tekeerga als een angstig gekooid dier. Ik moet hulpeloos toezien hoe Samantha haar mobiel uit haar tas vist.

'Hou op met bewegen!' schreeuwt Jesse.

Hij balt zijn handen tot vuisten en kruist zijn armen voor zijn borst om aan te geven dat ik hetzelfde moet doen. Ik begrijp uit de serieuze uitdrukking op zijn gezicht dat hij me probeert te helpen. Ik besef opeens dat schreeuwen niets uithaalt, dus ik verman me en hou me stil, terwijl ik mijn armen kruis, precies zoals hij voordeed. Jesse knikt geruststellend.

'Geef je over,' roept hij. 'Vertrouw op het publiek.'

Ik werp een vlugge blik op de maalstroom van piercings, getatoeeerde armen en vreemde kapsels. En daar zou ik vertrouwen in moeten hebben? Doodsbang probeer ik nee te schudden, maar ik word verblind door een flits van Samantha's telefooncamera. Ik knipper een paar keer en als ik weer helder kan zien, zijn Samantha en Jesse uit mijn gezichtsveld verdwenen en word ik langzaam over de moshpit getransporteerd, terwijl de ene na de andere hand me bij mijn benen, mijn kont, mijn rug en mijn hoofd vastgrijpt. Ik adem diep in en uit en probeer maar niet te denken aan wat er zou gebeuren als ze me loslieten.

Geef je over, hou ik mezelf voor. Vertrouw op het publiek.

Ik sluit mijn ogen en doe mijn best, en het eerste wat in me opkomt, is mijn tante Kiki. Zij zou dit geweldig hebben gevonden. Ongetwijfeld deed ze dit zelf ook. Meer dan eens, waarschijnlijk. En ondanks mijn angst moet ik glimlachen als ik me Kiki op haar rug probeer voor te stellen, joelend van vreugde terwijl ze wordt doorgegeven, genietend van het idee dat totale onbekenden zich om haar veiligheid bekommeren. En zomaar ineens ontspannen mijn schouders, ontspant mijn nek en geef ik me over.

Ik open mijn ogen en kijk rond, en het is net alsof ik me tussen de boomtoppen bevind, alleen zijn het geen boomkruinen maar mensenkruinen. Ik draai mijn hoofd de andere kant op, naar het podium. Ik heb een perfect uitzicht. De gitarist zit met gebogen hoofd op zijn knieën en ik kan het zweet van zijn wilde pony naar beneden zien druipen terwijl hij speelt. De zanger springt als een idioot met gesloten ogen over het podium en ik verbaas me erover dat hij nergens tegenaan botst.

Ik kijk omhoog naar het plafond en ik adem uit. Ik heb me nog nooit zo springlevend gevoeld.

Als ik de buitenste ring van het publiek heb bereikt, zet een gast met kort piekerig haar en een nek vol tatoeages me voorzichtig op de grond. Hij heft zijn opengespreide hand en ik geef hem een high five.

'Dat was pro,' zegt hij.

Ik kijk hem stralend aan, en terwijl hij weer in de menigte verdwijnt, verschijnen Jesse en Samantha naast me.

'Jezus, dat was supercool!' roept Samantha uit. 'Dat je dat durfde!'

Jesse lacht. 'Je bent bij deze het coolste meisje dat ik ooit heb ontmoet.' Hij kijkt me recht in de ogen, maar ik kijk weg omdat ik niet wil dat hij ziet hoe verlegen ik word van zo'n benaming. Vooral omdat ik een week geleden nog die saaie-trut-van-kunstgeschiedenisles-met-wie-Jesse-geheel-tegen-zijn-zin-moet-samenwerken was. 'Hé, willen jullie de band ontmoeten?' vraagt hij. 'Want RJ, die gast bij de deur, heeft me daarstraks vier backstagepassen toegeschoven.'

Samantha tilt een wenkbrauw op. 'Zei je víér backstagepassen?'

'Jep.'

Samantha kijkt me met glinsterende ogen aan. Ik weet precies wat ze denkt.

'We zijn zo terug,' zegt ze tegen Jesse. 'Niet weggaan.'

'Dat lijkt me geen goed plan,' waarschuw ik, maar het is al te laat; Samantha heeft me al aan mijn arm de menigte in getrokken. 'Hij gedroeg zich daarstraks als een lul!' schreeuw ik. 'Waarom zou hij nu opeens aardig doen?'

Samantha's ogen zijn gefocust als lasers terwijl ze mij naar Aiden en Trance aan de andere kant van de club sleurt. 'Snap je het niet?' schreeuwt ze. 'Dit is het! Dit komt door de bol! Dat kan niet anders.'

'Maar wat als hij nee zegt?' roep ik tegen haar. Ik kan er niets aan doen. Zelfs na Jesse, na alles, ben ik nog steeds sceptisch. Zo zit ik gewoon in elkaar.

Samantha kijkt me ernstig aan. 'Doet-ie niet,' zegt ze zonder geluid.

We lopen op Aiden en Trance af. Ze zitten op een richel langs de zijwand. Aiden is fanatiek luchtgitaar aan het spelen terwijl hij met de muziek meezingt. Trance heeft haar armen over elkaar geslagen. Ze ziet er pissig uit.

'Hé, Aiden!' roept Samantha naar hem. Hij hoort haar niet, dus ze tikt op zijn schouder. Als hij ziet dat Samantha degene is die zijn gitaarsolo onderbreekt, rolt hij met zijn ogen. Ik wou dat ik een tuinschaar bij me had om dat irritante slaapkapsel weg te maaien.

'Ik ga je geen lift geven, dus je hoeft het niet eens te vragen,' roept hij boven de muziek uit.

'Ik kom je niet om een lift vragen,' schreeuwt Samantha. Ze buigt naar hem toe, schermt haar mond af en zegt iets in zijn oor. Zijn ogen sperren zich wijd open en hij knikt, dan draait hij zich met een opgestoken vinger van haar af om met Trance te praten. Samantha grijpt opgewonden mijn arm en springt achter zijn rug op en neer.

Ik kijk toe hoe Aiden zijn hand op Trances been legt en vlak bij haar oor de situatie uitlegt. Uit haar gezichtsuitdrukking kan ik al opmaken dat het niet goed valt. Aiden wijst naar mij en Samantha, en opeens springt Trance overeind en begint tegen hem te schreeuwen. Ik kan niet horen wat ze zegt, maar ik zie dat ze naar Samantha gebaart en het is overduidelijk wat er gebeurt.

Ze steekt haar middelvinger omhoog, pakt haar tas en stormt weg.

Mijn hart zinkt me in de schoenen. Natuurlijk rent Aiden haar achterna en kunnen we die arme Samantha opvegen. Maar tot mijn verbazing steekt hij zijn handen in zijn zakken en kijkt hoe ze wegloopt. Dan draait hij zich weer naar Samantha en haalt zijn schouders op.

'Zeikwijf,' zegt hij, meer tegen zichzelf dan tegen een van ons. 'Oké, laten we gaan.'

19

De frontman van de Flamingo Kids – ik geloof dat Jesse zei dat hij Eric heette – springt over het podium en schreeuwt in de microfoon (ik zou het geen zingen willen noemen), op minder dan drie meter afstand van waar wij staan, met onze backstagepassen bungelend om onze nek. Dit is veruit de coolste avond van mijn hele leven. Ik kan haast niet geloven dat ik eerst niet wilde gaan. En dat ik dacht dat ik Barry Manilow beter zou vinden dan dít.

Eric kijkt even onze kant op, en kijkt dan snel nog een keer, alsof hij zeker wil weten of hij echt heeft gezien wat hij dacht te hebben gezien. En dan heb ik het natuurlijk over Samantha: een visioen in Hot Topic en knielaarzen. Hij loopt over het podium en kijkt nog een derde keer en ik zie dat hij haar blik vangt, waardoor de linkerkant van zijn mond tot een halve grijns omhoogkrult, voordat hij zich weer naar het publiek draait. Aiden moet het volgens mij ook hebben gezien, want hij legt meteen zijn arm om Samantha's middel en fluistert iets in haar oor waardoor ze moet giechelen.

Zodra het optreden is afgelopen, verlaten de overige bandleden het podium aan de andere kant, maar Eric komt regelrecht op ons af. Nou, niet op ons. Op haar. En nu staat hij hier, bezweet en met een blote bast, met nat bruin haar dat voor één oog hangt, zijn donkerbruine ogen wijd opengesperd van de adrenaline. Hij heeft grote, wervelende tatoeages, die vrijwel zijn hele torso bedekken, en over de breedte van zijn borst staat in zware gothische letters: PINK FLAMINGO'S. Hij heeft een lang, dun lichaam, gespierd maar niet opgepompt. Hij ziet er pezig en sterk uit. Hij ziet eruit als het type door wie je tot je dertigste met huisarrest wordt opgezadeld.

Een jongen met zo'n handsfree oortje komt aangerend en overhandigt Eric een handdoek en een glas ijswater. Hij slaat het in één teug achterover, zonder zijn ogen van Samantha af te halen.

Aiden trekt haar instinctief dichter naar zich toe.

'Ik ben Eric,' zegt hij, alsof Aiden totaal niet bestaat – en Jesse en ik trouwens ook niet.

'Samantha,' zegt ze, ook alsof Aiden niet bestaat.

Eric knikt. 'Nou, Samantha. Wat vond je van het optreden?'

Samantha steekt haar tong in haar wang en kijkt hem zonder te knipperen recht in de ogen. 'Best goed, maar ik zou met een bekender nummer zijn geëindigd. Je moet er altijd voor zorgen dat je publiek hongert naar meer.'

Eric trekt zijn wenkbrauwen op en de kritiek lijkt hem te verbazen. Maar dan breekt die halve grijns weer door. 'Hé, grappig. Dat zei mijn drummer ook.' Hij kijkt haar met licht toegeknepen ogen aan, nog geïntrigeerder dan hiervoor. En geef hem eens ongelijk. Zelfs ik sta te kijken van haar koelbloedige zelfverzekerdheid. En ze heeft Aiden ook nog eens precies waar ze hem hebben wil. Ik krijg opeens het gevoel dat ik in het bijzijn van een grootmeester ben en ik wacht met opengesperde ogen af om te zien hoe ze deze situatie in haar eigen voordeel weet te manipuleren.

'Dit zijn mijn vrienden,' zegt ze opeens. 'Erin, Jesse en Aiden. Jesse is een grote fan.'

Mijn mond valt open. Aiden is de enige reden waarom ze hiernaartoe wilde, en nu doet ze alsof hij helemaal niet belangrijk is. Alsof ze niet eens merkt dat zijn arm als een python om haar middel ligt. Hoewel ik begin te denken dat het haar daar om te doen is.

'*Rock on, man*,' zegt Eric. Hij balt zijn hand tot een vuist en steekt hem naar Jesse uit, die zijn vuist ertegenaan stoot. 'Zal ik je shirt signeren?'

Jesse kijkt als een kind op kerstochtend. 'Ja, man. Dat zou supercool zijn.'

Eric wenkt de jongen met de oortje, die nog steeds in de buurt rondhangt. Hij trekt meteen een zwarte marker uit zijn borstzak en geeft hem aan Eric. Jesse draait zich om en gaat licht voorovergebogen staan. Eric leunt op zijn linkerschouder en schrijft met de marker op het shirt. Als hij klaar is, geeft hij de stift terug aan de jongen met het oortje en kijkt Samantha weer aan.

'De andere jongens en ik denken erover om nog naar een afterparty te gaan in een club in het centrum. Zin om mee te gaan?'

Een afterparty? In een club? Ik vraag me af hoe oud hij haar inschat. Ze kan zo voor achttien doorgaan, maar eenentwintig? Dat lijkt me sterk. Ik hou mijn adem in om te zien hoe ze deze gaat omzeilen.

'Ik weet niet,' zegt ze en ze rimpelt haar neus. 'Ik heb vanavond meer zin in iets *mellows*.'

Erics ogen schieten heen en weer tussen Samantha's gezicht en Aidens hand om haar middel en het is duidelijk dat hij niet helemaal begrijpt hoe het zit.

'Mellow is ook niet verkeerd,' zegt hij schouderophalend. 'Maar eerst wil ik even iets weten: is dat je vriendje of hoe zit dat?' vraagt hij, met een knikje naar Aiden.

Hij is blijkbaar klaar met de koetjes en kalfjes en als het er met

Samantha niet in zit, wil hij snel iemand anders scoren, voordat alle groupies zijn vertrokken.

Samantha houdt haar hoofd scheef, alsof ze hier even over na moet denken.

'Ik weet het niet,' antwoordt ze. Ze gooit haar haren naar achteren en draait zich langzaam naar Aiden toe. 'Ben jij mijn vriendje?'

Aiden glimlacht. 'Ja, man.'

Samantha wendt zich weer tot Eric. 'Ik geloof van wel, ja.'

Eric trekt een wenkbrauw op. 'Heb jij even mazzel,' zegt hij tegen Aiden, met een afgunstig knikje van respect. Dan kijkt hij Samantha doordringend aan en zegt: 'We spelen hier deze zomer nog een keer. Mocht het ooit nog uitgaan.'

Samantha glimlacht koket. 'Goed om te weten.'

Buiten hangt de volle maan zo laag dat het wel een rekwisiet uit een schooltoneelstuk lijkt: een gefiguurzaagde vorm die iriserend zilver is geschilderd en aan onzichtbare nylondraadjes in de lucht hangt. We lopen met z'n vieren naar de parkeerplaats, Aiden en Samantha iets voor Jesse en mij uit. Aiden heeft zijn arm om Samantha's schouder geslagen en Samantha lacht en geeft gilletjes. Aiden trekt haar om de seconde naar zich toe. Eerlijk gezegd voel ik me in het bijzijn van Jesse een beetje ongemakkelijk door hun openlijke intimiteit, ongeveer zoals ik me voel als ik met mijn ouders naar een seksscène in een film zit te kijken. Alleen...

'Wat gebeurt hier allemaal?' fluistert Jesse na hun – laten we zeggen – vijftiende kus. Ik rol met mijn ogen en schud mijn hoofd.

'Lang verhaal. Wil je niet echt weten.'

Als we eindelijk bij Aidens auto zijn aangekomen, duwt Aiden Samantha tegen het bijrijdersportier en begint haar te zoenen terwijl zijn handen langs haar lichaam zwerven. Ieuw. Ik schraap luid mijn keel.

Aiden houdt op met zoenen en kijkt me met een schaapachtige grijns aan.

'O ja,' zegt hij terwijl de realiteit langzaam tot hem doordringt. 'Jullie zijn samen gekomen en hebben een lift nodig, toch?' Ik knik en Samantha grijpt hem bij de riemlussen van zijn jeans. 'Oké dan. Geen probleem.'

Ik moet bekennen dat ik hier wel even van sta te kijken. Ik dacht dat hij een woedeaanval zou krijgen bij het hele idee mij ook een lift te moeten geven.

'Is niet nodig,' zegt Jesse en hij gaat voor me staan. 'Ik kan haar een lift geven.'

Aiden kijkt ons aan alsof het nu pas in hem opkomt dat we misschien een stel zouden kunnen zijn en hij staart me met een bezorgde, grotebroerachtige blik aan. 'Vind je dat oké?' vraagt hij.

Het is weer totaal niet wat ik van Aiden had verwacht, en ik begin me af te vragen of ik hem misschien verkeerd heb ingeschat, en of het misschien toch niet zo vreemd is dat Samantha zo voor hem valt.

'Ik vind het prima,' antwoord ik. 'Ik wil Samantha alleen nog heel even spreken. Onder vier ogen.'

Aiden doet een stap naar achteren, maakt een kleine buiging en spreidt zijn armen alsof hij plaatsmaakt voor de koningin. Ik grijp Samantha's arm en trek haar bij de auto vandaan.

'Niet te geloven, toch!' fluistert ze opgewonden. 'Die bol is waanzinnig. Het werkt echt! Hij heeft Trance gedumpt om met mij te gaan zoenen, precies zoals ik vroeg!'

Ik zucht. 'Samantha, ik geef toe dat hij zich op dit moment superaardig tegenover ons opstelt, maar is dit wel zo verstandig? Even voor de duidelijkheid: hij heeft het nog niet uitgemaakt met Trance. Ze hadden alleen ruzie.'

Ze kijkt me aan alsof ik gek ben. 'Dat meen je niet! Hij denkt straks

157

helemaal niet meer aan die hele Trance. En je moet niet vergeten dat dit jou ook goed uitkomt. Jij gaat nu met Jesse mee naar huis, zodat je mooi met hem kunt gaan zoenen. En zijn lekkere lijf bekijken, weet je nog? Het is helemaal perféct.' Ze plant een dikke zoen op mijn wang en begint weer terug te lopen naar Aiden, maar ik hou haar tegen.

'Nog één ding.'

'Wat?'

Ik zucht. Ik vind het vreselijk dat ik het gevoel heb over haar te moeten moederen. Het is niet echt een gezonde dynamiek voor een tienervriendschap. Maar haar eigen moeder lijkt niet bepaald opgewassen tegen die taak, dus...

'Luister, wees voorzichtig, oké? Doe niks waar je 's morgens misschien spijt van hebt.'

Samantha kijkt me aan alsof ik een verloren zaak ben en schudt geïrriteerd haar hoofd. 'Nou, bedankt, mevrouw Buzzkiller. Fijn dat je het moment verpest. Ga je me nou ook nog vertellen waar baby's vandaan komen?'

Ik moet er net zo gekwetst uitzien als ik me voel, want Samantha buigt meteen naar me toe en omhelst me. 'Sorry,' zegt ze. 'Dat meende ik niet. Ik ben alleen zo opgewonden over alles wat er gebeurt en – ik bedoel het echt goed – dan ben jij altijd zo serieus en verantwoordelijk en dat kan zo'n domper zijn. Ik bedoel, je hebt net gecrowdsurft! Blijf daarbij. Laat je rationele stem eens een keer rusten. Al was het maar voor één avondje.'

'Oké,' zeg ik zogenaamd opgepept, al voel ik me gekwetst.

Aiden toetert ongeduldig.

'Ik kom al!' roept ze terwijl ze op de auto af rent. Ze doet het bijrijdersportier open, stapt in en Aiden leunt opzij en begint haar opnieuw te zoenen terwijl hij haar bij haar haren grijpt. Samantha legt haar hoofd op zijn schouder als hij de motor start, en bij het wegrijden blaast ze me een kus toe.

'Gaat het?' vraagt Jesse zodra we in zijn auto zitten en naar de snelweg rijden. Nu we alleen zijn, is er een enorm ongemakkelijke sfeer ontstaan en de kleine ruimte tussen ons in voelt eerder aan als een diepe kloof. Ik zou me zo graag tegen hem aan willen vleien zoals Samantha bij Aiden deed. Ik wil tegen hem aan vallen en zijn geur opsnuiven en zijn hart onder zijn shirt voelen kloppen, hard en snel, zoals het mijne. Maar dat lijkt me nu te geforceerd. En daarbij piepen mijn oren nog van het concert, ondanks de oordopjes, en bonkt mijn hoofd van de woorden van Samantha, die ik in gedachten voortdurend afspeel.

'Ja, hoezo?'

Jesse grinnikt. 'Ik weet het niet. Je houdt de deurklink zo stevig vast en je ziet eruit of je elk moment kan gaan overgeven.'

Ik kijk naar mezelf: ik heb de deurklink inderdaad nogal stevig vast. Jezus, wat ben ik toch een sukkel. Ik laat de deurklink los en schuif – een heel klein beetje – dichter naar hem toe. Ik kan me een streekromannetje herinneren dat Samantha een keer van haar moeder had gejat, over een huisvrouw en haar sexy tuinman. Ik begreep niet precies wat de verteller bedoelde met de 'seksuele spanning' die er altijd tussen hen hing, als ze bijvoorbeeld bij het glinsterende zwembad lag te zonnen en haar gladde gebruinde benen met olie insmeerde en hij op een meter afstand op zijn knieën de tere, uitgebloeide bloemblaadjes met zijn sterke, behendige vingers verwijderde. Jezus, wat was dat zoetsappig. Maar god, wat begrijp ik het nu goed.

'Sorry,' zeg ik. 'Het gaat prima.'

Jesse kijkt plotseling op, alsof hij net op een idee kwam.

'Hé, hoe laat moet je thuis zijn?' Ik werp een blik op de klok op het dashboard. 'Half een. Hoezo?'

Hij glimlacht. 'Ik wil je iets laten zien.'

Een paar minuten later stoppen we bij een oud, wit, vervallen, Pipi Langkousachtig huis, omringd door een gigantische veranda. De verf bladdert van het houtwerk, de houten plankieren staan vol met verroeste stoelen en aan de daksparren hangen een paar schommels. Boven de deuropening hangt een wit houten bord met daarop in een net, vervaagd handschrift: *The Mansion House Inn, est. 1923.* Ik heb geen flauw idee wat we hier doen.

'En dit is?' vraag ik als hij de autolampen dooft.

Hij glimlacht geheimzinnig. 'Dat zul je wel zien.'

We stappen allebei uit en hij gebaart dat ik mijn portier niet moet dichtslaan dus sluit ik hem zo zacht mogelijk.

'Kom,' fluistert hij. 'Volg mij maar.'

We lopen op onze tenen om het huis heen, tot we bij een gammel uitziend rasterhek aankomen. We volgen het hek ongeveer vijfenveertig meter en dan houdt Jesse stil. Hij gaat ineengehurkt zitten en tast met zijn handen langs het hek, op zoek naar iets.

'Hier is het.' Hij trekt aan het hekwerk, waardoor een gedeelte naar ons toe buigt en er een gat ontstaat dat groot genoeg is om doorheen te kruipen. Hij houdt het met één hand open en gebaart me met zijn andere hand erdoorheen te gaan. 'Na jou.'

Behoedzaam onderzoek ik het gat. 'Ik weet niet, hoor. Is dit geen verboden terrein?'

Jesse lacht. 'O ja. Ik was even vergeten dat je van de regeltjes bent. Weet je nog toen Joey Forlenza in groep zes ons lunchgeld dreigde te stelen? Weet je nog hoe dik hij was? Ik zei dat we moesten rennen. Maar je weigerde, omdat rennen in de gangen niet was toegestaan. En hij kreeg je te pakken en pakte je lunchgeld af, precies zoals hij had aangekondigd.'

Ik schud mijn hoofd. 'Daar weet ik niets meer van...'

Jesse knikt, nog steeds lachend. 'O, jawel.'

Ik voel dat ik vuurrood word. Ik ben blij dat het donker is, zodat hij het niet kan zien.

'Geloof me,' zegt hij met een gebaar naar het hek. 'Je krijgt er geen spijt van.'

'De vorige keer dat ik je moest vertrouwen, eindigde ermee dat ik op mijn rug door de moshpit werd getransporteerd.'

'En dat voelde goed, toch?'

Ik aarzel; ik geef het liever niet toe. Terwijl ik bedenk wat ik zal doen, echoën Samantha's woorden door mijn hoofd: *Laat je rationele stem eens een keer rusten. Al was het maar voor één avondje.*

Oké, best, denk ik. Voor één avondje dan.

Ik ga op handen en knieën zitten en kruip door het gat. Ik doe net alsof ik Jesse niet hoor, die me zachtjes aanmoedigt.

Langs een vrij steile wal banen we ons een weg naar beneden. Nadat ik over een boomstronk ben gestruikeld en zowat het loodje heb gelegd, pakt Jesse mijn hand zodat ik overeind blijf.

'Waar gaan we heen?' vraag ik hem voor de tienduizendste keer, en voor de tienduizendste keer antwoordt hij dat ik dat wel zal zien. Eindelijk, na me minstens tien minuten aan Jesses hand te hebben vastgeklampt alsof mijn leven ervan afhangt, komen we beneden aan. In het maanlicht zie ik alleen een soort stoom oprijzen vanuit een stapel stenen. Het is prachtig.

'Wat is dit?'

'Het is een *hot spring*,' vertelt hij terwijl hij mijn hand nog altijd vasthoudt, ook al hebben we vaste grond onder de voeten. 'Een van de weinige aan de oostkust. Het was in de achttiende eeuw een populaire plek om te baden. In 1884 werd het voor publiek afgesloten en werd er een sanatorium gebouwd. Artsen dachten dat heet water artritis kon genezen, dus uit alle windrichtingen stroomden mensen toe om hier behandeld te worden. Het sanatorium werd in 1920 gesloten en omgebouwd tot een hotel, dat sindsdien door één en dezelfde familie wordt gerund. Maar daar is alleen nog een oude dame van ergens in de negentig van over, en zij is er vijftien jaar geleden mee gestopt. En het idiote is dat bijna niemand nog van het bestaan van die hot spring afweet.' Hij bukt, pakt een steen op en gooit hem in het water, waar hij met een zachte *ploing* landt. 'Ik weet zeker dat zo gauw zij doodgaat, er een of andere projectontwikkelaar bovenop springt om er een kuuroord of afslankoord of zoiets doms van te maken.'

Ik schud vol ontzag mijn hoofd. 'Hoe weet je dit allemaal? En wat nog belangrijker is: waaróm weet je dit allemaal?'

Hij haalt zijn schouders op. 'Ik weet het niet. Waarschijnlijk omdat ik van geschiedenis hou. Ik vind het leuk om te weten hoe het was voordat ik bestond en het met eigen ogen kon zien.' Hij laat mijn hand los en bukt om zijn schoenveters los te maken. 'Kom op,' zegt hij. 'We gaan erin.'

'Erin? Daarin?'

'Ja. Het water zal iets van achtendertig graden zijn. Zie het als de oervorm van een jacuzzi.'

Terwijl hij zijn schoenen uitschopt, staar ik hem aan alsof hij gek is. O god, denk ik nerveus. Gaat hij zich uitkleden? Denkt hij dat ík me ga uitkleden? Mooi niet. Ik draai me snel om zodat ik met mijn rug naar hem toe kom te staan, maar terwijl hij zijn shirt uittrekt, hoor ik de stof langs zijn huid gaan en ik val zowat flauw als ik de *ziiip* van zijn jeans hoor.

'Je mag je weer omdraaien,' zegt hij, maar ik blijf waar ik ben en schud mijn hoofd, te zenuwachtig om een woord uit te brengen. Te zenuwachtig zelfs om adem te halen. 'Rustig maar,' zegt hij. 'Ik ben niet naakt of zo. Jezus. Waar zie je me voor aan?'

Ik adem eindelijk uit. Nou, dat is een opluchting. Ik wist even niet wat er allemaal gebeurde. Langzaam draai ik me om...

Een kort lachje ontsnapt aan mijn lippen. Zijn onderbroek is bedrukt met rode chilipepers die donkere zonnebrillen dragen en vrolijk hun tanden bloot lachen.

'Kom op,' zegt hij terwijl hij het water in stapt. 'Je moet erin komen. Als je dan toch verboden gebied betreedt, kun je het maar beter goed doen.'

Een deel van me wil er zo graag in dat het bijna pijn doet, maar een jongen die in zijn boxershort zwemt, is niet hetzelfde als een meisje dat in haar ondergoed zwemt. Vooral als het meisje niks heeft om haar bh mee te vullen.

'Ga jij maar,' zeg ik. 'Ik wacht wel. Veel plezier.'

Hij duikt met zijn hoofd onder water, komt weer boven en leunt met zijn elleboog op de rots waar ik naast sta.

'Alsjeblieft?'

Ik hoor Samantha's woorden weer in mijn hoofd echoën: *Nou, bedankt, mevrouw Buzzkiller.*

'Echt niet, Jesse. Sorry.'

Hij knippert theatraal met zijn wimpers. 'Alsjeblieeeeeft? Alsjeblieeeeeft... alsjeblieeeeeft? Ik beloof dat ik niet zal kijken, als dat het probleem is.'

Je hebt net gecrowdsurft! Hou het daarbij.

Ik geef geen antwoord. In plaats daarvan begin ik mijn studriem los te maken.

'Yes!' Hij maakt een overwinningsgebaar met zijn vuist in de lucht. 'Ik wist dat je het in je had!'

'Draai je om,' beveel ik terwijl ik mijn minirokje op de grond laat vallen en mijn mouwloze hoodie uittrek, vervolgens mijn T-shirt en uiteindelijk mijn schoenen. Ik steek mijn teen in het water. Het lijkt inderdaad wel een jacuzzi.

'Mag ik weer kijken?' vraagt hij zodra ik me tot aan mijn nek in het water heb laten zakken.

'Je mag weer kijken.' Hij draait zich langzaam om en kijkt me aan, zijn zwarte haar plat tegen zijn hoofd geplakt. Zelfs in het donker zijn zijn ogen nog blauw. Hij strekt zijn handen uit en legt ze op mijn blote schouders, en mijn hele lichaam trilt.

'Dus… dit was je allereerste punkconcert, toch?'

O-oo. Mijn headbangen zal wel niet zo overtuigend zijn geweest. Ik pers mijn lippen op elkaar en knik quasibeschaamd. Jesse glimlacht.

'En je houdt niet echt van de Flamingo Kids, of wel?'

Ik schud mijn hoofd en probeer niet te lachen. 'Hoe wist je dat?'

'Eh… even kijken… ten eerste al die outfit. Niet dat je er niet goed uitzag, maar de meeste mensen tutten zich niet zo op voor een concert in The Corridor. Maar ik wist het pas echt zeker toen je zei dat je van de pit hield. Daar houdt geen enkel meisje van.'

'Dat is seksistisch,' plaag ik.

Hij trekt zijn wenkbrauwen op en grijnst. 'Is dat zo? Dus je vond de pit wel leuk? Zullen we daar dan weer heen gaan, voor onze tweede date?'

'Oké, oké… ik vond de pit verschrikkelijk. Ik had het gevoel dat ik in een slechte film was beland, in zo'n kamer waar de muren op je af-komen.'

We moeten allebei lachen. Daarna kijkt hij me weer serieus aan.

'Het is heel raar, je bent in de afgelopen twee jaar niet echt veranderd, maar op de een of andere manier ben je toch totaal anders,' mompelt hij. 'Begrijp je wat ik bedoel?'

Ik knik. 'Dat zou ik ook van jou kunnen zeggen.' Ik haal zijn rechter-hand van mijn schouder en draai hem om, zodat ik naar zijn pols kijk.

Ik bestudeer zijn tatoeage in het maanlicht. Het is een of ander woord, maar niet in het Engels. Het lijkt wel Hebreeuws, of Arabisch.

'Wat staat er?' vraag ik.

'Er staat 'integriteit' in het Hebreeuws.'

'Wat betekent het?'

Hij glimlacht. 'Het betekent dat ik nooit moet vergeten wie ik ben. Dat ik altijd moet doen wat goed voelt, en niet wat anderen vinden dat ik moet doen.' Ik ga er met mijn vingers overheen. Zijn huid voelt zacht aan en is iets dikker langs de inktranden. Hij haalt zijn pols uit mijn hand, legt zijn vingers onder mijn kin en houdt mijn gezicht schuin. Hij kijkt me zo diep in de ogen dat ik het gevoel krijg dat hij weet wat er allemaal door me heen gaat. En dan zijn mijn ogen opeens gesloten en kust hij me, en ik kus hem. Dit is ongelofelijk, denk ik. Alles valt op zijn plek, zoals de bol voorspelde.

Na een minuut of zo trekt hij zijn gezicht terug en kijkt me aan, terwijl hij een pluk haar uit mijn gezicht veegt. 'Dat was zo veel beter dan in de kast bij Jeff DiNardo.'

Ik kijk hem onthutst aan. Hij kan het zich dus toch herinneren!

'Ik dacht dat je dat vergeten was.'

Hij schudt zijn hoofd en zet grote ogen op. 'Dat meen je niet! Daar heb ik de afgelopen twee jaar elke avond aan gedacht.' Dit keer ben ik degene die grote ogen opzet. Jesse Cooper heeft aan mij liggen denken? De afgelopen twee jaar? Jezus, wat ben ik dom. Geen wonder dat hij in het museum zo vreemd deed. Hij vond me waarschijnlijk een bitch, dat ik al die tijd niet met hem wilde praten omdat hij toevallig een andere look had aangenomen. Omdat hij naar zijn tatoeage leefde.

'En Kaydra dan?' vraag ik.

'Wat is er met Kaydra?'

'Nou, ik weet niet. Ik dacht dat jullie... ik bedoel, ze is superknap en ze zat in het museum met je te flirten en zo.'

'Ten eerste is ze iets van twintig, en ten tweede is ze niet mijn type. Jij bent mijn type. En ik heb je gemist. Heel erg.'

Jesse leunt naar voren en kust me opnieuw. Zijn mond smaakt zacht en zoet en zalig, als een rijpe aardbei midden in de zomer. Dus ik ben zijn type. Ik wist niet eens dat ik een type wás. Maar het klinkt goed.

'We moeten gaan,' zegt hij, als we eindelijk ophouden om adem te halen. 'Het is al bijna twaalf uur.'

Ik weet dat hij gelijk heeft, maar ik wil zó níét weg. Ik prent in mijn geheugen dat ik de bol bij thuiskomst moet vragen of ik van mijn ouders voortaan later thuis mag komen.

20

De volgende avond doet Lindsay, liggend op mijn bed met haar handen onder haar hoofd, de verschrikkelijke details van het weekendje met de Nieuwe Vriendin uit de doeken. Of de NV, zoals ik haar in gedachten ben gaan noemen, naar aanleiding van alle sms'jes die Lindsay me gisteren vanuit het huis van haar vader heeft gestuurd.

'Nee, echt, ze was zo irritant. Ze bleef maar doen alsof we vriendinnen of zo waren. Alsof we dezelfde leeftijd hebben. Ze vroeg zelfs of ik met haar wilde gaan shoppen in het winkelcentrum. En het ergste is dat mijn vader het helemaal geweldig vindt, zo van: 'O Lindsay, is het niet heerlijk? Alsof je er een oudere zus bij hebt.' En dan zeg ik: 'Eh… ja pap, behalve dan dat zij je vriendin is, weet je nog?' Als dit serieus blijkt te zijn, wordt ze mijn stíéfmoeder.' Lindsay huivert. 'Ieuw! Denk je eens in!' Als ik geen antwoord geef, tilt ze haar hoofd op en kijkt me vanaf de andere kant van de kamer aan. 'Erin?'

Ik breek snel mijn dagdroom af, waarin Jesse en ik in de hot spring aan het zoenen zijn.

'Nee,' zeg ik dramatisch, ook al weet ik niet precies wat ik me moet indenken, aangezien ik even ergens anders was. Maar dat maakt niet uit. Ik kan aan haar toon horen dat het iets ergs is. 'Dat zou echt verschríkkelijk zijn.'

Tevreden legt Lindsay haar hoofd weer neer. 'Ja, toch? En waar moet hij het met haar überhaupt over hebben? Mijn kleine zusje is nog slimmer dan zij.'

'Ik heb gisteravond met Jesse Cooper gezoend,' flap ik er uit als ik me echt geen nanoseconde langer kan inhouden.

Lindsay schiet overeind. 'Je hebt wát?'

'Ik heb gisteravond met Jesse Cooper gezoend. In een hot spring.' Ik sluit mijn ogen en zucht. 'Het was ongelofelijk.' Ik vertel haar het hele verhaal van begin tot eind; dat ik de bol vroeg of ik zijn lekkere lijf te zien zou krijgen, tot en met onze kus. Bij elk detail gaat Lindsays mond verder open.

'Wacht even, begrijp ik het goed? Je hebt gecrowdsurft in een moshpit? En je hebt je door een gat in een hek op verboden terrein begeven? En je hebt al je kleren uitgetrokken en bent in je ondergoed gaan zwemmen?' Ze staart me met open mond aan. 'Wie ben jij? Wat heb je met Erin gedaan?'

Ik lach. 'Ja, hè? Het was net alsof ik gisteravond door iets werd bevangen en ik het gewoon liet gebeuren. Het was alsof ik helemaal iemand anders was.'

Ik zeg maar niet wat Samantha op de parkeerplaats tegen me heeft gezegd. Mijn gevoelens zijn nog te vers om erover te praten. Hoewel ik haar waarschijnlijk eigenlijk zou moeten bedanken. Ik bedoel, als zij niks zou hebben gezegd, was ik misschien nooit door dat gat de beste avond van mijn leven in gekropen.

'Het is je tante,' zegt Lindsay nuchter. 'Ik durf te wedden dat zij haar geest *channelt*. Dat heb ik al vaker gehoord.'

'Oké, dat denk ik nou niet meteen, maar het is grappig dat je het zegt.

Ik moest de hele avond aan haar denken. Hoe ik allemaal dingen deed die zij zou hebben gedaan.'

Lindsay heeft een sullige grijns op haar gezicht en ze kijkt me als een trotse ouder aan. 'Weet je wat jij bent?' vraagt ze.

'Nee, wat dan? En waarom kijk je me zo aan?'

Haar glimlach wordt nog breder. 'Jij bent écht niet saai. Niet meer.'

Ik hou mijn hoofd scheef en denk daar even over na. Ze heeft gelijk. Ik bedoel, hoe kan iemand die in een Hot Topic-outfit naar een punk-concert gaat en in een moshpit crowdsurft en verboden terrein betreedt nou saai zijn?

'Dank je, Linds,' zeg ik stralend. 'Dat is volgens mij het leukste wat iemand ooit tegen me heeft gezegd. Alleen, hoe verwerk ik dat tot een opstel waarom juist ik mee zou moeten op die reis naar Italië?'

'Hmmm,' zegt ze. Ze kijkt me wezenloos aan. 'Geen idee. En Sa-mantha? Heeft de bol bij haar gewerkt? Heeft ze met Aiden gezoend?'

Dat is een goeie vraag. Ik heb haar gisteren toen ik thuiskwam wel tien sms'jes gestuurd en ik heb haar de hele dag geprobeerd te bellen, maar ze reageert niet. Wat volgens mij twee dingen kan betekenen: a) alles ging prima en ze kan niet aan de telefoon komen want zij en Aiden liggen nog steeds te zoenen, of b) het is faliekant misgelopen en ze wil met niemand praten. Het kan allebei, gezien de omstandig-heden.

Voordat ik kan antwoorden, gaat mijn mobiel. 'Misschien is zij het,' zeg ik terwijl ik me uitstrek om hem te pakken. 'Ik heb haar nog niet eens gesproken.' Maar als ik zie wie er belt, maakt mijn maag net als gisteren een salto. Het is Jesse.

'Hoi,' zeg ik. Lindsay trekt haar wenkbrauwen op – is zíj het? – en ik schud mijn hoofd. Ik maak duidelijk dat het Jesse is en ze glimlacht en bijt op haar lip.

'Hoi,' zegt hij. 'Ik heb het echt superleuk gehad, gisteravond. Volgens mij was het zelfs een van de beste avonden ooit. Ik bedoel, ongelofelijk toch, dat de frontman van de Flamingo Kids mijn T-shirt heeft gesigneerd?'

Ik zeg niets. Dat was nou niet precies wat ik dacht dat hij bedoelde.

'Grapje,' zegt hij lachend, en ik lach opgelucht mee. 'Maar even serieus, wil je weten wat hij heeft geschreven?'

'Ja, ik wilde nog kijken, maar ik ben het vergeten.'

'Er staat: *Voor Jesse en zijn lekkere chicks. Eric Anderson.*'

Lekkere chícks? Meervoud? Ik krijg meteen een kleur als ik denk aan wat ik gisteren aanhad.

'Ik zal het doorgeven. Niet dat het Samantha iets kan schelen.'

'Nee, dat lijkt me ook niet. Is ze nog met die jongen het bed in gedoken? Heb jij haar gesproken?'

'Nee. Nog niet. Ze reageert nergens op. Lindsay en ik zeiden net tegen elkaar dat we ons een beetje zorgen maakten.'

'Hoi Jesse!' roept Lindsay enthousiast.

'Hoi Lindsay,' antwoordt hij, en ik geef het aan haar door. Ze giechelt.

'Je hebt haar zeker alles verteld?' kreunt hij.

Ik probeer serieus te blijven klinken. 'Nee, ik heb helemaal niets verteld. We hebben alleen maar ons wiskundehuiswerk zitten bespreken.'

Lindsay barst in lachen uit.

'Oké, ik onderbreek duidelijk jullie meidenuurtje. Ga maar weer lekker een kussengevecht houden of wat jullie ook mogen doen. Ik zie je morgen op school?'

'Tuurlijk. En Jesse…'

'Ja?'

'Ik heb het gisteren ook superleuk gehad.'

Ik hang op en Lindsay gilt het uit.

'O mijn god, jullie twee zijn zó cute! Wat heerlijk! Ik kan nauwelijks geloven dat je een vriendje hebt!' Ze kijkt me met glinsterende ogen aan. 'Ben je nou niet blij dat je naar mij hebt geluisterd, wat die bol betreft?'

'Ja,' geef ik toe. 'Ik ben héél blij dat ik naar je heb geluisterd.' Ik draai me naar mijn kast toe. Er komt opeens iets in me op. Ik draai me razendsnel weer naar Lindsay.

'Zou je het erg vinden om de andere aanwijzingen nog eens samen door te nemen? Volgens mij begrijp ik het opeens. Ik denk dat ik er pas klaar voor ben als ik alle aanwijzingen heb uitgedokterd.'

'Klaar voor wat?'

'Dat weet ik ook niet precies. Mijn tantes vriendin, degene die me de bol gaf, zei alleen dat ik haar moest bellen als ik er klaar voor was. Ik wist eerst niet wat ze bedoelde, maar het begint me langzaam te dagen.'

Voordat ik er erg in heb, trek ik de kast open, pak de bol en spreid de papieren uit op mijn bureau. Lindsay schuift naast me om ze aandachtig te bestuderen.

Absolute kennis is niet grenzeloos; laat de planeten je naar het getal leiden,' leest Lindsay. 'Wat betekent dat, denk je? Wat is 'het getal'?'

'Ik weet het niet. Maar dan dat woord 'grenzeloos'... als iets niet grenzeloos is, wil dat zeggen dat het grenzen heeft. Er zijn dus grenzen aan absolute kennis?'

Lindsay knikt, alsof ze het opeens begrijpt. 'Er komt een einde aan,' merkt ze zelfverzekerd op. 'Dat betekent volgens mij dat de bol uiteindelijk niet meer zal werken voor jou. Kijk maar naar die laatste aanwijzing. *Als er niets meer bekend is, zul je alles weten; dan is het tijd om een ander te kiezen.* Volgens mij wordt er bedoeld dat als hij niet meer werkt, je de bol aan iemand anders moet doorgeven. Net zoals jouw tante met jou heeft gedaan.'

'Maar mijn tante ging dood,' reageer ik. 'De bol werkte nog. Zij ging dood. En liet hem mij na.' Er komt een heftige gedachte in me op, en ik draai opzij om Lindsay aan te kijken. 'Denk je dat ik dood zal gaan als de bol niet meer werkt?'

'Nee,' zegt ze vastbesloten. 'No way. Denk maar na. Je tante zou hem je echt niet hebben nagelaten als ze wist dat hij je ongeluk zou brengen. Dat zou ze nooit hebben gedaan.'

'Nou, ze wilde niet meer met me praten. Ze moet ergens boos over zijn geweest.'

'Boos genoeg om je dood te wensen? Dat lijkt me sterk.'

'Oké, maar misschien wist ze niet wat er zou gebeuren.' Ik voel dat mijn stem omhoogschiet terwijl de puzzelstukjes in mijn hoofd in elkaar beginnen te vallen. 'Denk maar na. Ze stierf bij een abnormaal ongeluk, toch? Misschien had de bol er iets mee te maken. Misschien werd ze op slag door de bliksem getroffen toen de bol was uitgewerkt.' Ik word bevangen door paniek en ik zink in mijn stoel neer. 'Jezus. Dat is wat er is gebeurd. Het ligt zo voor de hand dat het wel waar móét zijn.'

Lindsay schudt haar hoofd nog eens. 'Nee. Het ligt helemaal niet voor de hand. Als ze niet wist wat er stond te gebeuren, hoe kon ze er dan een aanwijzing over schrijven?'

Ik denk hier even over na en haal dan opgelucht adem. 'Je hebt gelijk,' zeg ik. 'Natuurlijk heb je gelijk. Maar…'

Lindsay klopt me bemoedigend op mijn rug voordat ik door kan gaan. 'Je moet je niet zo druk maken. De bol werkt. Hij geeft je alles wat je wilt. Je tante heeft hem jou duidelijk nagelaten omdat ze wilde dat je meer uit je leven ging halen.' Ze glimlacht breeduit. 'En dat is gelukt, kun je wel zeggen.'

Mijn mobiel gaat weer.

'Ooo! Misschien is het Samantha. Of misschien is het Jesse om te zeggen dat hij van je houdt en veertig kinderen van je wil.'

Ik rol met mijn ogen naar haar, ook al moet ik blozen. 'Het was alleen een kus.'

'Ja, nou, dat dacht Doornroosje waarschijnlijk ook, en de prins trouwde à la minute met haar. En...' Ze maakt haar zin niet af.

'Wat?' vraag ik.

'En dat was ook maar één kus.'

Maar het blijkt niet Samantha of Jesse te zijn die belt. Het is Chris Bollmer.

'Chris?' zeg ik fronsend tegen de telefoon.

Lindsay maakt een afwerend gebaar met haar handen en schudt haar hoofd om duidelijk te maken dat ik niet moet zeggen dat ze bij me is.

'Heb je Lindsay gezien?' vraagt hij met een bezorgde stem.

'Nee,' lieg ik. 'Ik weet niet waar ze is. Heb je haar geprobeerd te bellen?'

'Ze heeft mijn nummer geblokkeerd. Ik kom er niet doorheen.'

'O ja?' Ik denk weer aan hoe hij mijn e-mailfilter wist te omzeilen. 'Meestal is dat een eitje voor je, toch?'

'Het is belangrijk,' zegt hij zonder op mijn beschuldiging in te gaan. 'Ik wilde haar alleen maar waarschuwen.'

'Waar wil je haar voor waarschuwen?' vraag ik.

Lindsay rolt met haar ogen als ze me hoort.

'Check je e-mail maar.' Hij is even stil en zegt dan met een gedempte stem waarin afkeuring doorklinkt: 'Je had naar me moeten luisteren.'

'Wat? Chris, waar heb je het...'

Maar het is al te laat. Hij heeft opgehangen. Lindsay kijkt me aan, in afwachting van een verklaring.

'Hij zei dat hij je ergens voor wilde waarschuwen. Hij zei dat ik mijn mail moest checken.'

Ze zucht. 'Ja hoor, daar gaan we weer.' Lindsay kijkt over mijn schouder mee als ik mijn inbox aanklik.

Niets.

Ze ademt hardop uit. 'Die jongen spoort echt niet. Ik bedoel, denkt hij dat dit grappig is? Alsof ik niet genoeg stress in mijn leven heb.'

'Wacht 'ns,' zeg ik terwijl ik aan de e-mailfilter denk. 'Misschien is er wel iets.' Ik ga naar de 'onbekende afzender'-meldingen en inderdaad heeft iemand geprobeerd me een mail te sturen. De afzender staat als 'anoniem' vermeld. Hmmm. Ik klik erop om het bericht te accepteren en hij verschijnt in mijn inbox.

'Dit is 'm.'

Ik klik op het bericht en binnen een paar seconden wordt het hele scherm gevuld met een uitvergrote foto van Lindsay in haar ondergoed. Iemand heeft een rode cape die achter haar lijkt te zweven aan haar hals gefotoshopt, en de foto is geroteerd zodat het lijkt alsof ze vliegt. Bovenaan staat: **De wonderbaarlijke avonturen van Windenkind.** En onder de foto staat het bijschrift: **Weergaloos gelanceerd door de kracht van natuurlijk gas!**

Dus dát bedoelde Megan toen ze zei dat Lindsay goed moest opletten. Ik wist dat het geen bluf was. Maar ik wist niet dat ze zo ver zou gaan. Dit moet ze hebben gepland. Ze moet met haar telefoon stiekem een foto hebben gemaakt in de kleedkamer van de gymzaal toen Lindsay even niet keek. Hoe zou ze anders aan een foto van Lindsay in haar ondergoed zijn gekomen?

Lindsay slaat haar handen voor haar ogen en begint te huilen. 'Hoeveel mensen hebben dit gekregen?' vraagt ze nauwelijks hoorbaar.

Ik klik op de ontvangerslijst en de moed zinkt me in de schoenen als ik zie dat hij naar alle vierdeklassers is gestuurd. 'Niet zo heel veel,' lieg ik.

'Hoeveel?' vraagt ze, harder dit keer.

Ik zucht. Ik zeg het liever niet, maar ik moet wel. 'Ze heeft het naar alle vierdeklassers gestuurd.' Ik klik weer op de afzender om te kijken of er meer dan alleen **anoniem** staat, maar dat is niet het geval. Slim, denk ik. Nu kan niemand bewijzen dat zij erachter zit.

Lindsay kijkt op en veegt nijdig de tranen uit haar ogen, alsof ze boos is dat ze die überhaupt heeft.

'Ik maak die bitch af,' zegt ze en ik kijk haar verbaasd aan.

Dat klinkt zo bizar uit haar mond. Ten eerste vloekt Lindsay nooit en ten tweede zou Lindsay nog geen vlieg kwaad doen. Letterlijk. Als er een vlieg in haar huis rondvliegt, probeert ze hem met een glas te vangen om hem buiten los te laten.

'Wat een trut,' zeg ik op mijn gebruikelijke gewoon-meepraten-straks-is-alles-weer-oké-manier. Maar deze keer lijkt het niet te werken.

'Haal de bol tevoorschijn.' Ze zegt het met zo'n lage stem dat het bijna als gegrom klinkt. Ik kijk haar aan en verwacht min of meer dat ze rode irissen heeft, alsof ze een vampier is.

'Wat? Lindsay, doe nou geen overhaaste dingen. Laten we even rustig nadenken. We kunnen naar de rector gaan. We kunnen het aan je moeder vertellen. We kunnen het aan mijn moeder vertellen. Zij weet vast wat we moeten doen.' Maar Lindsay is op dit moment niet voor rede vatbaar.

'Pak de bol,' eist ze op een harde en dwingende toon, net als die keer met Megan. Zoals ze in groep vijf klonk, toen ze nog gemeen en bazig was. Ik pak de bol gehoorzaam van de bovenste plank van mijn kast en houd hem beschermend tegen me aan gedrukt.

'Dit lijkt me geen goed plan. We weten niet eens wat er met Samantha is geb...'

'O jawel,' roept ze terwijl ze me onderbreekt. 'Aiden heeft Trance gedumpt om met haar te zoenen, precies zoals ze had gevraagd. Je hebt ze zien zoenen. Je hebt haar in zijn auto zien stappen.'

'Ja, maar ik weet niet wat er daarna is gebeurd. Voor hetzelfde geld heeft Aiden haar langs de kant van de weg eruit gegooid en is ze nu vermist.'

'Voor hetzelfde geld zijn ze nog steeds in zijn slaapkamer!'

Niet overtuigd knijp ik mijn lippen samen. Er is iets aan die aanwijzing – 'andere stemmen zullen worden teleurgesteld' – wat me dwarszit. En het feit dat Samantha me niet terugbelt maakt het er niet beter op. Lindsay gaat op mijn bed zitten en veegt haar tranen weg. 'Erin, ik heb je nooit om iets groots gevraagd. Maar je bent mijn beste vriendin. Wil je niet dat Megan hiermee ophoudt?'

'Jawel,' zeg ik. 'Natuurlijk wel.'

'Dan moet je dit voor me doen. Alsjeblieft. Ik smeek het je. Je kunt niet vragen of Samantha met een of andere jongen gaat tongzoenen, en mij vervolgens je hulp weigeren.'

Ik voel de omslag zodra ik in haar vochtige ogen kijk. Arme Lindsay. Al die ellende zou haar bespaard moeten blijven. En ze heeft trouwens gelijk. Waarom zou iedereen gelukkig mogen zijn en zij niet? Waarom zou ik in de wolken mogen zijn na het zoenen met Jesse terwijl van haar halve naaktfoto's de school rondgaan? Ik ben haar hartsvriendin. Als ik haar kan helpen, moet ik dat doen. En zelfs als ik het wat die aanwijzing betreft goed heb, hoe erg kan dat dan zijn? Het kan niet veel erger worden dan het al is.

Ik ga naast Lindsay op het bed zitten en sla mijn arm om haar heen.

'Oké. Wat moet ik vragen?'

21

Ik zie Jesse vanaf de andere kant van de kantine naar me zwaaien en terwijl ik naar hem toe loop, merk ik dat mijn hele lichaam tintelt van de zenuwen en ik ben me ervan bewust dat ik een enorme, idiote grijns op mijn gezicht heb die ik niet wegkrijg, of kan indammen, hoe hard ik het ook probeer. Maar aan de andere kant, hij ziet er net zo uit, waardoor ik me iets minder stompzinnig voel. Een klein beetje maar.

'Hoi,' zegt hij met een lichte kus op mijn wang. Natuurlijk verandert mijn gezicht acuut in een oven en het besef dat ik rood word, maakt dat ik nog harder ga blozen. Maar halló, ik ben zojuist op schóól gekust. Ik kijk om me heen om te zien of het is opgemerkt en ik zie dat Maya Franklin me met openhangende mond zit aan te staren. Ik glimlach naar haar en probeer niet al te voldaan te kijken. (Nou, oké, misschien deed ik niet heel erg mijn best.) Ik voel me echt cooler dan ooit tevoren. Met die ene kus ben ik zojuist officieel toegetreden tot het leger der verkeringhebbers.

'Is deze bezet?' vraag ik. Jesse draagt jeans en een oranje T-shirt met een afbeelding van een tovenaar met een cape en een punthoed, die een voetbal vangt. Het onderschrift luidt: *Fantasy Football.* Ik zweer je, hij is zo cute dat het bijna ondraaglijk is.

Hij grijnst naar me. 'Ja, die is voor mijn vriendin.' O mijn god, hij heeft me net zijn vriendin genoemd. Ik spring in gedachten op en neer. 'Waar is je posse?' vraagt hij als we naast elkaar zijn gaan zitten.

Ik zucht. 'Lindsay verschuilt zich in de toiletten.'

Jesse trekt een serieus gezicht. 'Ik heb die e-mail gezien. Gaat het een beetje met 'r?'

'Niet echt. Ze is nogal overstuur.'

'Dat is nergens voor nodig,' zegt hij. 'Iedereen weet dat Megan onzeker is en dat probeert te verbergen door extra bitchy te doen.'

'Ja, maar probeer haar dat maar eens duidelijk te maken.'

Hij knikt. 'En Samantha?'

Ik schud mijn hoofd. 'Ik weet het niet. Ik heb sinds zaterdagavond niets meer van haar gehoord. Ik weet dat ze na het concert wel is thuisgekomen, want ik heb gisteren haar huisnummer gebeld en haar moeder zei dat ze niet aan de telefoon kon komen. Ik begin me echt zorgen te maken. Het is niks voor haar om zo lang niks van zich te laten horen.'

Jesse strekt zijn hand uit en pakt de mijne. 'Je bent een goeie vriendin,' zegt hij.

Ik glimlach naar hem terwijl de inmiddels vertrouwde bliksemschichten naar mijn benen schieten. 'Nou, vandaag ons laatste museumbezoekje,' zeg ik in een poging van onderwerp te veranderen. Ik wil niet meer over Lindsay en Samantha praten. Ik ben bang dat ik te veel loslaat. 'Heb je al bedacht welk schilderij we moeten kiezen?'

Jesse aarzelt even. 'Ik weet het niet… volgens mij moet het in ieder geval modern zijn. Iets van na de Tweede Wereldoorlog. Misschien zelfs iets van de afgelopen tien jaar. Dat zou echt een mooie afronding van onze presentatie zijn.' Tijdens het praten kijkt hij op, alsof hij net iets heeft gezien, en ik draai me om om te kijken waar zijn aandacht door werd getrokken.

Het is Samantha.

Ze draagt zwarte jeans, een zwart T-shirt met extra lange mouwen die haar handen helemaal bedekken en een gigantische donkere zonnebril waar haar gezicht zowat achter verdwijnt. Als ik niet beter wist, zou ik denken dat ze in de rouw was. Ze ziet er anders uit. Ik probeer erachter te komen wat het is, en dan dringt het tot me door: ze ziet er kleiner uit. Nou, voor zover iemand van 1 meter 75 er klein uit kan zien. Ik kijk naar haar voeten en zie dat ze zwarte ballerina's aanheeft. Jep. Dat is het. Samantha heeft nooit ballerina's aan. Ze zegt dat het dan lijkt of ze dikke kuiten heeft. Ik krijg een naar gevoel in mijn maag. Als Samantha ballerina's aanheeft, is er iets goed verkeerd.

'Gaat het?' vraag ik. 'Heb je mijn sms'jes gekregen? Ik maakte me nogal zorgen.'

Ze ploft dramatisch op de stoel naast me neer en laat haar handen op haar kin rusten.

'Sorry. Ik had huisarrest. Ze hebben mijn mobiel en mijn laptop afgepakt. Ik moest gisteren de hele dag op mijn kamer blijven.'

'Huisarrest? Waarvoor?'

Samantha schuift de zonnebril boven op haar hoofd en rolt met haar ogen. 'Ik kwam zaterdagnacht pas om drie uur 's ochtends thuis. Mijn moeder zou het nooit hebben gemerkt als Lucinda me niet had verlinkt.'

'Wie is Lucinda?' vraagt Jesse.

'Hun huishoudster,' vertel ik hem. 'Ze woonde al bij hen in toen Samantha nog niet eens geboren was.'

'Ze beweert altijd dat ze van me houdt alsof ik haar eigen dochter ben,' moppert ze. 'Mooie liefde is dat. Ik bedoel, ik ben niet zomaar zo laat thuisgekomen. Ik heb haar gebeld. Ik heb haar verteld dat ik een lift kreeg en dat ze me niet hoefde op te halen. Ik zei dat ze gewoon naar bed kon gaan. Maar toen ik terugkwam zat ze in de woonkamer zonder lichten aan opgefokt met haar voet op de grond te tikken en te tieren in het Portugees. En de volgende ochtend lichtte ze mijn ouders in.'

'Wat heb je tot drie uur in de ochtend gedaan?' vraag ik verbijsterd. Ze zucht en schuift de zonnebril weer voor haar ogen. 'Het is een nachtmerrie. Ik wil het er niet eens over hebben.'

'Dat kun je niet menen! Je moet me vertellen wat er is gebeurd!' Ik demp mijn stem. 'Ik móét het weten.'

'Oké, best. Ik ben met Aiden naar huis gegaan, dat weet je. Nou, we kwamen dus bij hem aan en hij gaat door de voordeur naar binnen zodat zijn ouders weten dat hij thuis is, en ik moest omlopen naar het kelderraam. Daar moest ik dus ongeveer tien minuten op hem wachten, terwijl hij zijn moeder goedenacht ging wensen of zoiets belachelijks, en daarna deed hij het raam open en moest ik naar binnen klimmen. Klimmen! Met plateauzolen!'

Jesse en ik kijken elkaar stiekem aan en er trekt een geamuseerde glimlach over zijn gezicht. Met mijn ogen zeg ik: welkom in mijn wereld.

'Nou, zijn slaapkamer is dus daar beneden, wist ik veel. Ik bedoel, ik dacht dat het een extra kamer of zoiets was, met een sofa erin. Maar voor ik er erg in had, lagen we in zijn bed een beetje te flikflooien en vertelt hij me hoe hot en sexy ik ben, hoe graag hij bij me wil zijn en verkering wil, bla bla bla, en opeens komt Trance door het raam geklommen, gillend dat hij een klootzak is.'

Jezus. Dat is echt een nachtmerrie. 'En toen?'

Ze aarzelt. 'Dit mag je echt aan niemand vertellen.'

'Aan wie zou ik het moeten vertellen? Ik ga alleen met jou en Lindsay om!'

'Jij niet. Hij.' Ze wijst naar Jesse.

'Ik zal het aan niemand vertellen,' zegt hij met twee opgestoken vingers. 'Ik zweer het.' Ze kijkt naar mij, ter bevestiging.

'Hij gaat het niet doorvertellen,' zeg ik. 'Hij is heel betrouwbaar.'

Samantha kauwt op een donkerpaarse nagel en denkt na. 'Je moet me iets gênants vertellen,' zegt ze uiteindelijk.

Jesse ziet er verbouwereerd uit. 'Sorry, wat?'

'Vertel iets gênants over jezelf. Dan heb ik iets achter de hand, voor het geval je de informant gaat uithangen.'

Jesse kijkt me perplex aan. 'Meent ze dit?'

'Ik ben bang van wel.'

Jesse rolt zijn ogen omhoog terwijl hij iets probeert te bedenken. 'Oké, wat dacht je hiervan: ik luister wel eens naar Barry Manilow. Ik vind *Copacabana* eigenlijk best een goed nummer. Is dat gênant genoeg?'

Samantha en ik staren hem met grote vissenogen aan en Samantha giechelt. 'O mijn god, jullie zijn echt voor elkaar gemaakt.'

Jesse kijkt voor een verklaring naar mij, maar ik wuif hem weg. 'Laat maar,' zeg ik snel, voor Samantha het kan uitleggen. Ik kijk haar weer aan. 'Kun je nu alsjeblieft je verhaal afmaken?'

'Oké, waar was ik gebleven?'

'Trance klom naar binnen en noemde Aiden een klootzak...'

'O ja. Dus Aiden begint te schreeuwen dat ik op moet rotten, alsof het allemaal mijn idee was. Alsof ik hem tegen zijn wil had besprongen. En ik heb zoiets van: eh... hallo? Had jij niet net je hand tussen m'n...' Ze kijkt verontschuldigend naar Jesse. 'Sorry.'

'Doe net of ik er niet ben,' zegt hij.

Ik hou het niet meer uit. Ik flap mijn eigen afloop er uit. 'En toen zei Trance dat hij in de stront kon zakken en ze maakte zich uit de voeten, toch?' vraag ik ongeduldig. 'En hij bood zijn excuses aan en zei dat hij verkering wilde?'

Samantha en Jesse kijken me aan alsof ik gek ben.

'Nee,' zegt Samantha. 'Hij zei dat ik moest maken dat ik wegkwam en hem nooit meer moest aanspreken en hij vroeg Trance op zijn handen en knieën om vergiffenis. En toen heb ik drie kilometer op die klotelaarzen gelopen tot mijn voeten één en al blaar waren, en toen ik de pijn echt niet meer kon verdragen, ben ik in een bushokje gaan zitten en heb een taxi gebeld.'

Ik laat ontmoedigd mijn schouders zakken. O. Nou, dat verklaart in ieder geval de ballerina's.

Jesse schraapt zijn keel en komt overeind. 'Ik eh... ga even een flesje water halen,' stamelt hij. 'Willen jullie ook iets?'

'Nee, bedankt.' Ik probeer te glimlachen maar ik voel me duizelig en misselijk. Hij houdt zijn hoofd scheef en kijkt me aan alsof hij probeert uit te vinden wat er mis is, en terwijl zijn ogen de mijne zoeken, lukt het me een kleine nepglimlach tevoorschijn te toveren.

'Oké,' zegt hij, niet echt overtuigd. 'Ben zo terug.'

Als hij weg is, zegt Samantha op fluistertoon: 'Bespaar me je 'ik zei het je toch', maar volgens mij had je gelijk wat die aanwijzing betreft,' bekent ze. 'Het moet een of ander afweermechanisme zijn, zodat je niet gedwongen kan worden dingen tegen je zin te vragen. Weet je nog hoe er stond dat andere stemmen teleurgesteld zullen worden? Volgens mij betekent dat dat als je een vraag voor iemand anders stelt, het zich tegen hen keert. Ik bedoel, denk maar na: het is bijna alsof de bol mij precies heeft aangedaan wat ik Trance had toegewenst. Ik vroeg of hij haar kon dumpen om met mij te tongzoenen en mijn vriend te worden, en dat werkte. Maar toen dumpte hij mij voor haar, en nu zijn zij weer samen.'

Ik doe mijn ogen dicht en laat het op me inwerken. 'Dus jij zegt dat als mensen willen dat ik de bol voor hen gebruik, datgene wat ze een ander toewensen, hun ook gaat overkomen?'

Samantha knikt. 'Daar lijkt het op.'

Mijn hart klopt in mijn keel, en ik schuif mijn stoel zo snel achteruit dat de metalen poten hard en onaangenaam over de vloer schrapen.

'Ik moet ervandoor,' zeg ik gejaagd. 'Ik moet Lindsay waarschuwen.'

'Hoezo?' vraagt ze. 'Wat is er aan de hand? Erin!'

Ik negeer haar terwijl ik als een bezetene naar de uitgang van de kantine loop, maar ik ben nog niet halverwege of ik zie de rector, de conrector en mevrouw Newman, de wiskundelerares, vanuit de deuropening met ernstige gezichten de zaal afspeuren.

Ik blijf stokstijf staan. Nee, denk ik. O nee.

Samantha haalt me in en pakt me bij de achterkant van mijn shirt vast. 'Wat is er allemaal aan de hand?' vraagt ze. 'Waarom doe je zo raar?'

Ik geef geen antwoord. Ik hou mijn blik op de drie mensen in de deuropening gericht. Plotseling wijst mevrouw Newman iemand aan en ik kijk toe hoe ze gedecideerd de kantine doorkruisen. Samantha heeft hen inmiddels ook in de gaten gekregen, net als de meeste anderen, en in één klap verstomt het rumoer. We kijken toe hoe ze op de verste hoek van de kantine, rechtstreeks op Megan Crowley af stevenen.

'Jezus,' fluistert Samantha. 'Je hebt toch niet...'

Als ik knik van wel moet ik knipperen om niet in huilen uit te barsten.

22

Ik kan Lindsay niet vinden voor de bel gaat en als ik de natuurkunde-les binnenloop, gonst het hele lokaal van hoe Megan Crowley door de rector, de conrector en mevrouw Newman de kantine uit werd gevoerd. Ik ga stilletjes aan mijn tafel zitten en probeer op te pikken wat er wordt gezegd.

'Het had met drugs te maken,' zegt Lizzy McNeal. 'Iemand heeft me verteld dat ze in haar kelder al twee jaar wiet verbouwt.'

'Nee, ik hoorde dat ze in de garage van de rijlesauto's gokwedstrijden organiseerde,' zegt Cole Miller. ' Poker. Twintig dollar per sessie. En ik heb gehoord dat Brittany Fox, Madison Duncan en Chloe Carlyle de croupiers waren. En dat ze bikini's droegen.'

'Dat slaat nergens op,' werpt Matt Shipley tegen. 'Ze werd in de jongenskleedkamer gesnapt tijdens het geven van een blowjob aan een basketbalspeler. Dat doet ze elke dag na het derde uur, heb ik gehoord.'

'Nou, ze ligt er hoe dan ook uit,' antwoordt Lizzy. 'Ze wordt zeker geschorst. Misschien zelfs van school gestuurd.'

Op dat moment komt mevrouw Cavanaugh binnenlopen en iedereen druipt naar zijn tafel af.

'Goedemiddag. Haal je huiswerk tevoorschijn en geef het door naar voren, a.u.b.' Ze pakt een krijtje en draait zich naar het bord toe. 'Vandaag beginnen we aan een nieuw onderwerp: het golf-deeltjedualisme. Kan iemand mij op grond van het leeswerk van afgelopen weekend vertellen wat het golf-deeltjedualisme is?'

Mevrouw Cavanaughs stem klinkt lichtjaren ver weg. Ik hoor alleen maar Samantha's stem: *Het is bijna alsof de bol mij precies heeft aangedaan wat ik Trance had toegewenst.*

O mijn god. Ik moet Lindsay waarschuwen. Het móét.

Ik buig opzij, pak een potlood uit mijn rugzak en tegelijkertijd mijn telefoon, die ik in mijn mouw duw.

Mevrouw Cavanaugh kijkt even in mijn richting en ik wissel opzichtig twee potloden om en berg het eerste potlood op. Als ze zich omdraait om op het bord te schrijven, laat ik mijn mobiel uit mijn mouw glijden en leg hem op mijn bovenbeen, precies zoals Samantha me in de kantine had laten zien. Ik doe net alsof ik met mijn rechterhand aantekeningen maak, en druk met mijn linkerhand de telefoontoetsen in.

112. Vertrek van school. Nu. Leg t je later uit.

Ik kijk even naar het bord op, maar mevrouw Cavanaugh staat er niet meer. Mijn ogen schieten heen en weer, op zoek naar haar, en het dringt tot me door dat iedereen me zit aan te staren. Langzaam draai ik mijn hoofd naar links.

'Geef die telefoon maar hier,' zegt mevrouw Cavanaugh zacht.

Ik slik en mijn gezicht wordt gloeiend heet, alsof ik een hele zomerdag zonder zonnebrandcrème op het strand heb doorgebracht. Zonder iets te zeggen geef ik mijn mobiel af. Ze werpt een blik op het bericht, dat ik nog niet heb verzonden, en laat de telefoon dan in de zak van haar trui glijden. 'Ik zie jou na school in het nablijflokaal.'

Als de les voorbij is, wacht ik tot iedereen de klas uit is en loop dan naar mevrouw Cavanaughs bureau. Mijn hart gaat tekeer, maar ik heb niet het gevoel dat ik deze keer moet huilen. Ik voel me op de een of andere manier gehard, als een misdadiger die al eerder is veroordeeld.

'Ja?' vraagt ze. Ze slaat een koele toon aan, alsof ze boos is.

'Eh… ik wilde me verontschuldigen voor wat er vandaag is gebeurd. Ik weet dat ik had beloofd dat het niet nog eens zou gebeuren, maar ik zweer dat dit een noodgeval was. Niet dat dat een excuus of zo is, maar ik wilde u laten weten dat het me spijt.'

Mevrouw Cavanaugh knijpt haar lippen samen en kijkt langs haar neus op me neer. 'Nee, dat is zeker geen excuus. Ik ben teleurgesteld in je, Erin. Ik heb je de vorige keer het voordeel van de twijfel gegeven en daar heb je misbruik van gemaakt.'

'Ja,' zeg ik. 'Dat weet ik, het spijt me heel erg.' Ik aarzel, bang om haar mijn vraag te stellen. Maar ik moet wel. 'Eh… over dat nablijven van vandaag. Ik weet dat ik er niet onderuit kom, maar zou het misschien ook morgen kunnen? Of woensdag? Ik heb woensdagochtend namelijk een presentatie bij kunstgeschiedenis en ik moet vanmiddag na school naar het museum om daar met iemand aan te werken, en het maakt ongeveer een derde van mijn eindcijfer uit.'

Mijn penibele situatie lijkt mevrouw Cavanaugh niet te raken. 'Het is niet de bedoeling van nablijven dat het gelegen komt, Erin. Jouw huiswerk is niet mijn probleem. Het is jouw probleem. En dat had je je moeten bedenken voordat je de regels overtrad. Ik zie je vandáág na school. Einde discussie. En je krijgt je telefoon aan het einde van de week weer terug.'

Tuurlijk. Alsof het nog niet erg genoeg was.

Ik kom Jesse vlak voor de laatste les tegen in de gang.

'Waar zat jij nou?' vraagt hij. 'Ik heb je de hele middag gebeld.'

'Mijn mobiel is ingenomen door mevrouw Cavanaugh,' zeg ik. 'En wat nog erger is: ik moet vanmiddag nablijven.'

Zijn gezicht betrekt. 'Maar dat kan niet. Heb je haar verteld dat we naar het museum moeten?'

'Het interesseerde haar geen moer. Ze zei dat het niet de bedoeling is dat nablijven gelegen komt.'

Jesse kijkt omhoog naar het plafond. Ik zie dat hij geïrriteerd is. 'Waarom zat je in de klas te sms'en? Hoe dom kun je zijn?'

'Ik weet het. Maar ik zweer je, het was een noodgeval. Ik móét Lindsay vinden. Heb jij haar ergens gezien?'

'Nee, maar wat is er aan de hand? Je deed zo raar tijdens de lunch en vervolgens ging je er toen ik even water ging halen zonder gedag te zeggen vandoor. Ben je boos op me of zo?'

Ik voel hoe mijn ogen vollopen met tranen. Ik zou het liefst in zijn armen vallen en alles vertellen, maar dat kan niet. Ten eerste zou hij me niet geloven, en ten tweede zou het uren duren om deze hele toestand uit te leggen. Uren die ik nu even niet heb.

'Nee, ik ben helemaal niet boos. Je moet me geloven, dit heeft niets met jou te maken. Maar ik moet Lindsay wel echt zien te vinden.' Ik begin achteruit te lopen terwijl ik nog aan het praten ben. 'Morgen gaan we naar het museum, dat beloof ik je. En als ik tot middernacht aan de presentatie moet werken, dan doe ik dat. Ik moet nu gaan.' Voordat hij iets kan terugzeggen, draai ik me om en ren de gang door, vechtend tegen mijn tranen.

Na school kom ik haar eindelijk op de parkeerplaats tegen.

'Jezus,' fluistert Lindsay tegen me. 'Heb je het gehoord? Ze is uit de kantine weggevoerd. Ze heeft met een proefwerk zitten sjoemelen of zo. Ik heb gehoord dat ze wordt weggestuurd.' Haar gezicht is lijkbleek en zo te zien heeft ze gehuild.

'Lindsay, ik moet je iets vertellen. Het is belangrijk.'

Ze kijkt langs me heen alsof ze me niet eens hoort en ik zie dat haar handen trillen. 'Ik dacht dat het goed zou voelen,' zegt ze. 'Ik dacht dat ik blij zou zijn. Maar dat is niet zo. Ik voel me verschrikkelijk.' Haar stem stokt en haar ogen vullen zich met tranen. Het blauw van haar irissen ziet er grauw uit, bijna grijs. 'Ik heb haar leven verwoest. Echt.'

'Lindsay, luister. Ik heb met Samantha gesproken. Zij heeft het idee…'

'Hé Lindsay,' onderbreekt Chris Bollmer me terwijl hij aan komt lopen. Hij heeft dezelfde zwarte hoodie aan als altijd, maar hij ziet er anders uit en na een paar seconden besef ik dat het door zijn glimlach komt. Volgens mij heb ik hem nog nooit zien glimlachen. 'Heb je dat van Megan gehoord?' vraagt hij, zonder moeite te doen zijn vreugde te verbergen. 'Ik was bij de rector op de kamer toen ze haar binnenbrachten. Ik heb alles gehoord. Ze heeft het hele jaar wiskundeproefwerken van mevrouw Newmans computer gestolen. Ze wist haar wachtwoord en alles.' Hij lacht. 'Je zult wel blij zijn, hè?' Ik werp een blik op Lindsays grauwe, waterige ogen en haar betraande gezicht en ik vraag me af of hij dezelfde persoon ziet als ik.

'Nee, Chris,' blaft Lindsay. 'Ik ben niet blij, nou goed? Ga je lekker nog wat in je haatgevoelens wentelen en laat mij met rust.'

Hij houdt op met glimlachen en zijn gezicht betrekt. 'Jij zei dat we vrienden zouden worden als Megan van school zou gaan. En nu gaat ze van school, dus worden wij vrienden.'

Lindsays woorden komen er luid en scherp uit, alsof ze de *caps lock*-toets van haar stem heeft ingedrukt. 'Even voor alle duidelijkheid, Chris: wij worden geen vrienden. Ik wil niet met jou bevriend zijn. Oké?'

Chris kijkt haar met een angstaanjagende, dreigende blik aan, dezelfde blik die hij Megan in de kantine toewierp.

'Dit is niet slim, Lindsay,' waarschuwt hij.

Lindsay gooit haar handen in wanhoop omhoog. 'Jawel. Heel slim. Luister, ik snap best dat je dacht dat we iets gemeen hadden vanwege Megan, maar Megan vertrekt. Dus ons gesprek is afgelopen. En mag ik nu weer gewoon verder praten met Erin, alsjeblieft?'

Chris vernauwt zijn ogen en steekt zijn handen in zijn zakken, draait zich dan om en loopt weg terwijl hij nog iets mompelt wat ik niet kan verstaan.

Ik staar Lindsay geschokt aan.

'Vond je dat zelf ook niet een beetje bot?' vraag ik.

Ze kijkt me aan met een blik van: dat kun je niet menen. 'Alsof een hint tot hem doordringt,' antwoordt ze defensief. 'Hoorde je niet wat hij zei?'

'Hij probeert gewoon aardig te doen. Je had niet zo gemeen hoeven zijn.'

Lindsays ogen stromen weer vol en ze ziet er gekwetst uit. 'Ik doe niet gemeen! Jezus, dacht je soms dat ik me nog niet ellendig genoeg voelde? Moet je nou echt Chris Bollmers kant kiezen?'

Ik begrijp dat dit nergens toe leidt, en ik heb haar nog niet eens verteld wat Samantha is overkomen.

'Het spijt me, oké. Ik wil alleen… luister, dit doet er niet toe. Ik moet je iets vertellen. Het is niks geworden met Samantha en Aiden. Ik bedoel, eerst wel, maar ergens in het midden kwam Trance ertussen en Aiden heeft Samantha eruit gegooid. Waar het om gaat, is dat ik gelijk had over die aanwijzing. Ik moet geen dingen voor anderen vragen. Het werkt averechts.' Ik slik met moeite en kijk naar de grond. 'Het gaat voor jou averechts uitpakken.'

Lindsay ziet er verward uit. 'Hoe bedoel je: averechts?'

Ik heb een knoop in mijn maag en durf het bijna niet te zeggen. Ik weet dat ze gaat flippen. Ik adem diep in en uit. 'Oké, Luister even. Samantha zei dat het leek alsof haar overkwam wat ze Trance had toegewenst.'

'Hoe bedoel je?'

'Nou, Samantha vroeg of Aiden Trance zou dumpen tijdens het

concert, met haar zou gaan zoenen en haar vriendje zou worden.'

'En?'

'En... wat er gebeurde was dat hij Trance dumpte om met Samantha te zoenen en hij zéí dat hij verkering wilde. Maar daarna dumpte hij Samantha en nu hebben Trance en hij weer verkering. Dus Samantha kreeg waar ze om had gevraagd, begrijp je, maar daarna gebeurde precies het omgekeerde.'

Lindsay krijgt een rood gezicht bij het volgen van die redenering. 'Dus jij beweert dat ik, omdat ik heb gevraagd dat Megan van school wordt getrapt, zelf ook van school zal worden getrapt?'

Ik sluit mijn ogen en knik.

'Dat kun je niet menen!' schreeuwt ze, haar caps lock-stem weer ingeschakeld. 'Hoe kun je me dit aandoen? Het komt allemaal door jou!'

'Door mij?' vraag ik en ik zet mijn eigen caps lock-stem aan. 'Hoe kan dit nou door mij komen? Ik moest van jou die bol tevoorschijn halen. Jij was degene die me huilend smeekte dit voor jou te vragen.'

'Je had me tegen moeten houden! Je wist dat je die aanwijzing niet begreep. En toch ging je ermee door! Je hebt mij als proefkonijn gebruikt. Zoals in die stomme scheikunde-experimenten van je!'

Ik kijk haar alleen maar aan, te verbijsterd om iets te kunnen uitbrengen. Ik kan gewoon niet geloven dat ze het allemaal omdraait. Ik wist dat het geen goed plan was, ik heb het haar gezegd. Ik leg mijn hand op haar arm. 'Lindsay,' zeg ik rustig om het bij te leggen.

Ze schudt mijn hand van zich af. 'Nee! Raak me niet aan.' Ze pakt haar tas, rent weg en laat mij in m'n eentje achter. Ik voel de tranen weer opwellen. Dit is niet te geloven. Lindsay en ik zijn al tien jaar hartsvriendinnen en we hebben nog nooit ruzie gehad. Niet één keer. Eerst nablijven, toen Jesse, en nu dit. Ik kijk omhoog naar de hemel.

Nou, bedankt, tante Kiki, denk ik. Die klotebol verpest mijn hele leven.

Ik draai me om en loop weer naar binnen, terwijl ik mezelf probeer te kalmeren op weg naar het nablijflokaal.

Niet saai zijn wordt zóóó overschat.

23

Lindsay is de volgende dag niet op school. Na het huiswerkuur ontmoet ik Samantha bij de kluisjes.

'Huisarrest is klote,' klaagt ze. 'Ik lig gewoon vierentwintig uur achter met al het nieuws. En ik besef nu pas hoeveel ik op technologie leun om maar niet met mijn moeder te hoeven praten. Ik zweer je, ik word gek van dat wijf. Ze blijft maar vragen of ik zaterdagavond heb gesekst.'

Ik neem net een slok water uit een flesje en verslik me bijna als ze dat zegt. Ik kan me niet voorstellen dat mijn moeder me zou vragen of ik heb gesekst. Ik kan me niet eens voorstellen dat mijn moeder het woord 'seks' überhaupt in de mond neemt. 'Wat heb je gezegd?'

'Ik zei dat ik het me door alle drugs niet meer kon herinneren.' We moeten allebei lachen. 'Maar even serieus, heb je nog met Lindsay gesproken?' vraagt Samantha. 'Wat zei ze?'

Ik zucht. 'Ik heb haar gisteren na school gesproken. Ze zei dat het allemaal mijn schuld is en dat ik haar had moeten tegenhouden, en daarna rende ze weg. En ik kon niet achter haar aan want ik moest nablijven. Wat tussen twee haakjes een verschrikking was. Iedereen die daar zat, was al eerder in overtreding geweest, behalve ik, en ze zaten me allemaal aan te staren alsof ik van een andere planeet kom. Ik voelde me net als in zo'n spelletje uit Sesamstraat. *'Wat hoort er niet bij?'* zeg ik op zangerige toon.

'Niet doen alsjeblieft,' verzoekt Samantha terwijl ze rondspiedt of iemand me heeft gehoord. 'En daarna? Heb je haar gebeld toen je thuiskwam?'

'Nee,' zeg ik beledigd. 'Ze gílde tegen me. Met een caps lock-stem. Zíj had míj moeten bellen.'

'Wat ben jij koppig,' zegt ze hoofdschuddend. 'Je hebt haar verdomme verteld dat ze van school wordt gestuurd. Je weet dat ze het altijd op andere mensen afreageert als ze overstuur is.'

'Dat weet ik ook wel, maar je was er niet bij. Dit was abnormaal. Ze was echt kwaad op me. Ze denkt écht dat het mijn schuld is.'

Samantha dempt haar stem. 'Nou, kun je het weer rechtzetten? Ik bedoel, kun je de bol vragen om het terug te draaien?'

'Ik weet het niet.' Het was gisteravond wel in me opgekomen. Ik heb bijna een uur met de bol in mijn hand gezeten en moed geprobeerd te verzamelen om het te vragen. Maar ik durfde het niet. Wat als het weer averechts zou uitpakken? Ik bleef maar denken aan wat Lindsay had gezegd, over hoe ik haar als een scheikunde-experiment had behandeld. 'Ik wilde niets ondernemen zonder eerst met Lindsay te hebben gesproken.'

'Nou, praat dan met haar. Laten we vandaag na school bij haar langsgaan. Ik ga met je mee.'

'Vanmiddag kan ik niet. Ik moet met Jesse naar het museum. We moeten morgen onze kunstgeschiedenispresentatie houden. Bovendien blijft hij maar zeggen dat ik me vreemd gedraag en denkt hij dat ik boos op hem ben...' Ik maak mijn zin niet af omdat ik uit zelfmedelijden een brok in mijn keel krijg, en ik wil niet vlak voor de eerste les in huilen uitbarsten. 'Het is opeens één grote teringzooi geworden.'

'En dat allemaal door de bol,' zegt Samantha meelevend.

Ik knik.

'Daarom kunnen mensen als ik beter niet uit hun hokje komen,' zeg ik terwijl ik mijn stem hervind. 'Daarbuiten is het gewoon te onvoorspelbaar.'

Tijdens de lunch zitten Samantha en ik weer bij Jesse. Maar vandaag is het anders, met het besef dat Lindsay kwaad op me is en Jesse nogal geïrriteerd. We eten min of meer in stilte. Het ongemakkelijke gevoel tussen Jesse en mij is weer terug en het voelt net als die zaterdagavond, toen we na het concert in zijn auto zaten. En bij onze ontmoeting in de kantine was er ook geen kus op mijn wang, zoals gisteren.

Een paar tafels verderop zitten Brittany Fox, Madison Duncan en Chloe Carlyle met ernstige gezichten bij elkaar. Ik vraag me af of het ze überhaupt iets doet, dat Megan van school wordt gestuurd, en of ze al zitten te bekokstoven wie van hen de baas wordt, nu Megan er niet meer is.

'Waar zit je aan te denken?' vraagt Jesse ineens.

Ik kijk op, verbaasd om zijn stem te horen, en ik kan aan zijn gezicht zien dat hij alles weer probeert te normaliseren tussen ons. Ik glimlach bedeesd en wijs met mijn duim in de richting van Megans groupies.

'Ik zat me juist af te vragen wie de nieuwe Megan wordt,' antwoord ik. Jesse en Samantha draaien zich op hun stoel om.

'Ik zet twintig dollar op Brittany,' wedt Samantha.

Jesse schudt zijn hoofd. 'Ik weet het niet. Ik wed op Madison,' zegt hij. 'Brittany ligt meer voor de hand, maar ik ga voor de underdog.'

Samantha lacht en leunt dan samenzweerderig naar voren. 'Ik heb gehoord dat Megan alles ontkent. Ze zegt dat ze mevrouw Newmans computer met geen vinger heeft aangeraakt. Maar blijkbaar kan mevrouw Newman het bewijzen. Megan heeft de proefwerken naar een account gemaild die anoniem zou moeten zijn, maar mevrouw New-man heeft hem naar haar kunnen herleiden. Toevallig was het dezelfde account waarvandaan Megan die foto van Lindsay heeft verstuurd.'

Jesses ogen gaan wijd open. 'Hoe weet je dit allemaal?' vraagt hij verbaasd.

Samantha straalt, intens tevreden dat ze een nieuw iemand heeft kunnen imponeren met haar talent om toproddels te scoren.

'Ze is een informatie-ninja,' licht ik hem in.

'Inderdaad,' beaamt ze. 'En weet je wat ik nog meer heb gehoord? Ik heb gehoord dat Megan door alle stress een of andere allergische reactie heeft en dat haar hele gezicht onder de netelroos zit.'

Jesse schudt verwonderd zijn hoofd. 'Ongelofelijk,' verklaart hij. 'Kon je dat talent maar omzetten in geld.'

'Ja, ja...' klaagt ze. 'Dat krijg ik nou altijd te horen.'

Als de lunch is afgelopen, staan Jesse en ik nog even met z'n tweeën buiten de kantine.

'Alles oké tussen ons?' vraagt hij. 'Want het voelt nogal gespannen.'

'Ja, sorry. Ik ben van slag omdat Lindsay en ik ruzie hebben en omdat ik moest nablijven en mijn opstel voor de reis naar Italië nog niet af heb en we onze presentatie nog moeten voorbereiden. Ik ben gewoon heel gestrest. Maar echt, het komt niet door jou. Jij bent op dit moment het enige leuke in mijn leven.'

Hij glimlacht en er verschijnen hele kleine rimpeltjes in zijn ooghoeken. Het doet me denken aan mijn vaders ogen en ik vraag me af of mijn moeders maag zich ook elke keer als een omelet omdraaide als hij haar aankeek, zoals bij mij gebeurt als Jesse mij aankijkt.

'Relax,' zegt hij en hij laat zijn hand net boven mijn rechterheup op de riem van mijn jeans rusten. 'Alles komt goed.' Hij leunt naar voren en kust me voorzichtig op mijn voorhoofd. 'Ik heb tijdens het laatste uur een afspraak bij de tandarts, maar ik haal je om half vier bij jou thuis op en dan gaan we naar het museum. En daarna kunnen we misschien een pizza halen en aan de presentatie werken. Wat vind je ervan?'

'Klinkt super.'

Na school bel ik Lindsay op haar mobieltje. Ze neemt niet op, dus spreek ik een bericht in.

'Lindsay, met mij. Luister, ik vind het heel vervelend van gisteren. Ik weet dat je flipte, maar wees alsjeblieft niet boos op me. Ik heb nog eens nagedacht en misschien kunnen we de bol vragen om alles terug te draaien. Misschien werkt het. Maar ik wil het niet doen zonder te overleggen. Ik weet dat je geen scheikunde-experiment bent. Je bent gewoon... jij. Dus bel me alsjeblieft, oké?'

Als ik ophang, ga ik voor de spiegel aan mijn kastdeur staan en bestudeer mezelf.

Ik heb oude jeans aan en een nog ouder T-shirt, en mijn saaie lange bruine haar hangt slap langs mijn gezicht, waardoor ik er als een cockerspaniël uitzie, alleen zijn cockerspaniëls schattig en ik... Ik zucht.

Zelfs ik weet dat dit niet een acceptabele manier is om met je vriendje op stap te gaan, zelfs al ga je alleen maar naar het museum en naar *Nick's Pizza*.

Ik duik mijn kast in en probeer tien of twaalf verschillende outfits uit. De keuze valt uiteindelijk op een zwarte legging, een witte tank-top en een donkergrijs boyfriend-shirt met scheuren en een V-hals, dat Samantha de laatste keer dat ze bij me bleef slapen heeft laten liggen. Ik trek een paar zilveren ballerina's aan om het ensemble af te maken en besteed daarna nog vijf minuten aan het touperen van mijn haar rond mijn kruin. Ik breng wat transparante gloss aan, wrijf wat blush op mijn wangen en doe dan een stap naar achteren om het resultaat te bekijken.

Niet slecht, denk ik. Dit zou Samantha's goedkeuring zeker kunnen wegdragen.

De telefoon gaat en ik werp een blik op de klok: kwart over drie. Ik kijk wie belt, en het is Lindsay. Goddank.

'Hoi! Waar zit je? We hebben je gemist.'

'Erin, je spreekt niet met Lindsay. Ik ben het, Carol.'

O. Waarom word ik door Lindsays moeder gebeld?

'Sorry,' zeg ik snel. 'Ik zag haar naam in het schermpje en dacht dat zij het was.'

'Dus ze is niet bij jou?' vraagt ze. Ik bespeur een bezorgde ondertoon in haar stem.

'Nee. Hoezo? Wat is er aan de hand?'

'Ik weet het niet. Ik had gehoopt dat jij me dat kon vertellen. Ik weet niet waar ze is. Ze is vanmorgen naar school vertrokken, maar vanmiddag belde de administratie om te melden dat Lindsay niet is komen opdagen. En ze zeiden ook dat Lindsay in de problemen zit en dat we morgenochtend vroeg bij de rector worden verwacht. Ze wilden niet zeggen waarom. Weet jij daar iets van?' Haar stem breekt. 'Ik zal niet boos worden, wat het ook mag zijn. Ik wil alleen weten of alles goed met haar is. Weet jij waar ze uithangt?'

Mijn hart begint wild te bonken. Het gebeurt. Het gebeurt echt. Ik kijk naar de bol, die op mijn bureau staat alsof er niets aan de hand is. Ik had de bol gisteren moeten vragen om alles terug te draaien, voordat het te laat was.

'Ik weet niet wat er speelt,' lieg ik. 'Maar ik weet misschien wel waar ze is. Maar mevrouw Altman, laat mij op zoek gaan, oké? Ik beloof dat ik u zal bellen zodra ik haar heb gevonden.'

'Weet je het zeker? Ik kan je een lift geven, dat gaat sneller.'

'Nee, het is echt beter dat ik alleen ga.'

Ik hang op en kijk weer op de klok. Tien voor half vier. Shit. Ik pak de telefoon en toets Jesses nummer in. Kom op nou, neem dan op.

'Hey, dit is het nummer van Jesse, spreek iets…'

Shit.

'Jesse, met mij,' zeg ik na de piep. 'Luister, ik zit met een klein probleem en ik moet even iets regelen, maar ik zie je bij het museum. Sorry.' Ik hang op, stop de bol snel in mijn rugzak en ren de trap af. Mijn moeder zit aan de keukentafel over haar studieboeken gebogen, zoals alle andere middagen sinds de dood van mijn tante.

'Ik ga naar Samantha,' zeg ik. 'Je hoeft met het avondeten niet op mij te wachten, ik moet aan een project werken. Tot later.' Ik ben de deur uit en zit op mijn fiets voor ze de kans krijgt om op te kijken.

Tegen de tijd dat ik bij Samantha aankom, ben ik helemaal bezweet en hangt mijn haar in natte plukken langs mijn gezicht. Ik sta voor de massief houten dubbele deuren en druk ongeduldig op de bel. Na twee seconden druk ik nog eens, en daarna nog eens. Eindelijk doet Lucinda open. Ze is geïrriteerd en buiten adem.

'Erin!' roept ze boos uit. 'Waarom jij drukt zo vaak op de bel? Je weet dit is een groot huis en ik heb kleine beentjes. Het duurt even.'

'Sorry,' zeg ik. 'Kan ik Samantha spreken?'

Lucinda trekt een wenkbrauw op, precies zoals Samantha altijd doet. Ik vraag me af of ze dat van haar heeft overgenomen of andersom.

'Samantha is op haar kamer. Ze heeft huisarrest.'

Ik zet grote, onschuldige ogen op. 'Heeft ze niets over het schoolproject gezegd?'

Lucinda neemt me achterdochtig op. 'Welk schoolproject?' vraagt ze met een dik Portugees accent.

'We hebben morgen een wetenschappelijk onderzoeksproject Engels. We moeten naar de bieb vandaag.'

Ze denkt even na en knikt dan. 'Ik zou ieder ander niet geloven, maar jou ken ik en jij bent een braaf meisje. Jij komt vast niet drie uur te laat en jaagt je moeder stuipen op het lijf.' Ze draait zich om en roept naar boven: 'Samantha! Erin is er, om aan jullie project te werken!'

Ik hoor voetstappen en dan verschijnt Samantha boven aan de trap.

'Het project... okééé,' zegt ze terwijl ze de trap afloopt. 'Sorry, ik dacht dat dat morgen was. Maar nu kan ik ook. Geen probleem. Ik heb uiteindelijk niks anders te doen, toch, Lucinda?'

Lucinda zwaait met haar vinger. 'Dat komt niet door mij, *lady*. Jij bent degene die drie uur laat thuiskomt, niet ik.'

Samantha blaast een kusje naar haar. 'Laters, Lucinda!' roept ze als we de voordeur uit lopen.

Eenmaal buiten op de stoep kijkt Samantha me met toegeknepen ogen aan. 'Is dat niet mijn shirt?' vraagt ze.

'Heb ik jou niet net het huis uit gekregen?' is mijn reactie.

'Ja,' geeft ze toe, terwijl ze me van top tot teen opneemt. 'Maar ik wil hem terug. Hij is *cute*.' Ze wrijft opgewonden in haar handen. 'Waar gaan we heen? Ik dacht dat jij een afspraak in het museum had met Jesse.'

'Heb ik ook,' zeg ik vreugdeloos. 'Maar eerst moeten we naar De Spirituele Winkel van Sinkel.'

Ze trekt haar wenkbrauw op. 'O ja? Hoezo?' Ik vertel haar over het telefoontje van Lindsays moeder en ze knikt begrijpend.

'Oké, spring op de fiets,' spoor ik haar aan.

'Nah,' zegt ze. Ze graait in haar tas en haalt er een sleutelbos uit. 'Ik ga liever met de auto.'

Ik staar haar aan. 'Maar je hebt geen rijbewijs.'

'Toevallig wel. Sinds drie maanden. Ik heb het alleen aan niemand verteld, zodat ik met Aiden kon blijven meerijden. Maar dat is een gepasseerd station, dus...' Ze drukt op een knopje van haar sleutelbos en een van de automatische deuren van de garage voor drie auto's gaat open, om een rode BMW met een open dak en een witleren interieur te onthullen.

'Dat meen je niet,' zeg ik ongelovig. 'Je hebt hier niet in gereden vanwege Aiden?'

Samantha haalt haar schouders op. 'Wat kan ik zeggen? Ik was onder hunkhypnose.'

Ik open het bijrijdersportier, stap in en word bedwelmd door de geur van vers leer. 'Nou, goddank dat je daaruit bent ontwaakt.'

24

'Je snapt zeker wel dat je het museum kunt vergeten, *right?*' zegt Samantha. We rijden stapvoets over de hoofdweg; één lange rij auto's die wachten tot ze langs het opgebroken stuk kunnen waar koortsachtig aan de reparatie van een gebarsten waterleiding wordt gewerkt.

'Ja. Dit is een nachtmerrie.' Instinctief wil ik mijn mobieltje uit mijn tas vissen, tot ik me kreunend herinner dat mevrouw Cavanaugh hem tot vrijdag heeft. 'Mag ik jouw telefoon even gebruiken? Ik moet Jesse bellen. Die zal wel woest zijn.'

Maar Samantha schudt haar hoofd. 'Ik heb huisarrest, weet je nog? Dat betekent: geen mobiele telefoon.'

Jezus. Ik voel me afgesneden, als een baby wiens navelstreng net is doorgeknipt. Ik gooi gefrustreerd mijn handen in de lucht. 'Hoe zijn onze ouders zonder gsm de middelbare school doorgekomen?'

'Vertel mij wat. Kun je het je voorstellen? Zo primitief! Ik bedoel, ze moesten echt plánnen maken en zich daar dan aan houden, anders zouden hun vrienden denken dat ze het lieten afweten.' Ze geeft me een por, met één hand aan het stuur, en gniffelt: 'Zo ongeveer wat Jesse over jou zal denken.'

'Fijn. Bedankt.' Het verkeer geeft me het paniekerige gevoel dat ik gevangen zit, en ik probeer me te focussen op mijn ademhaling: in door mijn neus, uit door mijn mond, zoals de sportleraar ons tijdens het eerste semester bij de yogamodule heeft geleerd. Maar de alarmbellen die ik hoor afgaan in mijn hoofd lijken niet te reageren op de vergrote zuurstoftoevoer. 'Je begrijpt het niet,' zeg ik tegen Samantha. 'Het gaat niet alleen om Jesse. Onze presentatie is mórgen. Als ik er vanavond niets aan doe, haal ik nooit een 8½ en ik moet een 8½ halen, anders is mijn cijfer niet hoog genoeg om mee te mogen naar Italië.'

Samantha haalt haar schouders op. 'Nou, dan haal je toch een 8½,' zegt ze, alsof het niets is.

'Hoorde je niet wat ik net zei?' Ik beweeg met mijn handen alsof ik in gebarentaal praat. 'Ik kan geen 8½ halen als ik niets aan mijn presentatie doe.'

'O jawel.' Ze werpt een zijdelingse blik op mijn rugzak, die tussen mijn voeten staat, en opeens begrijp ik waar ze op doelt.

Langzaam verspreidt zich een glimlach over mijn gezicht. 'Je bent geniaal.'

Samantha zucht, alsof ze dat al duizenden keren heeft gehoord. 'Ik weet het. En op een goede dag zal de rest van de wereld het ook weten.'

Ik rits mijn rugzak open, haal de bol tevoorschijn en schud ermee. Ik adem diep in en langzaam uit en staar naar het venstertje.

'Zal ik morgen een 8½ voor mijn kunstgeschiedenispresentatie halen, zelfs als ik er vanavond niets aan doe?' Ik wacht met samengeknepen lippen tot het antwoord zich een weg door de roze, glinsterende vloeistof baant.

Het is onvermijdelijk.

Met een luide smak geef ik de bol een zoen.

Samantha kijkt me met haar befaamde opgetrokken wenkbrauw aan. 'Je komt er kennelijk mee weg,' zegt ze.

'Misschien.' Ik doe Lucinda na door met mijn vinger naar de bol te zwaaien. 'Maar verknal het nog één keer en ik gooi je in de blender!'

We moeten allebei giechelen, en eindelijk breekt het verkeer voor ons open, als een gigantische haarbal die langzaam uit een verstopte afvoer wordt getrokken.

Samantha en ik komen De Spirituele Winkel van Sinkel onder het getingel van een bel binnen. De zaak is (hoe kan het ook anders) helemaal leeg. Langs de muren staan donkere boekenplanken boordevol spirituele boeken en zelfhulpgidsen, en door de winkel verspreid staan vitrines volgestouwd met (echte) kristallen bollen, stapels tarotkaarten, kaarsen en wierook, etherische oliën, elixers, primitieve houten maskers, beeldjes en poppen, waarvan één precies op dat Megan Crowley-voodoopoppetje lijkt dat Lindsay had gekocht. Achter in de winkel, vlak bij de toonbank, hangen planken met allemaal kristallen, stenen en juwelen, die stuk voor stuk beweren verschillende lichamelijke en spirituele aandoeningen te kunnen genezen.

Ik schud mijn hoofd. Ik heb het gevoel alsof ik me nu permanent in *Weirdville* heb gevestigd.

'Hallo?' roep ik. 'Is er iemand?' Ik probeer achter de toonbank de achterkamer in te gluren, maar een lang kralengordijn beneemt me het zicht. Ik kijk Samantha schouderophalend aan. 'Misschien zitten ze op de plee,' opper ik.

We lopen door de winkel en bekijken alles.

'Moet je dit horen,' zeg ik terwijl ik grijnzend de sticker lees onder een steen die eudialiet heet. 'Verspreidt de energie van geluidsgolven voor het versterken van helderziende gaven; een transmissietoonvork. Activeert de vierde chakra, verdrijft jaloezie.'

Samantha komt naast me staan. 'Ooo, moet je deze zien.' Ze pakt een lichtblauw mineraal op. 'Dit is kyaniet. Het opent de voorhoofd- en de keelchakra's.' Ze zet een stap naar achteren en strekt haar armen voor zich uit, terwijl ze de steen midden op haar voorhoofd balanceert. 'Staan mijn chakra's open of hoe zit dat?' Ik lach terwijl zij het mineraal weer op de plank legt. 'Wat ik graag zou willen weten, is waar ze de salamanderogen hebben liggen,' zegt ze.

'Die liggen veilig opgeborgen achter de toonbank,' zegt een bekende stem achter ons. We draaien ons bliksemsnel om en daar, voor mijn neus, staat Roni, de hartsvriendin van mijn tante Kiki. 'Je kunt je wel voorstellen hoe moeilijk het is om daaraan te komen en we willen niet dat iemand er ongezien mee vandoor gaat,' voegt ze er met een glimlach aan toe.

'Waar kom jij nou…? Hoe kom jij…?' Ik ben zo verbaasd om haar te zien dat ik niet eens een normale zin kan uitbrengen.

Samantha staart me met een van verwarring vertrokken gezicht aan. 'Kénnen jullie elkaar?' vraagt ze.

Ik knik, nog niet voldoende hersteld om te kunnen praten.

'Ik ben Veronica,' zegt Roni en ze steekt haar hand naar Samantha uit.

Eindelijk keert mijn stem weer terug in mijn keel. 'Jíj bent Veronica? Je zei toch dat je Roni heette?'

'Mijn vrienden noemen me Roni. Maar in de winkel heet ik Veronica. Dat heeft iets… spiritueels.'

Ik kan niet bepalen of ze me op de hak neemt, met de manier waarop ze dat laatste woord uitspreekt. Dit is gewoon niet te geloven. Ik loop Lindsay al een jaar over Veronica te stangen en al die tijd was ze de beste vriendin van mijn eigen tante.

'Dus jij kent Lindsay,' zeg ik. 'Wist je dat ze mijn beste vriendin is?'

Veronica/Roni knikt. 'In het begin niet, maar ik kwam erachter toen Lindsay steeds vaker kwam en me meer over haar leven begon te vertellen. Lindsay wist van niks natuurlijk, maar Kate was in de wolken.

Ze bleef me maar over jou uithoren. Kate, welteverstaan.'

'Echt waar?' Ik word bekropen door een verdrietig gevoel bij het horen van Kiki's naam. Als ze zo graag wilde horen hoe het ging, waarom belde ze dan niet gewoon op?

'Wacht 's even,' valt Samantha ons in de rede. 'Sorry dat ik jullie onderonsje onderbreek, maar we kwamen hier om Lindsay te zoeken. Heb jij haar gezien?'

Veronica/Roni wijst naar het kralengordijn achter de toonbank, precies op het moment dat Lindsay erdoorheen stapt.

'Ik ben hier.' Lindsay heeft een rood gezicht en ze kijkt naar beneden.

'O mijn god,' zeg ik, zo opgelucht dat ik bijna moet huilen.

'Sorry,' zegt ze terwijl ze snel op me af komt om me te omhelzen. 'Ik meende niet wat ik zei, gisteren. Maar ik was zo van slag.'

'Dat weet ik,' zeg ik en ik druk haar steviger tegen me aan. 'Het geeft niet. Maar je moeder is superbezorgd. Je moet haar bellen om te zeggen dat alles oké is.'

'Ik heb haar net gesproken. Ze heeft verteld dat de school heeft gebeld. Ze zeiden dat ik in de problemen zit. Dat is het averechtse effect van de bol, toch? Denk je dat ik van school word gestuurd omdat ik vandaag heb gespijbeld?'

Samantha maakt een snuivend geluid. 'Welnee. Ik spijbel de hele tijd. Het enige wat ze doen is je ouders bellen en dan belooft je moeder dat ze een nieuw scorebord voor het voetbalveld gaat kopen of zoiets, en dat is het dan. Het stelt niks voor.' We kijken haar allemaal aan, zonder te weten wat we moeten zeggen, en als ze zich realiseert wat ze zojuist heeft gezegd, zet ze een onschuldig gezicht op. 'Ik bedoel, ik ken anderen die spijbelen en het ergste wat hun is overkomen, is dat ze een paar dagen moesten nablijven. Om van school te worden getrapt, moet er wel wat meer aan de hand zijn.'

'Lindsay heeft me verteld wat er is gebeurd,' zegt Veronica/Roni.

'Met de bol.'

'Oké. Kunnen we het weer in orde maken?' vraag ik gretig.

'Ik denk het wel,' zegt Roni. Lindsay en ik doen allebei met een zucht van verlichting onze ogen dicht. 'Maar aan één vraag heb je waarschijnlijk niet genoeg. Hoeveel zijn er nog over?'

'Nog over?' Ik kijk Lindsay aan om te zien of zij snapt waar Roni het over heeft, maar zij trekt een mij-moet-je-het-niet-vragen-gezicht.

'Je hebt de aanwijzing nog niet ontraadseld?' vraagt Roni verbaasd.

'Ik heb ze allemaal ontraadseld. Min of meer. Het enige wat ik niet begreep, was dat stuk over het getal. Ik snap niet waar dat voor staat.'

'Het houdt in dat je maar acht antwoorden krijgt,' legt Roni uit. *Laat de planeten je naar het getal leiden.* Er zijn acht planeten. Jeetje, en Kate dacht nog wel dat die het makkelijkst zou zijn.'

Natuurlijk. Ik kreun. Hoe kon die me nou zijn ontgaan?

'Best ironisch, toch?' zegt Samantha met een grijns. 'Ik bedoel, dat je met jouw wiskundeknobbel nou net díé aanwijzing niet begrijpt?'

Lindsay werpt een geërgerde blik op Samantha en de grijns verdwijnt van haar gezicht.

'Hoeveel vragen heb je gesteld?' wil Lindsay weten.

'Ik weet het niet. Ik wist niet dat er een limiet aan zat. Ik heb het niet bijgehouden.' Ik begin met mijn vingers de wensen die zijn uitgekomen te tellen. 'Even kijken, eerst had je Spencer Ridgely, toen die over mijn werkstuk Engels...'

'Je borsten,' voegt Samantha eraan toe.

'Mijn borsten,' herhaal ik en ik steek een derde vinger op, terwijl ik Roni's blik ontwijk.

'Wat kwam daarna?' vraagt Lindsay. 'Samantha's vraag over Aiden?'

'Ehhh... eigenlijk was er nog één waar ik jullie niets over heb verteld. Of Jesse me mee uit zou vragen.'

Samantha's mond valt open.

'Kwam het concert door de bol?' Ik knik schaapachtig en Samantha kijkt me aan met een blik van: dat je me dat niet hebt verteld.

'Oké,' zegt Lindsay ongeduldig. 'Even niet afdwalen. Dus we hadden Jesse, daarna Aiden,' zegt ze met vijf opgestoken vingers.

'Toen nog een keer Jesse,' brengt Samantha me in herinnering. 'Iets over een kus en een lekker lijf?'

Ik word knalrood als Veronica/Roni me met opgetrokken wenkbrauwen aankijkt.

'Dat zijn er zes,' telt Lindsay. 'En dan nog die ene over Megan, dat is zeven.' Ze ademt uit. 'Whiew. We hebben er nog een over.'

Ik kijk Samantha schuldbewust aan en zij beweegt met haar ogen in de richting van Lindsay om aan te geven dat ik maar beter iets kan zeggen.

'Eh… ik ben bang dat er nog een was,' zeg ik.

Lindsay kijkt ontgoocheld. 'Hè? Hoezo: nog een?'

'Nou, ik moest vandaag eigenlijk met Jesse naar het museum, maar dat heb ik laten schieten om hiernaartoe te komen. Alleen heb ik mijn kunstgeschiedenispresentatie morgen en daar kan ik geen hoog cijfer voor halen als ik niet naar het museum ga, en als ik niet een hoog cijfer haal, mag ik niet mee naar Italië… Dus toen we in de auto zaten, heb ik de bol gevraagd of ik morgen een 8½ voor mijn presentatie ga halen.' De reis naar Italië, denk ik treurig. Ik ben er niet eens aan toegekomen om de bol over de reis naar Italië te vragen.

Lindsay knippert een paar keer met haar ogen.

'Sorry,' zeg ik. 'Ik wist niet dat dat de laatste vraag zou zijn. Als ik het had geweten, had ik hem nooit gesteld.'

Lindsay schudt haar hoofd. 'Dat weet ik,' zegt ze hees. 'Het is niet jouw schuld. Alleen kunnen we er nu niks meer aan doen. Ik word sowieso van school gestuurd. En ik weet niet eens waarvoor.'

Roni zet haar handen op haar heupen en kijkt me aan. 'Weet je wat?'

Ik kijk met toegeknepen ogen terug. Het komt allemaal door haar. Als ze me gewoon te woord had gestaan toen ik haar belde, was dit allemaal niet gebeurd.

'Nee.' Mijn stem schiet van woede omhoog. 'En ik wil het ook niet weten. Ik kan je wel zeggen wat ík weet. Door mij is Lindsays leven in een puinhoop veranderd. Mijn allereerste vriendje gaat het uitmaken omdat ik hem heb laten zitten. Ik heb de kans laten schieten om de bol de enige vraag te stellen die er voor mij werkelijk toe doet. En dan is mijn moeder ook nog eens compleet ingestort en heeft mijn tante een jaar niets van zich laten horen en me vervolgens die klotebol nagelaten die mijn hele leven heeft verpest. Dus nee, Roni, of Veronica, of hoe je ook mag heten... ik hoef het niet te horen.'

Roni knikt meelevend en haar ogen worden vochtig. 'Ik denk dat je er klaar voor bent,' zegt ze.

25

Achter in de zaak is nog een verrassend groot vertrek, ingericht als een gezellige loungeruimte. Er staat een paarse fluwelen bank met een hoop zachte, pluchen kussens ter decoratie, een chocoladekleurige houten tafel met een paar stoelen eromheen en op de vloer ligt een gigantisch harig kleed dat je het gevoel geeft dat je op watten loopt. Roni legt uit dat er af en toe helderzienden, tarotlezers en handlezers te gast zijn, en soms vinden er ook lezingen en signeersessies plaats.

Ze zegt dat ik op de bank plaats moet nemen en verdwijnt dan in een klein kantoortje. Als ze naar buiten komt heeft ze twee enveloppen in haar hand en een zwartgelakt kistje, ingelegd met parelmoer. Op een van de enveloppen staat mijn naam en op de andere die van mijn moeder, allebei in Kiki's handschrift.

'Wat is dit allemaal?' vraag ik.

'De as van Kate,' zegt ze, wijzend op het kistje. 'Dat wil zeggen: de helft. De andere helft heb ik. Dit is voor je moeder. Kate wilde dat ik alles in alle rust aan je moeder zou uitleggen, maar op de begrafenis was ze zo lichtgeraakt, ik wist dat ze niet naar me zou luisteren. Daarna heeft ze me een paar keer gebeld maar ze schreeuwde alleen maar dat ze me zou aanklagen, er viel geen land met haar te bezeilen.'

Ik zucht. 'Mijn moeder kan nogal moeilijk doen.'

Roni glimlacht. 'Dat heb ik gehoord. Hoe dan ook, ik geef de as aan jou, dan kan jij het aan haar geven. Het is niet wat je tante wilde, maar ik wil van die negatieve energie af. Mijn *chi* raakt helemaal verstoord.'

'En dit?' Ik hou de envelop met mijn naam erop omhoog.

'Die is voor jou,' zegt ze. 'Lees maar wat erin staat.'

Ik maak de envelop voorzichtig open en haal er drie vellen papier uit, volgeschreven in Kiki's handschrift. Nog voordat ik voorbij de *Lieve Erin* ben, voel ik al een brok in mijn keel.

Lieve Erin,

Als je dit leest, zal ik er wel niet meer zijn en ben jij erachter gekomen hoe je de roze kristallen bol die ik je heb nagelaten moet gebruiken. Gefeliciteerd (wat dat tweede gedeelte betreft dus, niet met het feit dat ik er niet meer ben). Ik wil je allereerst zeggen hoe erg ik het vind dat ik het afgelopen jaar niet in de gelegenheid ben geweest je te zien of te spreken. Ik heb zelf nooit kinderen gehad maar ik weet zeker dat ik net zo veel van jou hield als ik van mijn eigen kind zou hebben gehouden.

Daarom was het een van de moeilijkste dingen uit mijn hele leven om me van jou terug te trekken. Ik hoop dat je, nadat je dit hebt gelezen, zult begrijpen waarom dat nodig was.

Erin, iets meer dan een jaar geleden werd een zeldzame kanker bij mij geconstateerd. Ik heb een aantal van de meeste befaamde specialisten op dat gebied bezocht, en ze waren het er allemaal over eens dat ik nog maar een half jaar tot een jaar te leven had. Ik heb een aantal behandelingen geprobeerd die de holistische gemeenschap mij had aanbevolen, maar ze waren geen van alle krachtig genoeg om de uitzaaiingen te stoppen. Ik had bestraling en chemotherapie kunnen ondergaan, maar die hebben zulke onaangename, slopende bijwerkingen, en dan was het nog niet eens zeker of het zou werken en of mijn leven überhaupt wel substantieel verlengd zou worden. Dus ik heb traditionele behandelingen afgewezen en besloot dat ik mijn leven liever tot het einde ten volle wilde leven en op een natuurlijke manier wilde sterven. Erin, de reden dat ik het jou niet heb verteld, is dat ik wist dat je moeder dit nooit zou hebben geaccepteerd. Ze heeft zo'n rationele, logische geest, die zo anders is dan die van mij. Ze zou er, als dokter, op hebben gestaan dat ik alle beschikbare medische alternatieven zou uitproberen, en ik wilde mijn kostbare, kostbare tijd niet verspillen aan getouwtrek met haar. Ik heb overwogen om het jou te vertellen en je te vragen de informatie over mijn ziekte niet met haar te delen, maar het leek me niet eerlijk om jou in zo'n positie te brengen. In plaats daarvan maakte ik de onmogelijke keuze om het contact te verbreken. Erin, een paar van mijn mooiste dagen heb ik met jou doorgebracht, puzzelend op de veranda. Maar er waren nog zo veel meer dingen die ik je had willen leren over het leven, en daarom wilde ik dat jij de roze kristallen bol zou krijgen.

Ik wilde namelijk je ogen openen voor de manier waarop ik de wereld zie. Vol kansen en mogelijkheden, met zijsprongen en wendingen, en niet allemaal ingekaderd, zoals je moeder de wereld ziet. Ze is mijn zus en ze heeft altijd een plekje in mijn hart gehad, en dat zal zo blijven. Maar naar mijn idee heeft ze heel veel van het leven gemist omdat ze maar niet buiten de kaders kan denken. Het zou zo zonde zijn als met jou hetzelfde gebeurt.

Jij hebt ook een logische geest. Ik wist dat als ik je de bol met een uitleg en een duidelijke gebruiksaanwijzing zou nalaten, je het zou hebben afgedaan als echt iets voor tante Kierewiet (ja, ik was op de hoogte van je vaders bijnaam voor mij). Dus schreef ik die aanwijzingen voor je op, in de wetenschap dat je een goede puzzel niet zou kunnen weerstaan, en dat je er misschien echt in zou gaan geloven als je zag dat je wensen uitkwamen.

Ik hoop dat je door de bol een paar dingen hebt gekregen die je echt wilde hebben, en ik hoop ook dat je er één grote chaos van hebt gemaakt. Want als er iets is waarvan ik wil dat je het leert, is dat het leven op zijn best en interessantst is als het ongeorganiseerd is. Onthoud dat altijd, Erin. Het zal je nog goed van pas komen, dat beloof ik je.

Ik hou meer van je dan je ooit zult weten, en het spijt me heel erg als ik je het afgelopen jaar verdriet heb bezorgd. Ik hoop dat je het nu begrijpt en me kunt vergeven, en dat je weet dat waar ik me ook in het hiernamaals bevind, wat of wie ik ook moge worden, ik je altijd zal vinden en naar je zal uitkijken.

Veel liefs,
Tante Kiki

Als ik de brief neerleg, stromen de tranen over mijn wangen.

Roni komt naast me zitten en geeft me een zakdoekje. Ik zie dat ook zij huilt. Ze legt haar arm om mijn schouders en trekt me naar zich toe, en ik verzet me er niet tegen. Alleen al het besef dat ze de beste vriendin van mijn tante was en dat zij ook veel verdriet heeft, is op een bepaalde – vreemde – manier een hele troost. We blijven een paar minuten zo zitten terwijl we onze tranen de vrije loop laten, en uiteindelijk kijkt Roni me aan.

Ze vroeg de bol of ze zou sterven in dat veld,' zegt ze. 'Het was haar laatste vraag.'

Dus dat deed ze midden in een storm in dat veld. Ik probeer me voor te stellen hoe Kiki de bol in haar handen heeft en vraagt of ze geraakt zal worden door de bliksem.

'Maar waarom?'

Roni haalt haar schouders op. Zoals ze daar midden op de bank zit, ziet ze er opeens heel klein en kwetsbaar uit, en ik realiseer me dat ze er ook bij moet zijn geweest, net zoals Samantha en Lindsay erbij waren toen ik het merendeel van mijn vragen stelde. Ik stel het beeld in mijn hoofd bij en stel me Roni voor, huilend naast Kiki, en de discussies die ze erover moeten hebben gevoerd. Ik kan me zo voorstellen dat Roni op haar inpraatte en haar smeekte de bol niet te vragen een einde aan haar leven te maken, en ik kan Kiki voor me zien, halsstarrig als altijd, die volhoudt dat ze hoe dan ook niet van haar gedachten is af te brengen. Arme Roni. Ik probeer me te bedenken hoe het moet zijn om Samantha of Lindsay te verliezen en ik huiver bij de gedachte alleen al.

'Ze wist dat haar einde naderde en ze wilde niemand tot last zijn. Niet dat dat het geval zou zijn geweest. Maar ze wilde niet lijden. En dit was eenvoudiger dan een pot pillen slikken, of haar hoofd in een oven steken.' Ze kijkt me met een schuldbewuste blik aan. 'Sorry, dat kwam er nogal ongevoelig uit.'

'Geeft niet,' zeg ik. 'Ik kan er wel tegen.'

Op dat moment verschijnt Samantha's hoofd door het kralengordijn. 'Eh, sorry dat ik stoor, maar ik begin het hier nogal saai te vinden. Ik bedoel, na een tijdje gaat de lol er wel vanaf om alles af te kraken.'

Ik kijk haar glimlachend met meer waardering dan ooit aan: mijn botte, sarcastische vriendin met haar wonderlijke talent om precies op het juiste moment een gesprek te onderbreken. Want als ik heel eerlijk ben, weet ik niet zeker of ik het nog erg lang had kunnen verdragen.

'Geen probleem,' zeg ik. 'We zijn net klaar.'

Zodra ik dat heb gezegd, verschijnt Lindsays hoofd ook door het gordijn. 'Eindelijk,' zegt ze. Ik moet even lachen. Ik ben ook zó blij met haar. Zelfs met alle drama, voodoopoppetjes en helende kristallen is er niemand die ik liever als hartsvriendin zou willen hebben. Echt niemand.

Lindsay kijkt naar de huilende Roni, de brief in mijn hand en naar het kistje op tafel. Er verschijnt een lichtbezorgde blik op haar gezicht.

'Gaat het wel?' vraagt ze. Ik werp een zijdelingse blik op Roni, onzeker over wat ik moet zeggen. Maar ze glimlacht naar me en daar kan ik op de een of andere manier uit opmaken dat ze vindt dat ik geweldige vriendinnen heb.

'Ja,' zegt ze en ze legt haar hand op de mijne. 'Alles is oké.'

Lindsay knikt. 'Gelukkig maar.' Ze aarzelt even en stelt dan de vraag die ze overduidelijk niet langer voor zich kan houden: 'Jullie hebben toevallig niet zitten praten over hoe we kunnen voorkomen dat ik morgen van school word getrapt, neem ik aan?'

Ik draai me naar Roni toe. 'Weet je zeker dat ik maar acht vragen mag stellen?' vraag ik. 'Ik bedoel, is er niet een manier om een extra vraag los te krijgen?'

Ze schudt haar hoofd. 'Acht is het maximum. Maar luister, je moet onthouden dat de bol slechts een middel is. Hij bepaalt je lot niet. Dat doe je zelf.'

Bij het horen van het woord 'lot' schiet het beeld van een man die door een gigantische adelaar wordt opgegeten weer door mijn hoofd.

'Zoals Prometheus,' zeg ik afwezig. Wat zei Jesse ook alweer? *Prometheus staat voor de overwinning van de menselijke geest over diegenen die hem juist willen onderdrukken.*

Plotseling krijg ik een idee.

'Samantha, jij zei dat de bol jou precies aandeed wat Trance was overkomen, toch?'

'Ja. Hoezo?'

'Nou, dan staat Lindsay misschien hetzelfde te wachten. Misschien wordt ze net als Megan van school gestuurd voor het stelen van proefwerken.'

'Maar ik heb helemaal geen proefwerken gestolen,' werpt Lindsay tegen.

'Dat weet ik. Maar ik begin te denken dat Megan dat misschien ook niet heeft gedaan.' Ze kijken me allebei vragend aan. 'Luister, voor echt alles wat er is gebeurd, is een logische verklaring te vinden. Mijn borsten werden groter vanwege een allergische reactie, Jesse vroeg me mee uit omdat we het in het museum superleuk hadden gehad. Aiden dumpte Trance omdat Samantha een extra backstagepas had bij de Flamingo Kids. En Spencer Ridgely zei dat ik smexy was vanwege dat korte rokje.'

'Nee.' Samantha schudt verwoed haar hoofd. 'Ik draag bijna voortdurend korte rokjes en Spencer Ridgely heeft tegen mij nooit zoiets gezegd. Sorry, maar dat was echt pure magie.'

Ik moet glimlachen. 'Jij geeft niet op, hè?'

'Nee. Nooit.'

Ik rol luchthartig met mijn ogen. 'Oké, whatever. Wat ik wil zeggen, is dat alles wat er is voorgevallen op de een of andere manier te verklaren valt.'

Samantha begint het te begrijpen en knikt. 'Oké. En dat is dit ook. We hoeven alleen maar uit te vinden wat erachter steekt en dan moeten we het tegen zien te houden.'

'Maar hoe dan?' vraagt Lindsay. 'We weten niet eens zeker wat er gaat gebeuren.'

'Volgens mij heb ik een idee,' zeg ik. 'Lindsay, heb je dat voodoopoppetje van Megan Crowley nog?'

Lindsay knikt. 'Ja, dat zit in mijn tas.' Ze kijkt me met toegeknepen ogen aan. 'Wat wil je gaan doen?'

'Je moet me maar vertrouwen. Ik denk dat ik weet hoe ik het kan rechtzetten, maar ik moet het alleen doen. Als ik het je vertel, gaat het niet lukken.'

26

Ik loop op Megan Crowleys voordeur af terwijl Samantha's BMW de oprit af rijdt. Ik kijk naar Lindsays wapperende haar. Ze draaien de hoek om en haar opengestrekte hand gaat de lucht in, als afscheids- en succesgebaar.

Ik pak een rode pen uit mijn rugzak en teken snel stipjes op het gezicht van Lindsays voodoopoppetje voor ik hem terugstop. Ik klop op de deur en hoor zware voetstappen naderen terwijl ik zenuwachtig op de kokoswelkomstmat het gewicht van mijn ene naar mijn andere voet verplaats.

'Zeg het maar,' zegt Megans vader terwijl hij op me neerkijkt. Hij is een grote, zware, angstaanjagend uitziende man. Het slag vader dat het vriendje van zijn dochter bij de voordeur met een geweer begroet.

'Eh... hallo, ik ben Erin Channing. Ik ben een vriendin van Megan. Kan ik haar misschien even spreken?'

Haar vader fronst. 'Heeft dit te maken met die zogenaamde proefwerkfraude?' vraagt hij nors. 'Want ze heeft niets gedaan. Ik ken Megan, en zij is geen fraudeur.'

'Nee,' lieg ik. 'Ik kwam alleen even kijken hoe het met haar gaat en vertellen dat iedereen haar mist.'

Hij kijkt iets vriendelijker en doet de deur open om me binnen te laten. 'Ze zit op haar kamer. Helemaal boven, eerste deur links.'

'Wie is daar?' vraagt Megan als ik op haar deur klop.

'Ik ben het, Erin Channing. Ik moet je spreken.'

'Ik heb je niets te zeggen,' roept ze door de deur.

Nou, dat gaat lekker. Ik klop nog eens.

'Megan, doe alsjeblieft je deur open. Ik heb informatie die je vast wilt horen.'

Er volgt een lange pauze en dan wordt de deur van binnenuit met een klik van het slot gehaald. Ik duw hem open en loop haar kamer in, die er vrij standaard uitziet, behalve dan dat de muur is volgeplakt met posters van katten, honden, kittens, puppy's, konijnen en paarden, zodat alleen een paar kleine eilandjes van de onderliggende paarse verf zichtbaar zijn. Oké, denk ik. Dit was wel het laatste wat ik had verwacht.

Megan zit op haar bed, in een afgedragen joggingbroek en een uitgelubberd shirt. Haar haar zit door de war en ze is niet opgemaakt. Ze heeft bloeddoorlopen ogen. Haar hele gezicht zit onder de rode vlekken, precies zoals Samantha had beschreven.

Ze kijkt me aan terwijl ik de dierenposters in me opneem.

'Ik wil dierenarts worden,' zegt ze verdedigend. 'Maar als dit gedoe wordt geregistreerd, word ik nooit toegelaten op een goede universiteit en dan kan ik het wel vergeten.' Ze haalt haar neus op en veegt haar ogen af, en ik ben verbaasd dat ze zich zo kwetsbaar opstelt. Ik sta er ook van te kijken dat ze zo graag dierenarts wil worden. Ik denk dat ik er niet echt bij stil heb gestaan dat pestkoppen ook dromen hebben.

'En tussen twee haakjes, ik heb die proefwerken niet gestolen,' verklaart ze. 'Ik ben erin geluisd. En het zou me niks verbazen als Windenkind er iets mee te maken heeft, dus je kunt aan haar doorgeven dat mijn ouders een advocaat in de arm nemen.'

'Ik zou het wel fijn vinden als je haar Lindsay zou noemen,' zeg ik. 'En ik weet dat je die proefwerken niet hebt gestolen. Er is een andere verklaring voor.'

Megan ziet er tegelijkertijd verward, hoopvol en achterdochtig uit.

'O ja? En hoe luidt die dan?'

'Magie.'

Megans ogen lopen weer vol en ze draait zich van me af. 'Oké, Harry Potter. Ben je hier op een bezemsteel gekomen? Dit is echt niet grappig,' zegt ze en haar stem breekt. 'Als je hier alleen maar bent gekomen om wraak te nemen, kun je maar beter gaan.'

'Het is geen grap.' Ik haal het voodoopoppetje uit mijn rugzak. 'Moet je zien,' zeg ik terwijl ik het omhooghoud.

Megan slaat haar armen over elkaar en draait zich om, en ik kan aan de ongeduldige uitdrukking op haar gezicht zien dat ze kennelijk een slang verwacht die uit een blik springt, of een andere flauwe grap. Maar ik hou alleen de pop in de lucht en probeer een zo serieus mogelijk gezicht op te zetten. Ze moet geloven wat ik nu ga zeggen, want als ze dat niet doet, kan ik wel inpakken. Mijn hart bonkt zo wild dat ik het in mijn oren kan horen.

'En wat moet dat voorstellen?' vraagt ze geïrriteerd.

'Dat ben jij.' Ze deinst een beetje terug en er vindt ook een minieme verandering in haar gezichtsuitdrukking plaats. 'Dat ben jij,' herhaal ik nog eens. 'Zie je dat haar? De cheerleaderoutfit? En zie je die vlekken op het gezicht? Die heeft Lindsay drie dagen geleden aangebracht. En kijk nou, jij hebt precies zulke vlekken in je gezicht.'

Megans ogen gaan wijd open en ik kan zien dat ik haar aandacht heb.

'Ik geloof er niets van. Dat kan niet door haar komen.' Maar haar stem klinkt onzeker, alsof ze zichzelf probeert te overtuigen.

'Nou, toevallig krijgt ze heel veel voor elkaar. Heb je wel eens van

De Spirituele Winkel van Sinkel gehoord? Die wordt gerund door een vrouw die beweert een heks te zijn. Daar haalt Lindsay haar spullen vandaan. Daar heeft ze alles geleerd.' Megan gaat rechtop zitten en graait de telefoon van het nachtkastje.

'Oké, nou, als zij hierachter zit, ga ik het melden. Ik bel nu meteen de rector.'

'O ja?' zeg ik en ik doe mijn uiterste best om licht geamuseerd over te komen. 'En wat ga je zeggen? Dat Lindsay Altman een voodoopoppetje heeft behekst waardoor er wiskundeproefwerken in jouw mailbox zijn opgedoken? Denk je dat hij dat gelooft?'

Langzaam legt Megan de telefoon weer neer. 'Nee,' zegt ze. 'Want het is belachelijk.'

'Ik weet het,' zeg ik meelevend. 'Ik weet dat het zo klinkt. Ik dacht eerst precies hetzelfde.' Ik demp mijn stem tot een fluistertoon. 'Maar het is echt. Ik heb gezien wat ze allemaal kan.'

Megan slaat haar armen over elkaar. 'Jááá hoor.'

Ik haal mijn schouders op. 'Je kunt het best belachelijk maken, maar denk maar eens goed na. Denk je echt dat het toevallig is dat dit precies gebeurde nadat je die mail de hele klas had rondgestuurd? Ze wilde dat je van school werd getrapt. Ze wilde wraak nemen.' Ik pauzeer even voor het dramatische effect en ik kijk hoe Megan haar best doet om het in zich op te nemen. Ik zie in haar ogen dat ze niet zeker weet of ze me moet geloven of me eruit moet schoppen, en om haar verwarring uit te buiten ga ik snel verder: 'Maar je hebt geluk, want ze heeft er een slecht gevoel over. Ze is zo'n goed mens; na alles wat je haar hebt aangedaan, wil ze je nog steeds niet zien lijden. Persoonlijk vind ik dat je de tering kan krijgen. Maar Lindsay vindt van niet. Ze heeft me gevraagd je te vertellen dat ze bereid is alles weer recht te trekken.'

Megan kijkt sceptisch. 'Ze kan ervoor zorgen dat ik weer op school mag terugkeren?'

'Jep,' zeg ik. 'Maar op drie voorwaarden. Eén: je stuurt een e-mail naar alle vierdeklassers waarin je openlijk je excuses aanbiedt voor alle gemene dingen die je de afgelopen jaren tegen haar hebt gezegd en gedaan.'

'Wacht 's even,' zegt Megan. 'Alsof zij zo onschuldig is. Zij heeft ook heel lullig tegen mij gedaan. Ze heeft me vernéderd.'

Ik staar haar aan. 'Megan, dat was zéven jaar geleden. En ja, ze heeft je vernederd, maar dat was één dag. Jij hebt haar twee jaar vernederd. Jullie staan quitte.'

Ze lijkt hierover na te denken, alsof die gedachte nog nooit in haar is opgekomen. Ze gaat weer op haar bed zitten.

'Wat nog meer?' vraagt ze.

'Oké, nou... ten tweede, je belt Chris Bollmer op en biedt hem ook je excuses aan. En ten derde – en nu moet je heel goed luisteren, want dit is belangrijk – je gaat er persoonlijk voor zorgen dat niemand Lindsay ooit nog 'Windenkind' noemt, of ook maar iets zegt dat met winden of scheten te maken heeft.' Ik haal mijn schouders op, alsof het niets voorstelt. 'Als je dat doet, wil ze alles terugdraaien.'

Megan bestudeert me een minuut lang terwijl ze erover nadenkt. Ik kan zien dat ze nog twijfelt.

'Hoe weet ik of je de waarheid vertelt?' vraagt ze uiteindelijk. 'Hoe weet ik dat ze die dingen echt voor elkaar kan krijgen?'

'Dat weet je niet,' zeg ik terwijl ik de slaapkamerdeur opendoe en weg begin te lopen. 'Dat is het 'm nou net met magie. Of je gelooft erin, of niet. Jij mag het zeggen.'

Als ik thuiskom zit mijn moeder nog aan de keukentafel tussen de rechtenboeken, precies zoals ze erbij zat toen ik wegging. Ik schuif een stoel tegenover haar naar achteren en ga zitten. Mijn hele lichaam wordt slap zodra mijn kont het kussen raakt, en ik besef hoe vreselijk moe ik lichamelijk – en geestelijk – ben. Je kunt wel zeggen dat het emotioneel gezien een nogal uitputtende dag is geweest. En hij is nog niet eens voorbij. Verre van.

Ik steek mijn hand in mijn rugzak en haal er het kistje en de envelop met mijn moeders naam uit.

'Hai, schat,' zegt mijn moeder afwezig. Maar daarna kijkt ze op, ziet mijn gezicht en fronst. 'Gaat het? Ik zie aan je dat er iets is.'

'Mam, ik moet je iets geven.' Ik leg het kistje en de envelop op tafel, en haar adem stokt als ze Kiki's handschrift herkent.

'Wat is dit?'

Ik adem diep uit. 'Ik kwam vandaag een vriendin van Kiki tegen. Het is een lang verhaal, maar ze vroeg me je dit te geven. Het is de as van Kiki. De helft, welteverstaan. Zij heeft de andere helft gehouden.' Ik slik met moeite en probeer niet te denken aan hoe overstuur ze zal raken bij het lezen van de brief. Ik heb hem niet geopend, maar ik neem aan dat alles wordt uitgelegd, net als in die van mij. 'En deze brief moet je lezen. Er was er ook een voor mij.'

Er valt een traan uit mijn moeders ooghoek nog voordat ze zelfs maar de kans heeft gekregen om rood te worden. Het is alsof ik getuige ben van een of andere wonderbaarlijke gebeurtenis uit een sf-film: überrationele cyborg ervaart emotie. Ik weet best dat ze emotioneel en irrationeel kan zijn (met nadruk op het laatste) maar om de een of andere reden word ik blij van die eenzame traan. Mijn moeders liefde voor Kiki zit zo diep dat ze er geen controle over heeft. Ik kijk toe hoe ze de envelop openmaakt en begint te lezen. Ze glimlacht een paar keer en één keer lacht ze zelfs, en ik vraag me af wat Kiki geschreven kan hebben dat zo grappig is.

Als ze de brief neerlegt, barst ze in tranen uit, die onder haar op de rechtenboeken op tafel druppelen. Ze kijkt naar me op en lacht door de tranen heen, en ze legt haar hand op die van mij.

'Dank je, lieverd,' brengt ze uit. 'Dank je dat jij hebt gedaan wat ik niet kon.' Ze haalt beverig adem en blaast langzaam uit terwijl ze met de rug van haar hand haar tranen afveegt. 'Ik ben zo blij dat ik weet dat het niet aan mij lag. Je hebt geen idee hoe ik werd achtervolgd door de gedachte dat ze boos op me was toen ze stierf...' Ze geeft mijn hand twee klopjes. 'Dit betekent zo veel voor me. Dank je wel.'

'Dus geen gespit meer door fotolaatjes in de logeerkamer om twee uur 's ochtends?'

Ze slaat haar ogen schaapachtig neer. 'Kon je dat horen?'

Ik knik terwijl ik naar de rotzooi op tafel kijk. 'Jep, en als Amerikaanse puber met een chronisch slaaptekort zou ik u vriendelijk willen verzoeken, raadsvrouwe, u voortaan niet meer met dergelijke activiteiten in te laten.'

Ze lacht en schuift de boeken en gele notitieblokken met haar onderarm aan de kant. 'Dan zal ik deze wel niet meer nodig hebben.'

'Goddank. Ik vond je als kinderarts veel leuker.'

'Zal ik je eens wat vertellen? Ik vond mezelf ook veel leuker als kinderarts.' Ze kijkt op haar horloge en realiseert zich hoe laat het is. 'Heb jij al iets gegeten? Wil je dat ik iets voor je klaarmaak?'

'Nee, dat hoeft niet. Ik heb niet zo'n honger. En ik heb bovendien nog bergen huiswerk liggen.'

Ik check boven in mijn slaapkamer mijn e-mail. Er is een melding dat een onbekende afzender geprobeerd heeft iets te sturen; BlackCrow16. Ik accepteer het bericht en klik het daarna open.

Beste vierdeklassers,
Ik wil jullie twee dingen vertellen. Ik wil ten eerste duidelijk maken dat ik geen proefwerken heb gestolen. Ik ben er heilig van overtuigd dat mijn naam de komende dagen zal

worden gezuiverd en dat ik weer op school mag terugkomen. Ten tweede wil ik mijn welgemeende excuses aan mijn klasgenote Lindsay Altman aanbieden, voor alle grove en gemene grappen die ik de afgelopen twee jaar over haar heb gemaakt. Ik realiseer me nu dat ik dom bezig was, en het spijt me echt dat ik haar heb gekwetst. Lindsay is erg aardig en ze verdient het niet om zo te worden behandeld.

Ik hoop jullie allemaal snel weer te zien.

Hoogachtend,

Megan Crowley

Ze is er dus toch in getrapt. Of misschien ook niet. Misschien bedacht ze dat ze het net zo goed kon proberen. Hoe dan ook, het heeft gewerkt. Dat is alvast één zorg minder.

Ik klik op 'nieuw bericht' en stel een mail aan Chris Bollmer op. Als ik klaar ben, typ ik als onderwerp: *Je bent niet de enige die dingen weet.*

Ik houd mijn adem in als ik op 'verzenden' klik, en daarna blaas ik uitgeput uit.

Weer iets afgewerkt. Ik hoef nog maar één ding te doen.

Ik pak de telefoon op en toets het nummer van Jesse in. Mijn maag draait zich om, maar anders dan anders. Meteen springt de voicemail aan.

'Met Jesse. Wacht op...'

Ik wacht, maar als de piep volgt, heb ik geen idee wat ik moet zeggen. Wat zou ik kúnnen zeggen? Ik hang weer op.

Ik trek de dekens over mijn hoofd zonder zelfs maar de moeite te nemen me uit te kleden. Het is donker en warm en aangenaam, en ik weet nu al dat ik morgen de grootste moeite zal hebben om op te staan. Als ik überhaupt in slaap kom...

27

Samantha en ik kijken de volgende ochtend tijdens het huiswerkuur angstvallig naar Lindsays lege tafel.

Ze arriveerde vlak voor de eerste bel met haar moeder op school en ik zag ze in de gang voor de kamer van de rector op hun afspraak wachten.

Lindsay greep me bij mijn arm en trok me mee met de vraag of ik alles had weten recht te zetten. Ik had geen idee wat ik moest zeggen. Ik had nog geen reactie van Chris Bollmer ontvangen en ik had hem vanmorgen nog niet gezien, dus ik wist niet (en weet nog steeds niet) of het tweede gedeelte van mijn plan wel of niet heeft gewerkt. Maar ik kreeg niet eens de kans om dat te zeggen, want de secretaresse riep Lindsay en haar moeder naar binnen voor ik mijn mond kon opendoen. Lindsay hield haar ogen op mij vastgepind toen ze de kamer van de rector in liep, stilletjes smekend of ik haar zou kunnen helpen, en wel nu meteen. Ik kan het maar niet uit mijn hoofd krijgen. Het beeld van Lindsays paniekerige gezicht staat voor altijd in mijn geheugen gegrift.

'Ik ga kijken of ik iets te weten kan komen,' zegt Samantha als het huiswerkuur voorbij is en we de gang in lopen.

'Oké. Laat 't me meteen weten.'

'Doe ik. Heb je Jesse gesproken? Is alles oké?'

Ik vertel haar dat ik gisteren heb opgehangen en ze vertrekt haar gezicht. 'Dat lijkt me niet echt de juiste aanpak,' mompelt ze.

Ik laat mijn hoofd hangen. 'Ik weet het. Ik ben zó dom. Ik wist alleen niet wat ik moest zeggen. En nu moet ik op goed geluk die presentatie doen. Ik weet niet eens welk schilderij hij als derde voorbeeld heeft gekozen... Hoe moet ik nou tien minuten volpraten over een schilderij waar ik niets vanaf weet?'

Samantha trekt haar wenkbrauwen op. 'Gelukkig maar dat onze kleine ronde vriend je bijstaat, anders kun je je toppositie verder wel vergeten.'

'Ja, ja.' Mijn gedachten schieten weer alle kanten op. 'Je had Maya Franklin moeten zien toen ik laatst moest nablijven. Er stond zowat schuim op haar mond. Maar even serieus, ik maak me zorgen. Als wij zelf de touwtjes in handen hebben, betekent dat dan dat de bol het deze keer niet voor elkaar kan krijgen? Ik bedoel, wat moet er in hemelsnaam gebeuren om te zorgen dat ik opeens alles over een willekeurig kunstwerk weet?'

Samantha haalt haar schouders op. 'Osmose?'

Als ik bij kunstgeschiedenis binnenloop, keurt Jesse me geen blik waardig. Ik verman mezelf en loop naar zijn tafel om mijn verontschuldigingen aan te bieden.

'Jesse, het spijt me heel erg. Laat het me je alsjeblieft uitleggen. Ik had geen mobieltje, Lindsay was zomaar verdwenen en haar moeder belde me op en ik moest haar gaan zoeken...' Ik laat mijn zin afdwalen zodra duidelijk wordt dat Jesse niet gaat reageren. Hij zit daar maar, stil en in zichzelf gekeerd. Na een paar gruwelijk lange seconden overhandigt hij me, zonder me aan te kijken, een gele map.

'Hier heb je het werk dat ik heb gedaan. Succes.'

Ik wou dat hij tegen me had geschreeuwd. Ik wou dat hij me verrot had gescholden. Alles beter dan dit. Ik ga weer aan mijn eigen tafel zitten. Dat ik dit zo heb verknald!

Ik blader door de map en probeer mijn kalmte te hervinden.

Je moet je focussen, hou ik mezelf voor. Relax. Jesse heeft informatiekaartjes opgesteld voor *Prometheus geketend* en *De stad,* die zo ongeveer samenvatten wat we in het museum hebben besproken. Ik blader nerveus verder, op zoek naar het derde kunstwerk. Mijn hart staat zowat stil als ik zie wat het is. Ik voel me even licht in mijn hoofd, alsof ik ga flauwvallen.

Dit hou je niet voor mogelijk. Het kunstwerk dat hij heeft uitgekozen is *Camo-Outgrowth,* de lievelingsposter van mijn tante Kiki. Die ene met al die ondergeplakte wereldbollen die ze boven haar eettafel had hangen. Die ene waar we het altijd over hadden als ik bij haar over de vloer kwam.

Dus zó speelt de bol het voor elkaar.

'Jesse, Erin, zijn jullie er klaar voor?' vraagt meneer Wallace.

We knikken allebei en staan stijf voor de klas, zonder elkaar aan te kijken.

'Vertel eens, Erin, welke drie kunstwerken hebben jullie uitgekozen?' vraagt meneer Wallace. Ik dreun de titels en de namen van de kunstenaars op en meneer Wallace knikt. 'Heel interessant,' zegt hij terwijl hij ondertussen aantekeningen maakt. 'Oké, laat maar horen. Vertel maar hoe spiritualiteit in elk schilderij wordt verbeeld.'

Ik hou mijn mond zodat Jesse de spits kan afbijten met *Prometheus geketend,* dat was per slot van rekening zijn keuze. Hij is nogal zenuwachtig en hakkelend leest hij de informatiekaartjes zonder op te kijken voor. Er vormen zich zweetdruppeltjes op zijn wenkbrauwen. Wat is er met hem aan de hand? vraag ik me af. Komt dit door mij? Hij zit te mompelen en er is geen touw aan vast te knopen, dus ik schiet hem te hulp.

'Wat Jesse duidelijk probeert te maken is dat Prometheus spiritualiteit ís. Door het vuur van de goden te stelen, werd Prometheus het symbool van de overwinning van de menselijke geest over hen die hem juist proberen te onderdrukken.' Meneer Wallace glimlacht goedkeurend en ik ga verder met het uiteenzetten van mijn interpretatie van *De stad*. Vanuit mijn ooghoeken zie ik dat Jesses handen trillen.

'Het derde kunstwerk dat we hebben uitgekozen is Thomas Hirschhorns *Camo-Outgrowth*,' herhaal ik. 'Jesse, wil jij daarmee beginnen?'

Jesse bladert door zijn map en probeert zijn zenuwen te bedwingen. 'Ja, eh… bedankt. Zoals Erin al zei, hebben we *Camo-Outgrowth* gekozen, dat eh… een modern werk is over hoe wij eh… als samenleving geobsedeerd zijn door eh… oorlogsvoering.'

Meneer Wallace ziet er enigszins verbouwereerd uit. Ik werp een blik op de informatiekaartjes die Jesse gisteravond heeft opgesteld. Die zijn erg gedetailleerd en zorgvuldig opgesteld, maar hij is kennelijk compleet van slag. Ik voel me verschrikkelijk. Het is allemaal mijn schuld. Als hij even stilvalt, neem ik het over.

'Ik ben ook van mening dat dit werk een commentaar is op de fascinatie voor oorlogsvoering van de samenleving uit de twintigste eeuw. De herhaling van de wereldbollen symboliseert hoe universeel oorlog is geworden. Het afplakken staat naar mijn idee ook symbool voor hoe onderdrukkend oorlog voor de menselijke geest kan zijn, hem als het ware dwingt onder te duiken. Als je erover nadenkt, maken de drie kunstwerken een cirkelbeweging. *Prometheus geketend* vertegenwoordigt de overwinning van de menselijke geest over hen die hem willen onderdrukken. *De stad* geeft weer hoe spiritualiteit in het machinale tijdperk in de verdrukking raakt en *Camo-Outgrowth* stelt dat oorlog, als we niet opletten, mensen in machines kan veranderen, waardoor de onderdrukker uiteindelijk overwint.' Ik adem uitgeput uit. Over channeling door mijn tante Kiki gesproken. Geen idee waar dit allemaal vandaan kwam.

Meneer Wallace gaapt me aan en de hele klas barst in een spontaan applaus uit. Dat wil zeggen: de hele klas behalve Maya Franklin, die chagrijnig voor zich uit zit te kijken. (Ha!)

'Heel goed gedaan,' mompelt meneer Wallace. 'Je...'

Hij wordt onderbroken door de bel.

'Morgen zijn Emily en Phoebe aan de beurt,' vervolgt hij haastig. 'En denk eraan, aanmeldingen voor de reis naar Italië moeten morgen uiterlijk om vijf uur bij mij binnen zijn!' roept hij in een poging boven het kabaal van iedereen die zijn spullen inpakt, uit te komen. 'Erin, Jesse, blijven jullie nog even hier?'

Als iedereen vertrokken is, nodigt meneer Wallace ons uit om voor in de klas bij hem aan tafel te komen zitten.

'Ik moet zeggen dat ik erg onder de indruk was van de kunstwerken die jullie hebben uitgekozen. Ze waren origineel en onverwacht. Maar ik vond de algehele presentatie teleurstellend. Het was overduidelijk dat jij niet goed was voorbereid, Jesse, en het lag er dik bovenop dat Erin al het werk heeft gedaan. Ik vrees dat ik daar bij de beoordeling wel rekening mee moet houden.'

Jesses mond valt open en zijn gezicht wordt knalrood.

'Meneer Wallace,' probeer ik nog uit te leggen, maar voordat ik de kans krijg om iets te zeggen, pakt Jesse zijn tas op en rent het lokaal uit.

'Jesse, wacht!' roep ik. Ik probeer hem achterna te rennen, maar ik word tegengehouden door de menigte ouderejaars die de klas binnenstroomt voor de volgende les. Ik baan mezelf een weg de gang in, maar ik ben te laat.

Hij is verdwenen.

Ik laat me langs de muur op de grond zakken en net als bij mijn moeder biggelen de tranen over mijn wangen. Dit heb ik nooit gewild. Ik speel de gebeurtenissen van gistermiddag als een filmscène in mijn hoofd af: de rit in Samantha's auto, hoe ik de bol uit mijn tas haalde, hoe ik de verkeerde vraag stelde. Ik had niet moeten vragen of ík een 8½ voor de presentatie zou halen. Ik had moeten vragen of wíj een 8½ voor de presentatie zouden halen. Stom, stom, stom.

Ik weet niet wat ik moet doen. Als ik meneer Wallace de waarheid vertel, kan ik zeker niet mee naar Italië. Maar als ik hem niets vertel, kan Jesse ook niet mee. Ik leg mijn hoofd in mijn handen en probeer een antwoord of een oplossing te verzinnen. Maar deze keer komt er niets bovendrijven.

Gelukkig is het vandaag woensdag. Dan heb ik altijd de laatste twee uur vrij. Nou, technisch gesproken heb ik het zevende uur vrij en is het zesde uur een keuzestudie-uur natuurkunde. Maar vandaag kies ik ervoor om het te laten schieten.

Mijn moeder heeft Kiki's as op de schoorsteenmantel gezet, en ik pak het zwartgelakte kistje en stop het voorzichtig in mijn rugzak, waar de bol ook nog steeds in zit. Ik schuif mijn trui ertussen zodat ze niet tegen elkaar aan stoten en loop de achtertuin in.

In een van de hoeken staat een enorme eikenboom. Als kind zat ik er heel vaak; soms om na te denken, soms om te lezen, soms om te spelen, soms om op een hete zomermiddag gewoon even uit de zon te zijn. Ik heb er in geen jaren gezeten, maar op de een of andere manier is het de enige plek waar ik op dit moment wil zijn.

Ik haal het kistje tevoorschijn en zet hem voorzichtig naast me op de grond, en daarna pak ik de bol en laat hem door mijn handen gaan terwijl ik tegen de dikke stam van de boom aan leun. Het is er koel en fris en rustig, precies zoals ik het me herinner.

De opstellen voor de reis naar Italië moeten morgen worden ingeleverd. Ik heb gehoord dat het docentencomité van de vierdeklassers na school samenkomt om ze te bespreken. En ik weet nog steeds niet waar dat van mij over moet gaan.

Ik staar naar de bol. Ik kan er met mijn verstand niet bij dat ik hem het enige wat ik echt wilde niet eens heb kunnen vragen. Halfhartig schud ik de bol.

'Word ik, als ik meneer Wallace de waarheid vertel, uitgekozen om mee naar Italië te gaan?' fluister ik. Ik kijk hoe de achthoekige dipiramide in de roze vloeistof ronddraait en uiteindelijk bij een antwoord stilhoudt.

Uw toekomst is in nevelen gehuld. Stel uw vraag opnieuw.

Oké dan.

Ik leg de bol neer en pak het kistje met mijn tante Kiki erin. Het is zo bizar om te bedenken dat ze daar echt in zit. Nu begrijp ik waarom mijn moeder er zo op gebrand was de as te krijgen: het is een stuk makkelijker om haar nabijheid te voelen als ze werkelijk in de buurt is.

'Wat moet ik doen, tante Kiki?' vraag ik aan het kistje.

Ik laat mijn vinger over het ingelegde parelmoeren ontwerp gaan en uit het niets landt er een monarchvlinder op mijn been.

'Whoa,' zeg ik hardop.

De vlinder klappert met zijn oranje-zwarte vleugels, zich kennelijk niet bewust van het feit dat ik geen bloem ben. Hij vliegt een meter omhoog en ik zie hem snel heen en weer fladderen tussen de bladeren boven mijn hoofd. Ik wil net mijn ogen sluiten als hij weer terugvliegt en op mijn arm landt. Hij zit op misschien een halve meter van mijn gezicht, en ik kijk hoe hij me onverstoord aankijkt. Het lijkt wel of hij me aanstaart en zit af te wachten tot ik iets ga zeggen of doen.

Mijn hart bonkt. 'Tante Kiki, ben jij dat?'

De vlinder vliegt weg bij het horen van mijn stem en ik kijk hem na tot ik hem uit het oog verlies. Ik kijk naar het zwarte kistje en lach om mezelf. Dat ik net een vlinder heb aangesproken! En dat ik dacht dat een vlinder de incarnatie van mijn tante Kiki zou kunnen zijn! Zoiets zou mijn oude ik zelfs niet eens hebben kunnen verzinnen. Never nooit niet.

Mijn oude ik, denk ik.

Oké.

Betekent dat dat er een nieuwe ik is?

Dat brengt me op een idee. Ik maak mijn rugzak open en haal er een notitieblok en een pen uit, en de woorden beginnen uit me te stromen, alsof ze zichzelf schrijven.

Geacht docentencomité van de vierdeklassers,

Ik dacht altijd dat ik open-minded was. Dat dacht ik omdat ik mensen niet discrimineerde op grond van hun ras, huidskleur of religie. Ik veroordeelde mensen niet vanwege hun politieke ideeën. Ik nam geen aanstoot aan mensen die zich lieten piercen of tatoeëren of hun haar paars verfden. Maar ook al accepteerde ik mensen die anders waren, ondertussen stond ik wel met een oordeel klaar. In gedachten bestempelde ik ze als freaky, of dom, of te populair naar mijn smaak, terwijl ik normaal was en het bij het rechte eind had. Maar ik besef nu dat je niet open-minded bent als je verschillen toevallig tolereert.

In de afgelopen twee weken ben ik met een hoop nieuwe mensen en nieuwe overtuigingen en ideeën in aanraking gekomen. Eerst verwierp ik die meteen, zoals ik gewend was. Deze mensen en hun ideeën kwamen me idioot en irrationeel voor. Ik vond ze vooral vreemd. Maar na verloop van tijd begon ik in te zien dat ze dat misschien niet waren. Ik stelde me open op (maar nu echt) en begon in te zien dat ik zelf misschien wel vreemd was. Ik was altijd zo star in mijn manier van denken, misschien zag Ik het wel verkeerd. En ik bedacht dat het daar bij kunst eigenlijk om draait: openstaan voor de wereld om je heen en bereid zijn om dingen die je niet meteen kunt volgen, proberen te begrijpen.

Een wijs iemand heeft ooit geprobeerd me te overtuigen om de wereld te zien als een plek vol kansen en mogelijkheden, zijsporen en wendingen, in plaats van het allemaal keurig voorgekauwd te laten aanleveren. Ik begrijp nu dat ze gelijk had.

Ik geloof, tot slot, dat ik een ideale kandidaat ben voor de kunstgeschiedenisreis naar Italië; ik wil namelijk erg graag nieuwe dingen leren en door nieuwe ideeën beïnvloed raken, en gebruikmaken van alle kansen en mogelijkheden die de wereld te bieden heeft. Ik hoop dat jullie tot de conclusie komen dat ik dat voorrecht waard ben.

Hoogachtend,

Erin Channing

'Zie je, ik zei toch dat ze hier zou zitten.'

Ik kijk verbaasd op bij het horen van Lindsays stem. Zij en Samantha komen op me afgelopen. (Dat wil zeggen: Lindsay loopt en Samantha staat voortdurend stil en strompelt dan weer verder omdat haar acht centimeter hoge hakken steeds in het gras wegzakken.)

'Wat heb jij hier nou te zoeken?' vraagt Samantha, half afgeleid. 'Het is smerig en er zijn hier allemaal... insecten en zo.' Ze maakt slaande bewegingen voor haar gezicht en zegt dan schamper over mijn witte jeans: 'Wedden dat je kont onder de grasvlekken zit?'

'Ik heb mijn opstel geschreven,' zeg ik trots, terwijl ik mijn notitieblok omhooghou. 'Ik was er eindelijk uit wat ik moest schrijven.'

Samantha rolt met haar ogen. 'O, nou… gefeliciteerd. Ik ben blij voor je. Maar wil je nog weten of je beste vriendin van school wordt gestuurd of hoe zit dat?'

O mijn god.

Ik was zo opgegaan in mijn presentatie en dat gedoe met Jesse en mijn opstel dat ik Lindsay helemaal vergeten was.

'Natuurlijk! Sorry! Hoe is het afgelopen? Ik wil alles weten.'

Lindsay ploft naast me neer op het gras, terwijl Samantha haar trui uittrekt (het is een oude, zie ik), hem zorgvuldig uitspreidt en er voorzichtig op gaat zitten. Als ze eenmaal zit, schopt ze haar schoenen uit en haar hele lichaam lijkt zich in één keer te ontspannen.

'Nou, het was heel bizar,' begint Lindsay. 'Mijn moeder en ik zitten bij meneer Baker in zijn kamer aan zijn bureau en hij begint uit te leggen dat ze een fraudegroep hebben ontdekt. En toen zei hij dat Megan Crowley erachter zat, maar dat ze konden bewijzen dat ik haar hielp. En ik zweer je, als ik niet zo bang was geweest, zou ik in lachen zijn uitgebarsten over zo veel onnozelheid, dat ík Megan Crowley überhaupt ergens mee zou helpen. Ik bedoel, het lijkt wel of leraren geen idee hebben wat er op school speelt. Echt geen idee.'

'Nou, en toen?'

'Nou, ik stond half op instorten en wilde net bij hoog en laag zweren dat ik er niets mee te maken heb, als de secretaresse de deur opendoet om te melden dat ze meneer Baker dringend moet spreken. Dus hij loopt met haar naar buiten en komt een minuut later met een rood gezicht weer binnen en biedt zijn excuses aan. Wel tien keer. Hij zegt met een schaapachtige blik dat het om een misverstand blijkt te gaan, dat ik weer naar de klas mag en deze hele affaire zo snel mogelijk moet vergeten. En mijn moeder en ik hadden zoiets van: hè, wat? Maar toen we zijn kamer verlieten – en, echt, ik trilde van top tot teen en kon nauwelijks lopen – wie zag ik daar bij de deur staan wachten?'

'Chris Bollmer,' antwoord ik.

Lindsay en Samantha trekken een verbaasd gezicht.

'Hoe wist je dat?' vraagt Lindsay. Ik glimlach en trek mijn wenkbrauwen op.

'Magie,' antwoord ik.

28

Samantha geeft me een lift naar school, en ik loop het kunstgeschie-denislokaal in terwijl meneer Wallace net zijn spullen staat in te pakken. 'Hallo, Erin,' zegt hij aangenaam verrast. 'Nou, je hebt zeker hele goeie oren; ik vertelde net aan mijn collega's hoe indrukwekkend ik je presentatie vandaag vond. Je interpretatie van *Camo-Outgrowth* was van een behoorlijk hoog niveau.'

Ik bloos en verplaats mijn gewicht van de ene op de andere voet. 'Bedankt, maar eh... daar wilde ik u eigenlijk even over spreken. Over de presentatie, bedoel ik.'

Meneer Wallace knippert achter zijn brillenglazen met zijn ogen en gaat weer op zijn stoel zitten. 'Oké, brand maar los.'

Ik slik de brok in mijn keel weg en zet alles in het werk om de tranen tegen te gaan. 'Oké. Ik vind dit best moeilijk, maar eh... ik weet wel dat het leek of Jesse niet goed voorbereid was, maar dat was hij wel. Volgens mij was hij gewoon nerveus of zo.'

Meneer Wallace knikt meelevend terwijl hij langs zijn sikje strijkt alsof het een huisdier is.

'Maar het was een mondelinge presentatie,' brengt hij in herinnering.

'Je beoordeling wordt gedeeltelijk bepaald door de manier waarop je het materiaal aan de klas presenteert.'

Ik zucht. Ik zie dat meneer Wallace het me niet makkelijk gaat maken. 'Dat begrijp ik. Maar hij was ook nogal pissig op mij en dat kan ook van invloed zijn geweest op zijn presentatie.'

Meneer Wallace trekt een wenkbrauw op. 'Waarom was hij pissig op jou?'

Ik zie in gedachten de hele tijd de tatoeage op de binnenkant van Jesses arm: *Integriteit. Integriteit. Integriteit.* Ik herhaal het aan één stuk door.

'Omdat ik gisteravond niet was komen opdagen voor ons laatste museumbezoek. En ik heb hem helemaal niet geholpen bij de presentatievoorbereiding. Jesse heeft al het werk gedaan. Ik bedoel, niet alles. We zijn de eerste twee keer samen naar het museum geweest en ik heb meegeholpen bij het uitkiezen van de eerste twee schilderijen. Maar hij heeft *Camo-Outgrowth* in zijn eentje uitgekozen.' Ik slik en kijk naar de grond. 'Het was puur toeval dat ik dat werk zo goed kende.'

Meneer Wallace leunt in zijn stoel achterover, zijn ogen laten niets los. 'Aha,' zegt hij. Hij strijkt weer langs zijn sikje en zucht diep. 'Nou Erin, ik vind het fijn dat je me hebt verteld hoe het zit. Maar je hebt de opdracht niet voltooid. Iedereen moest drie keer naar het museum, en jij bent maar twee keer geweest.' Hij schudt spijtig zijn hoofd. 'Ik wilde je een 8½ geven, maar nu ik dit weet, moet ik je een punt lager geven.'

Een heel punt. Dat brengt me op een 7½, waardoor mijn gemiddelde voor kunstgeschiedenis op een ruime 8 uitkomt. Wat betekent dat ik niet voor de schoolreis in aanmerking kom. Mijn ogen beginnen te prikken.

'Ik ben erg teleurgesteld in je, Erin,' gaat meneer Wallace verder. 'En niet alleen omdat je je werk niet hebt gedaan. Ik ben teleurgesteld omdat je je klasgenoot hebt laten zitten.'

Er verschijnt een irritante traan, net als die ene traan van mijn moeder. Ik zeg niets terug. Ik rommel alleen door mijn rugzak, op zoek naar mijn opstel. Het heeft me een hoop bloed en zweet (ja, ook tranen) gekost om dat ding te schrijven – oké, misschien alleen een beetje zweet en nauwelijks bloed, maar toch – en ik ga hem echt niet zomaar weggooien. Dat mag hij zelf doen.

'Alstublieft,' weet ik nog net uit te brengen terwijl ik het op zijn bureau leg. 'Niet dat het nu nog uitmaakt.' Ik draai me om en loop zijn kamer uit, zodat meneer Wallace alleen met zijn sikje achterblijft.

Om negen uur 's avonds vliegt er een rode zure bom door mijn open raam.

Wat krijgen we nou?

Ik laat mijn wiskundehuiswerk voor wat het is en pluk hem van het tapijt. Terwijl ik hem bestudeer, hoor ik *pok* tegen mijn raamkozijn en daarna vliegt er een groene zure bom doorheen, die me in mijn rug raakt. Dat moet Samantha zijn. Ze is waarschijnlijk het huis uit geglipt en wil dat ik bij haar in de auto spring, God mag weten waarnaartoe. Las Vegas, waarschijnlijk.

Ik leun naar buiten, klaar om iets te roepen, maar slik het meteen weer in.

Het is Samantha niet. Het is Jesse.

'Wat doe jij nou?' vraag ik op een fluistertoon.

'Ik vuur zure bommen op je af,' antwoordt hij grijnzend, ook op fluistertoon. 'Je bent geraakt door die met appelsmaak.'

'Ik kom naar beneden,' zeg ik. 'Loop even om, dan zie ik je bij de bijkeuken.'

Ik graai een stapel vieze kleren uit mijn wasmand en loop op mijn tenen de trap af, in de hoop dat mijn ouders me niet horen. Een van de treden kraakt onder mijn gewicht en ik krimp ineen.

'Ben jij dat, Erin?' roept mijn moeder vanuit haar slaapkamer.

238

'Ja,' roep ik terug. 'Even wat was in de machine doen.'

Ik word verder niet meer gestoord en gooi de kleren snel boven op de wasmachine. Ik ben echt stomverbaasd. Jesse was helemaal klaar met me – en nu komt hij me opeens vrolijk grijnzend, alsof er niks aan de hand is, met zure bommen bekogelen. Ik vraag me af of hij sinds de Flamingo Kids aan de drugs is geraakt, of dat hij opeens aan een korte-termijngeheugenstoornis lijdt en zich niets meer van de afgelopen vie-rentwintig uur kan herinneren… Ik strijk mijn haar glad en realiseer me dan pas dat ik mijn Barry Manilow-T-shirt aanheb.

'Hoi,' zeg ik en ik probeer niet te blozen.

'Hoi,' zegt hij. 'Is dat een T-shirt van een Barry Manilow-concert?'

'Jij hield toch van *Copacabana,*' wrijf ik hem verdedigend onder de neus.

Hij lacht. 'Ja, maar ik ben niet naar zijn concert geweest.'

Ik sla mijn armen over elkaar om Barry's gezicht aan het oog te ont-trekken. 'Wat kom je hier doen?' Ik heb meteen al spijt van die woor-den.

Hij kijkt me met die superblauwe ogen aan en mijn hart bonkt net zo pijnlijk als een rotte kies.

'Ja,' zegt hij. 'Meneer Wallace heeft me gebeld. Hij heeft verteld wat je hebt gedaan. Hij geeft me een 8½.'

'Is je cijfergemiddelde nu hoog genoeg?' fluister ik met mijn ogen op de grond gericht.

'Ja. Net.' Hij legt zijn hand onder mijn kin en houdt mijn gezicht schuin, net als die avond bij de hot spring. Alleen al de gedachte aan die avond zorgt ervoor dat mijn benen helemaal slap worden en ik heb het gevoel dat ze het zo gaan begeven. 'Maar hij zei dat hij jou een 7½ gaat geven.' Hij kijkt me onderzoekend aan. 'Waarom heb je dat gedaan?'

Ik haal mijn schouders op en doe net alsof het niets voorstelt, ook al weet ik dat hij weet dat het niet zo is. 'Het was het enige juiste om te doen. En bovendien verdien jij die reis naar Italië veel meer dan ik. Jij hebt een veel betere reden.'

Jesse leunt naar voren en kust me.

'Ik had eigenlijk gehoopt dat we samen zouden gaan,' zegt hij.

Nu rollen de tranen over mijn wangen maar het kan me niets schelen; ik sla mijn armen om hem heen en begraaf mijn gezicht in zijn zachte gele T-shirt, mijn wang stevig tegen hem aan gedrukt.

'Ik ook,' zeg ik gesmoord, nauwelijks in staat om te praten.

Zo staan we daar een paar minuten, in een innige omhelzing, terwijl ik flink uithuil: omdat ik hem heb teleurgesteld, omdat ik niet kon uitleggen waarom, omdat ik hem in de klas voor schut zette, omdat ik niet mee mag naar Italië, omdat hij zonder mij naar Italië gaat. Uiteindelijk maak ik me uit de omhelzing los.

'Sorry,' zeg ik. 'Voor alles.'

Hij veegt mijn wangen met zijn vingertoppen droog en strijkt mijn tranen weg. 'Het geeft niet. Ik weet niet precies wat er aan de hand is, maar ik weet wel dat je iets deed om Lindsay te helpen, en ik begrijp het. Vrienden gaan voor. En zo hoort het ook.' Hij doet een stap naar achteren. 'Hé, over Lindsay gesproken, heb je het gehoord, over Chris Bollmer? Hij heeft bekend dat hij mevrouw Newmans computer had gehackt en ervoor had gezorgd dat het leek alsof Megan Crowley de wiskundeproefwerken had gestolen. En hij had Lindsay er ook in willen luizen. Hij kon het niet verkroppen dat ze niet voor hem op haar knieën was gevallen nadat Megan van school was getrapt. Hoe dan ook, hij is van school gestuurd. Maar daarna kwam de politie. Ze hadden het erover dat hij misschien wordt aangeklaagd omdat hij in het schoolsysteem heeft ingebroken, en misschien moet hij naar een jeugdgevangenis. Dat geloof je toch niet?'

'Nee.' Ik doe alsof ik geschokt ben maar eigenlijk ben ik dat ook echt. 'Echt bizar.'

'Nou, het meest bizarre moet nog komen. Toen hij zijn verhaal uit de doeken deed, bleef hij maar herhalen dat er een magische bol was die het op hem had gemunt als hij het niet zou opbiechten.'

Mijn hart bonkt zo hard dat ik bang ben dat Jesse het kan horen. 'Wauw,' zeg ik. 'Dat is pas bizar. Lizzie, Matt en Cole zullen hun vingers erbij aflikken.'

Jesse rolt met zijn ogen. 'Je moest eens weten.'

Ik bijt op mijn lip. Ik heb best met Chris te doen. Ik bedoel, hij krijgt wat hij verdient – hij hééft de schoolcomputer gehackt en het anderen in de schoenen geschoven – maar toch. Ik moet meteen aan Megan denken, die dierenarts wil worden. Ik vraag me af of Chris ook dromen had voor de toekomst.

'Ik moet weer naar binnen,' zeg ik. 'Ik wil niet dat mijn ouders denken dat ik echt de was aan het doen ben of zo. Dan gaan ze er misschien op rekenen.'

Jesse lacht. 'Oké. Zie ik je morgen?'

Ik leun naar voren en geef hem een kus. 'Jep. Zeker weten.'

29

De volgende dag bij de lunch is alles weer zoals het was. Of, zoals Samantha het in haar sms verwoordde: zoals het was VHEBW (Voor Het Echt Bizar Werd). Samantha, Lindsay en ik zitten aan ons gebruikelijke tafeltje. Ondertussen zitten Megan, Chloe, Brittany en Madison aan de andere kant van de kantine aan een tafel te smoezen. Ik zie Jesse door de zijdeur de kantine in lopen en ik zwaai naar hem. Hij zwaait terug, loopt op ons af en geeft me, als hij onze tafel heeft bereikt, een zoen op mijn wang.

Oké. Misschien is niet álles zoals het was VHEBW.

Het hele vertrek gonst van het nieuwtje over Chris Bollmer. Waar je ook kijkt, overal zit er wel iemand over Chris of Lindsay of Megans e-mail over Lindsay te praten. Het is dé roddel van de eeuw. Het zou een eigen *Dit is het nieuws*-special moeten krijgen (met Lizzie, Matt en Cole als medepresentatoren, dat spreekt voor zich).

'Ik kan nog steeds niet geloven dat alles goed is uitgepakt,' fluistert Lindsay terwijl ze op haar stoel heen en weer draait. Haar kuiltje is weer terug. Ik zie hem voor het eerst sinds tijden.

Samantha trekt een wenkbrauw op en kijkt me veelbetekenend aan.

'Het is best spectaculair. Maar het zou nog veel spectaculairder zijn als we wisten wat er in jouw e-mail aan Chris Bollmer stond.'

Net als ik wil zeggen dat ik geen idee heb waar ze het over heeft, komen Megan en haar *gang* met grote passen onze kant op. Een paar leerlingen aan de tafel naast die van ons stoten elkaar aan, en net als bij een wave in een voetbalstadion, trekt er een tot stilte manende ssst! door de kantine. Ik kijk in de plotselinge rust om me heen en zie honderden ogen afwachtend kijken naar wat er gaat gebeuren.

Lindsay verstijft en de oude angst kruipt weer in haar gezicht. Ik kijk Megan met een waarschuwende blik aan dat ze niets stoms moet gaan uithalen.

Maar Megan glimlacht alleen maar.

'Hoi, Lindsay,' zegt ze opgewekt.

Lindsay kijkt om zich heen, onzeker hoe te reageren. Ik weet precies wat ze denkt. Ze vraagt zich af of ze het wel goed heeft gehoord.

'Eh… hoi?' zegt Lindsay. Het komt eruit als een vraag, zoiets als: denk je nou echt dat ik na twee jaar pesterijen aardig ga doen omdat je toevallig per mail je excuses hebt aangeboden?

'Ik wou even zeggen hoe opgelucht ik ben dat die freak niet meer op school zit,' gaat Megan verder. Ze kijkt om zich heen en gaat zachter praten zodat niet de hele kantine kan meeluisteren. 'Voor ons allebei.' Als ze zich weer naar ons toe draait, zie ik een zweem van ongerustheid in haar ogen. Ik glimlach in mezelf. Ze gelooft het dus echt. Ze gelooft dus echt dat Lindsay over magische krachten beschikt. Dit is zó goed!

'Enne… ik hoop dat we gewoon kunnen zeggen: zand erover. Ik bedoel, ik zou het wel leuk vinden als we vrienden konden zijn. Waarom eigenlijk niet, toch?'

Lindsay kijkt Megan aan met een blik die zegt: dit kun je niet menen en Samantha slaat beide handen voor haar mond.

'Ik ben eigenlijk wel tevreden met de vrienden die ik heb,' antwoordt

Lindsay. 'Maar evengoed bedankt.'

'O,' zegt Megan. De nepglimlach die ze snel tevoorschijn tovert, kan niet verhullen hoe geschokt ze is. 'Oké, nou... je kunt me...' Ze maakt haar zin niet af. Ze laat haar hoofd zakken en met de groupies in haar kielzog maakt ze zich stilletjes uit de voeten.

'Jezus,' sist Samantha, die eindelijk haar handen bij haar mond weghaalt. 'Dat was echt spectaculair! Je was echt van: Sorry bitch, TTYN!'

Jesse draait zich naar mij toe, zijn gezicht één groot vraagteken.

'*Talk to you never,*' vertaal ik voor hem.

Lindsay blaast luid en opgelucht uit. 'Daar heb ik nou zó lang op zitten wachten...'

Jesse heft zijn colablikje.

'Nou, dan stel ik een toost voor,' zegt hij zacht terwijl de rest van de kantine het voorval op zich in laat werken. 'Op Lindsay.'

Samantha en ik heffen onze blikjes drinken om met die van hem te klinken.

'Op Lindsay,' fluisteren we met z'n allen.

Terwijl de lunch ten einde loopt en iedereen zijn etensresten begint op te ruimen en afdruipt naar de kluisjes, zie ik dat Samantha op iets aan de andere kant van de kantine is gefixeerd. Ik volg haar blik. Het is Aiden.

'Alleen dat van jou en Aiden heb ik niet kunnen oplossen,' zeg ik tegen haar. 'Het spijt me.'

Ze onderbreekt haar gestaar en kijkt me aan. '*Au contraire, mon frère,*' zegt ze. 'Dat heeft zichzelf opgelost. Trance heeft het gisteren met hem uitgemaakt. Ze blijkt al maandenlang vreemd te gaan met een of andere gast van haar eigen school, en dat heeft ze hem uiteindelijk opgebiecht. Aiden kwam vanochtend met de staart tussen de benen teruggekropen.'

Ik weet niet of ik blij moet zijn of dat ik moet braken. 'Is het nu dan weer aan?'

Samantha lacht, alsof ik net het meest idiote heb gezegd wat ze ooit heeft gehoord. 'Alsjeblieft, zeg. Ik zei dat hij maar bij iemand anders moest aankloppen. Ik bedoel, denkt hij nou echt dat ik iets met hem zou willen nadat hij me zo honds heeft behandeld?'

Ik leun naar voren en demp mijn stem, zodat Jesse me niet kan horen. 'Misschien kwam het door de bol,' help ik haar herinneren.

'Bol, LOL,' fluistert ze. 'Hij heeft me genaaid en ik ben er klaar mee. Ik heb het achter me gelaten. Aiden is zó passé.' Ze werpt weer een verlangende blik op hem.

'Echt?'

'Oké, misschien niet echt, maar dat hoeft hij niet te weten.' Ze giechelt. 'Ik ga hem maandenlang kwellen. Dat wordt lachen. Misschien begin ik wel iets met die zanger van de Flamingo Kids. Hij zei dat ze zouden terugkomen, weet je nog?'

Ik kreun. 'Alsjeblieft, geen concerten meer. Echt, mijn hoodie is met pensioen.'

Jesse tikt op mijn schouder. 'Hé, waar zitten jullie zo stiekem over te fluisteren?'

Samantha glimlacht vrolijk naar hem. 'O, niks. Erin zegt dat ze niet kan wachten tot de Flamingo Kids weer gaan optreden.'

Jesse lacht. 'Je liegt.'

Samantha lacht ook en ik kijk haar vernietigend aan.

'Fok jou,' fluister ik.

'Je zou niet willen dat ik anders was,' fluistert ze terug.

Jesse en ik lopen hand in hand door de gang naar kunstgeschiedenis. 'Ik weet niet of ik meneer Wallace wel onder ogen durf te komen,' beken ik. 'Zou hij nu een hekel aan me hebben?'

'Dat is onmogelijk. Niemand kan een hekel aan jou hebben. En trouwens, er is een hoop lef voor nodig om te doen wat jij hebt gedaan.'

We blijven nog even bij de deur staan en hij geeft me, voor het oog van de hele klas, een lange zoen op mijn mond. 'Ik kan me daar binnen nauwelijks concentreren, met de gedachte dat jij twee rijen achter me zit en ik je niet kan aanraken,' fluistert hij als hij klaar is.

'Ik heb het nog zwaarder. Ik moet naar jouw achterhoofd zitten staren. Over afleiding gesproken.'

Hij kust me nog een keer, maar we worden plotseling onderbroken door Maya Franklin.

'Ten eerste, *get a room*. En ten tweede, Erin, ik heb gehoord van je 7½. Zó jammer voor je.'

Ik slik. 'Ja, nou, gefeliciteerd. Nu sta jij zeker bovenaan?'

Maya doet net alsof ze dat voor het eerst overdenkt. 'O, wauw. Zou ik nu bovenaan staan? Jeetje, dat had ik me nog niet gerealiseerd...'

De bel gaat. We gaan op onze plaats zitten en ik moet de presentatie van Phoebe en Emily ondergaan. Gaap! En ik ben echt niet hatelijk ingesteld. Alleen is die zo saai vergeleken met die van ons; fantasieloos en voorspelbaar, en... euhm, nogal binnen de hokjes gedacht. Ik hoef niet te huilen, maar ik ben wel boos. Mijn 7½ is zo onredelijk.

Ik probeer mezelf af te leiden door naar Jesse te kijken. Ik ga elk lichaamsdeel af en probeer me te herinneren waar ik hem heb aangeraakt en hoe dat voelde. De achterkant van zijn nek, zijn schouders, zijn onderrug... Opeens gaat hij verzitten en tilt hij zijn linkerhiel van de grond, zodat de zool van zijn All Stars zichtbaar wordt.

Ik zie je wel kijken.

Ik probeer een lach te onderdrukken. Hij draait zijn hoofd en geeft me een snelle knipoog.

Als de bel gaat, geeft de klas Emily en Phoebe een applaus. Meneer Wallace staat op en probeert, net zoals gisteren, zijn aankondigingen boven het lawaai uit te roepen.

'Morgen is de presentatie van Christian en Maya, en niet vergeten: aanmeldingen voor Italië moeten vanmiddag om vijf uur bij mij binnen zijn! En Erin Channing, zou jij nog even willen blijven? Ik wil je spreken.'

Jesse en ik wisselen bezorgde blikken uit en hij gebaart dat we elkaar in de gang zien als ik klaar ben.

Ik wacht terwijl Carolyn Strummer meneer Wallace lastigvalt met een vraag over de Italiaanse renaissance, en mijn hart gaat tekeer terwijl hij haar zo mogelijk het allerlangste antwoord geeft uit de hele geschiedenis. Wat zou hij van me willen? Misschien heeft hij nog eens nagedacht en is hij tot de conclusie gekomen dat een 7½ niet laag genoeg is. Of misschien heeft hij bedacht dat een lager cijfer geven niet voldoende is, en moet ik nog nablijven. Alweer. Ik krijg klamme handen terwijl ik alle mogelijkheden naloop.

Eíndelijk verlaat Carolyn het lokaal en wenkt meneer Wallace me naar zijn bureau. Mijn strategie is om hem voor te zijn. Ik hoop dat hij minder geneigd zal zijn me nog harder aan te pakken als ik te kennen geef dat ik besef dat hij heel coulant is geweest,

'Meneer Wallace, ik wil even zeggen dat ik me realiseer dat u nog veel strenger had kunnen reageren en dat ik het helemaal begrijp als u het nog niet voldoende vond.'

Meneer Wallace rimpelt zijn voorhoofd. 'Erin, ik heb je niet bij me geroepen om je nog meer straf te geven.'

'O nee?'

Even trekt er een vleug van een glimlach over zijn gezicht. 'Nee, ik vroeg of je nog even wilde blijven omdat ik gisteravond je opstel heb gelezen. Voor Italië.'

Ik begrijp het niet. Hij weet toch dat ik niet mag meedingen? Waarom zou hij mijn opstel lezen als ik niet eens voor de reis in aanmerking kom?

'Hoezo?'

'Nou, ik was onder de indruk van wat je voor Jesse hebt gedaan. Misschien kun je je herinneren dat een van de dingen waar we op letten, karakter is. Wat jij gisteren hebt gedaan, is voor mij een bewijs dat jij karakter hebt. Dus ik was benieuwd naar wat je had geschreven.' Hij zucht. 'Ik moet zeggen, ik stond in eerste instantie nogal sceptisch tegenover het hele idee van die reis. Ik zei tegen de rector dat hij niet te hoge verwachtingen moest hebben, dat het waarschijnlijk om een groep kinderen zou gaan die alleen maar mee zouden willen om hun cv op te krikken. Maar ik heb jou blijkbaar onderschat. Jouw reden om mee te willen is precies wat wij voor ogen hadden.'

'Maar ik heb een 7½,' hoor ik mezelf zeggen. 'Mijn gemiddelde komt nu nooit op een 9 uit. Ik ben gediskwalificeerd.'

Hij knikt. 'Dat weet ik. En die 7½ blijft staan.'

De moed zinkt me in de schoenen. Ik dacht heel even dat hij mijn cijfer zou herzien.

'Dus dat was het? U wilde me vertellen hoe geweldig mijn opstel was en hoe vreselijk jammer het is dat ik niet mee mag op schoolreis?'

'Nee,' zegt hij. 'Ik wilde je vertellen hoe geweldig je opstel was en je een aanbod doen voor wat extra werk waardoor je je cijfergemiddelde naar een 9 kunt brengen.'

Ik staar hem even sprakeloos aan.

'Wilde je nog iets zeggen?'

'Echt waar? Meent u dat? O mijn god. Bedankt, meneer Wallace. Heel erg bedankt! U heeft geen idee wat dit voor mij betekent.'

Hij lacht en overhandigt me een dikke map. 'Niet te enthousiast... je hebt nog niet gezien wat het is.'

'Maakt me niet uit. Wat het ook is, ik doe het. Ik schrijf desnoods een opstel in het Italiaans – ik bedoel, ik moet wel eerst Italiaans leren en

dan nog het opstel schrijven, maar ik wil hoe dan ook mee op deze reis.'
Ik ben even stil. 'Maar wat moet ik doen?'

'Ik wil dat je een paper van tien pagina's schrijft over de rol van bijge-
loof en magie in kunstwerken uit de renaissance.'

Ik staar hem aan en wacht tot hij zegt dat het een grap is, dat Samantha en Lindsay hierachter zitten. Maar hij streelt alleen zijn sikje
en het dringt tot me door dat het helemaal geen grap is. Hij is bloedserieus.

Een glimlach verspreidt zich over mijn gezicht.

'Komt in orde,' zeg ik resoluut.

'Mooi zo, je moet het inleveren voor we maandag de uitslag bekend
maken.'

Als ik de gang in loop, staat Jesse me op te wachten. Ik spring op en
neer.

'Wat? Wat is er? Wat is er gebeurd?'

Ik vertel hem het nieuws en hij geeft me een stevige omhelzing, tilt
me van de grond en zwaait me in een cirkel rond.

'We gaan naar Italië!' roep ik uit. 'En ik ga het hoogste cijfer van alle
vierdeklassers binnenslepen!'

Jesse lacht en daarna kijkt hij opeens heel serieus.

'Wat?' vraag ik. 'Wat is er?'

Nou, jíj gaat naar Italië, maar hoe weten we of ík mee mag?'

Daar denk ik even over na en dan haal ik mijn schouders op.

'Dat weten we ook niet,' zeg ik. 'Maar ik heb gewoon zo'n gevoel, net
zoals jij een voorgevoel had dat je met je moeder en je broertje niet aan
boord van dat schip moest gaan.'

Jesse knijpt zachtjes in mijn hand. 'Weet je…' zegt hij.

'Wat?'

'Dat gevoel heb ik ook.'

EPILOOG

Lindsay, Samantha en ik zitten in mijn slaapkamer in een kring op de vloer. In het midden staat de roze kristallen bol met daarnaast de regels, een zwarte viltstift en de perkamentrol met de namenlijst. Ik rol hem open, duw hem plat tegen de grond en hou hem met mijn knie omlaaggedrukt. Helemaal onderaan staat mijn tantes naam – Kate Hoffman, zorgvuldig opgeschreven in haar netste handschrift – maar deze keer krijg ik geen brok in mijn keel als ik ernaar kijk.

Ik pak de pen en schrijf mijn naam direct onder die van haar, daarna rol ik de papierrol weer op en leg hem in het midden van de kring. Ik kijk Lindsay aan.

'Weet je het zeker?' vraag ik.

Ze knikt ernstig. 'Ja. Ik weet het zeker. Samantha heeft het harder nodig dan ik. Ik bedoel, je hebt haar gehoord, haar ouders haten elkaar. Ze moet iets doen.' Er breekt een grijns op haar gezicht door terwijl ze met haar ogen rolt. 'En trouwens, mijn vaders vriendin kan wel even wachten. Die blijft nog wel een poosje zitten waar ze zit.'

'Bedankt, Linds,' zegt Samantha. 'Ik ben altijd weer verbaasd hoe aardig en opofferingsgezind je bent. Hoewel, nu ik je donkere kant in actie heb gezien, vind ik die eerlijk gezegd ook niet verkeerd.'

'Oké,' zeg ik ongedurig om er een beetje vaart achter te zetten. 'Kunnen we alsjeblieft beginnen?'

Maar Lindsay houdt haar hand gedecideerd omhoog. 'Nee,' zegt ze. 'We moeten eerst nog iets anders doen.'

Samantha en ik kijken elkaar even aan.

'Wat dan?' vraagt Samantha.

Maar in plaats van te antwoorden, doet Lindsay haar ogen dicht. Ze pakt mijn rechterhand en Samantha's linkerhand en met gesloten ogen gebaart ze met haar kin dat Samantha en ik de kring moeten sluiten. Samantha en ik rollen met onze ogen en pakken met tegenzin elkaars hand.

Ik wil net tegen Lindsay zeggen dat ze beetje te dramatisch doet, maar ze maant me luid tot stilte voordat ik een woord heb kunnen zeggen en begint daarna met een lage, serieuze stem te praten.

'Vanaf vandaag zijn wij drieën voor altijd verbonden door een mystieke kracht. En uit waardering voor het geschenk dat ons is toebedeeld, beloven wij plechtig dat we de bol alleen zullen aanwenden voor het goede en niet voor het kwade. We beloven plechtig dat we de regels van de bol zullen volgen zoals ze staan beschreven. En we beloven plechtig dat we er nooit, maar dan ook nooit met iemand buiten deze kamer over zullen praten.' Ze last een dramatische pauze in en zegt daarna op zo'n luide, krachtige toon mijn naam, dat ik ervan schrik.

'Erin Channing. Beloof je dit plechtig?'

Het voelt net alsof me wordt gevraagd 'Wat is daarop uw antwoord?' en als ik 'Ja' zou antwoorden, klinkt dat zo huwelijksachtig en misplaatst. Terwijl ik over een alternatief nadenk, doet Lindsay haar ogen open om te zien waarom het zo lang duurt.

'Met je hand op je hart!' fluistert ze me voor, zo dwingend dat het bijna beangstigend is.

'Met mijn hand op mijn hart,' zeg ik snel en Lindsay doet haar ogen weer dicht.

'Samantha Burnham. Beloof je dit plechtig?'

'Met mijn hand op mijn hart,' verkondigt Samantha gewichtig.

'En ik, Lindsay Altman, verklaar eveneens, met mijn hand op mijn hart, deze beloftes na te komen.' Ze last weer een pauze in, laat de woorden even in de lucht hangen en gaat dan verder met haar – ik weet niet eens hoe ik het moet noemen – haar bezwering? Haar ritueel? Haar bizarre gedrag.

'Vanaf vandaag zijn wij drieën zusters in de magie.' Ze gaat geleidelijk harder praten en terwijl ze spreekt, heft ze haar armen in de lucht, waarbij ze die van mij en Samantha meeneemt en haar woorden ondertussen naar een climax voert. 'Vanaf vandaag zullen wij voor altijd bekendstaan als… het geheime genootschap van de roze kristallen bol.'

Ik laat mijn hand zakken.

'Dat meen je niet,' zeg ik. 'Het geheime genootschap van de roze kristallen bol? Is dat niet meer iets voor brugklassers?'

Lindsay ziet er beledigd uit en wil net haar mond opendoen om te protesteren als Samantha haar voor is

'Ik vind het geweldig,' zegt ze. 'Ik heb altijd al bij een geheim genootschap willen horen. Het is net als de vrijmetselaars. Of Skull and Bones, het geheime genootschap van studenten aan de Yale-universiteit.' Ze kijkt me aan met een wat-ben-jij-een-loser-blik. 'Het is niet iets voor brugklassers,' zegt ze bits. 'Het is cool.'

'Oké, best,' zeg ik. 'De scheidsrechter van wat cool is, heeft gesproken. Wij zijn dus het geheime genootschap van de roze kristallen bol. Kunnen we nu dan alsjeblieft verdergaan?'

Lindsay glimlacht en ik kan zien dat ze tevreden is dat Samantha zich eindelijk eens aan haar kant schaart. 'Ja,' zegt ze. 'Laten we beginnen.'

'Eindelijk,' zeg ik, me volledig bewust van mijn hardnekkige behoefte om altijd het laatste woord te hebben.

Ik pak de bol op en hou hem voorzichtig in mijn handen. Daarna sluit ik mijn ogen en schud ermee. Ik heb geen idee of ik het goed doe, maar ik heb er lang over nagedacht en ik kon niets anders verzinnen. Ik adem diep in, en adem langzaam weer uit.

'Ik kies... Samantha Burnham.' Ik open mijn ogen en plaats de bol in Samantha's uitgestrekte handen. Ze trekt hem gretig naar zich toe en ik kan de radertjes in haar hoofd al zien werken.

'Waarom,' vraagt ze als ze mijn bezorgde blik ziet, 'zit je me aan te kijken alsof je mijn moeder bent?'

'Omdat ik je ken en waar jij aan denkt, bevalt me niet. We hebben net gezworen dat we de bol zouden gebruiken voor het goede en niet voor het kwade en dat we ons aan de regels zullen houden, en moet je jou nou tien seconden later zien zitten, met die sluwe blik in je ogen.'

Ze wuift mijn woorden weg alsof ze belachelijk zijn. 'Ik weet heel goed wat de regels zijn. Ik heb het begrepen. Niets wat later is dan vier-entwintig uur, geen vragen voor anderen stellen, bla bla bla. Je hoeft je niet zo druk te maken. Het komt helemaal goed.'

'Heb je al bedacht wat je de bol gaat vragen?' wil Lindsay weten.

'Nou, ik kan je wel zeggen dat ik niet om goeie cijfers of onschuldige zoenen ga vragen.' Ze kijkt naar de bol en schudt met haar vinger. 'Nu zal je eens wat beleven!'

O nee, denk ik. Ik heb een monster gecreëerd.

'Wat bedoel je daarmee: eens wat beleven?' vraag ik nerveus. 'We hadden toch afgesproken dat jij de bol zou krijgen om die toestand tussen je ouders recht te zetten? Ik zou niet weten wat daar aan te beleven valt.'

'O mijn god. Je ziet eruit alsof je zo een beroerte krijgt. Kun je gewoon even relaxen? Heb je ondertussen dan helemaal niets geleerd? Je moet alles wat luchtiger nemen.' Ze articuleert 'luchtiger' extra langzaam, alsof ze iemand voor zich heeft die geen Engels spreekt. Ze kijkt Lindsay aan. 'En om antwoord te geven op jouw vraag: ja. Ik heb mijn eerste vraag al voorbereid.' Ze laat ons een Miss Amerika-glimlach zien, houdt de bol dan voor zich uit en doet haar ogen dicht. Ze blijft voor mijn gevoel wel tien minuten in die houding zitten.

'Oké,' zeg ik ongeduldig. 'Ik kan er niet meer tegen. Laat maar horen.'

'Oké, oké. Rustig maar. Jezus, heb je nooit van een dramatische pauze gehoord?' Ik rol met mijn ogen, Lindsay giechelt, en eindelijk schudt Samantha de bol.

'Vertel me, kristallen bol,' zegt ze op een bedaarde, theatrale toon. 'Zal ik, Samantha Burnham, door een Hollywoodregisseur worden ontdekt en gecast worden voor een grote productie?'

Ik kreun. 'Wat heeft dat met je ouders te maken?'

'Eh... sorry hoor, maar wat heeft zoenen met Jesse Cooper te maken met minder saai proberen te worden? En wil je de bol alsjeblieft niet meer onderbreken als hij zijn magie uitoefent?'

We komen allemaal dichterbij om het beter te kunnen zien, en de roze vloeistof lijkt weg te smelten als de kunststof dobbelsteen naar de oppervlakte drijft.

Samantha slaakt een kreet als het antwoord verschijnt, en langzaam verspreidt zich een lach op haar gezicht.

Het is zo voorbestemd...

DANKWOORD

Mensen denken vaak dat schrijven een solistische aangelegenheid is: een auteur die urenlang in zijn eentje in een kamer zit, met alleen maar een computer en het geluid van kwetterende vogels buiten. Als je – in mijn geval – de vogels vervangt door lawaaierige kinderen, een blaffende hond en een telefoon die de hele dag rinkelt, heb je waarschijnlijk gelijk. Maar schrijven mag dan misschien een eenzame bezigheid zijn, een boek maken is dat niet, en er zijn een hoop mensen die ik zou willen bedanken voor alle hulp bij het transformeren van mijn schrijfwerk tot een boek.

Dank je wel, Barbara Zitwer, al vele jaren mijn agent, voor alle stimulans om het jongeren-genre te proberen. Je had gelijk! Dan Ehrenhaft, mijn getalenteerde redacteur: jij ook bedankt; voor je talent om te zien wat er aan schortte, voor je voorzichtige kritiek en voor je geduld en begrip gedurende een zwaar jaar. Todd Stocke, Kristin Zelazko en Kelly Barrales-Saylor van *Sourcebooks*: bedankt dat jullie op het allerlaatste moment zijn bijgesprongen en me met alle mogelijke middelen hebben bijgestaan. En Dominique Raccah, mijn uitgever: bedankt dat je zo ongelofelijk flexibel was en me zo hebt gesteund. Bedankt Rusty Weiss voor al je raad, je wijze adviezen, en je talent om je e-mails zowel vriendelijk als vijandig te laten klinken. Amy Keroes, vriendin, de facto pr-adviseur, en redacteur bij *mommytracked.com*: jij ook bedankt voor het lezen van talloze versies en het delen van je gedachten – realtime. En ik wil al mijn behulpzame vriendinnen bedanken die me enorm hebben geholpen door dit boek te promoten – het moedernetwerk is ongelofelijk! En mijn fantastische gezin, jullie ook bedankt. Michael, mijn man: bedankt voor het aanhoren van al mijn onsamenhangende gepraat als ik bezig ben met het uitwerken van mijn ideeën, voor het feit dat je mijn grootste criticus bent (positief bedoeld) en het niet persoonlijk opvat als ik tegen je tekeerga vanwege alle commentaar. Ik hou ontzettend veel van je. Mijn dochter Harper, jij ook bedankt; je was mijn muze al nog voor je geboren werd. Ik zou nooit op het idee van dit boek zijn gekomen als wij niet samen op bed hadden liggen spelen met een 'magische' bol. En jij ook bedankt, Davis, mijn zoon: dat je begrijpt wanneer mammie moet werken en dat je er zo trots op bent dat ik boeken schrijf.